STAD

i Lisa

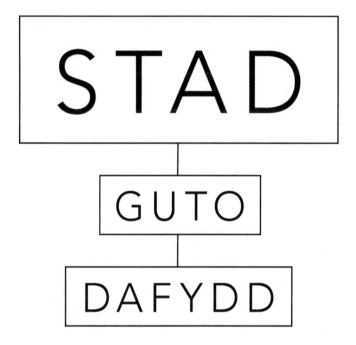

STAD

GUTO

DAFYDD

y Lolfa

Diolch i Meinir a Nia yn y Lolfa am eu holl waith,
ac i Lisa, Mam, Elis a Mac am eu sylwadau

Argraffiad cyntaf: 2015
© Hawlfraint Guto Dafydd a'r Lolfa Cyf., 2015

Cynllun y clawr: Sion Ilar

Rhif Llyfr Rhyngwladol: 978 1 78461 127 9

Dymuna'r cyhoeddwyr gydnabod cymorth ariannol
Cyngor Llyfrau Cymru

Cyhoeddwyd ac argraffwyd yng Nghymru
ar bapur o goedwigoedd cynaladwy gan
Y Lolfa Cyf., Talybont, Ceredigion SY24 5HE
e-bost ylolfa@ylolfa.com
gwefan www.ylolfa.com
ffôn 01970 832 304
ffacs 01970 832 782

ystad¹, stad¹, ystât, stât

eb.g. ll. *(y)stad(i)au, (y)stadoedd, ystâts, statiau,*
   (prin) *stetydd.*

a Cyflwr (iawn), sefyllfa, amgylchiadau, ffurf:

   (proper) state, condition, situation, circumstances, form.

b (Pobl o) safle (uchel) yn y gymdeithas, statws, urddas;
   gradd, dosbarth; gwaith, galwedigaeth:

   (people of) (high) rank, position, status, dignity; estate,
   order, class; work, occupation.

c Gwladwriaeth, gwlad, talaith, hefyd yn *ffig.*:

   state, country, province, also fig.

d Eiddo (sy'n cynnwys tiroedd helaeth); ardal breswyl
   neu ddiwydiannol ac iddi gynllun neu ddiben
   integredig; y budd sydd gan rywun o dir neu ryw eiddo
   arall; holl asedau a dyledion person, yn enw. adeg ei
   farw neu ei fethdalu; hefyd yn *ffig.*:

   (landed) estate; residential, industrial, &c., estate; estate
   (in property); (collective) estate; also fig.

Geiriadur Prifysgol Cymru

Smocio yn y coed roedden nhw: yr haf yn danbaid a hir, a hwythau ill pedwar yn cysgodi dan y canghennau, yn swigio o ganiau seidar. Chwarae cuddiad, rhegi, chwerthin; doedd y coed ddim yn meindio o gwbl. Diflannodd oriau.

Aeth Gwyn â Lowri i lawr at yr afon i ddarllen englyn iddi, a gadael Theo ac Anna ar ôl. Trodd Anna at Theo a chynnig stwmp ei smôc iddo. Derbyniodd Theo. Am nad oedd ganddyn nhw lawer o ddim i'w ddweud wrth ei gilydd, ac am nad oedd dim yn y byd i'w stopio, dechreuodd y ddau snogio.

Ar ôl chwarter awr o gusanu solet, roedden nhw wedi laru. Doedd dim golwg o Gwyn a Lowri; roedd Anna a Theo'n oeri, a doedd fawr o sgwrs rhyngddynt. Felly gafaelodd Theo yn ei llaw a dechreuodd y ddau redeg drwy'r coed. Daethant allan led lawnt oddi wrth y stoncar o blasty, a thyrau afrosgo hwnnw'n chwysu yn yr haul.

'Awn ni'n nes?'

Ni ollyngodd ei llaw wrth ei thynnu ar draws y lawnt, drwy'r iard yn y cefnau, heibio'r gweithdai a'r siediau; gafaelodd yn dynn ynddi wrth iddynt gysgodi yn nrysau hen sguboriau rhag i'r gweithwyr eu gweld. Croesodd y ddau iard arall, gan wasgu'n dynn at ei gilydd mewn corneli ac y tu ôl i dractor, cyn sleifio i mewn i gwt gwair; cusan sydyn yn y drws cyn mynd i gysgodi yn y cwt.

Roedd hi'n glyd yno: pelydrau ysgafn o haul yn disgyn drwy dyllau yn y to, a'r lle'n llawn gwair melyn, sych. Chwarddodd y ddau ar eu hyfdra, yn denig ar eu pennau eu hunain i'r lle caeëdig, cudd hwn. Nhw oedd bia'r lle.

Yna, dyma'u chwerthin yn tewi a'r cryndod yn cychwyn; dyma swildod dwy ar bymtheg oed yn meddiannu blaenau'u bysedd wrth iddynt fentro cyffwrdd dillad y naill a'r llall; dyma nhw'n boddi eu hansicrwydd â chusanau tafodrydd, gwlyb. Ac am fod hynny bellach yn haws na pheidio, dyma nhw'n rhwygo dillad ei gilydd yn afrwydd oddi ar eu cyrff. Edrychodd Theo i fyw llygaid Anna, fel y dysgodd yr hogiau hŷn yn yr ysgol iddo wneud: gwelodd yr ofn a'r amheuaeth swil ynddynt yn diflannu, yn troi'n awydd. Syrthiodd y ddau ar y gwellt, a'i gael yn gynnes. Roedd ei chroen yn wyn, yn feddal, yn eli i'w wefusau.

Carodd y ddau'n ddiatal, ddidoreth. Roedd eu hawydd poeth, eu rhyfeddod, a'u menter – eu dyhead digywilydd o ifanc – yn gwneud yn iawn am eu diffyg profiad. Roedd cordeddu'n glymau chwyslyd yn y gwair, a hwnnw'n cosi eu cyrff yn berffaith o boenus, yn teimlo fel y peth mwyaf naturiol yn y byd.

A'u calonnau'n drybowndian, gorweddodd y ddau'n fodlon-flinedig ar eu cefnau. Gadawodd iddi ei gofleidio a gorwedd yno wrth i'r awel a chwythai drwy gonglau'r drws sychu'r gwlybaniaeth ar ei gorff.

Ar ôl iddyn nhw wisgo a cheisio'u twtio'u hunain, sleifiodd y ddau oddi ar dir y plas ac aeth Theo ag Anna adre.

Edrychodd Theo'n ôl at y plas cyn mynd i ddyfnder y coed. Efallai fod y lle'n perthyn iddyn nhw, ond doedd o ddim yn perthyn i'r lle. Roedd diflastod cyfarwydd y ffownten, y cwrt, y bont, yr afon, a'r plas i gyd yn llwyd, heb eu deffro gan yr haul. Cerrig tamp yn bygwth dadfeilio oedd y plas, dim mwy. Roedd gan Theo lefydd gwell i fod na hyn, llefydd disgleiriach.

1

ROEDD LLESGEDD Y nos yn dal yn yr awyr wrth iddo gyflymu belt y peiriant rhedeg odano. Roedd yn dechrau chwysu. Pwmpiai ei galon olion cwsg o'i system yn union fel yr oedd yr haul o'r dwyrain yn treiddio drwy'r tawch cyn glastwreiddio'r sblashys o ddüwch a oedd ar ôl yn y ddinas. Cyflymodd y peiriant eto, a'i goesau yntau'n ateb y gofyn. Tchaikovsky ar ei iPod: wrth i linellau anwadal y llinynnau ffurfio'n lliwiau yn ei ben, roedd ffrwydradau'r sain yn tynnu'i sylw oddi ar ymdrech ei gorff ac yn gwneud iddo anghofio am lafur ei goesau.

Symudodd Theo at y peiriant rhwyfo. O'r llawr uchel hwn, drwy'r waliau gwydr, gallai weld yr haul yn magu hyder: yn ei lapio'i hun am dyrau'r mân eglwysi ac am golofnau Dorig yr adeiladau crandiaf, yn llithro fel mêl i gilfachau'r strydoedd cul, yn taro muriau gwydr y tyrau mawr. Wrth iddo dynnu'i hun ymlaen, gwelai forgrug y ddinas yn ffarwelio â'r strydoedd: y dynion bìn yn taflu'r bagiau olaf i gefn y lori, y danfonwyr papur yn gollwng eu pecyn diwethaf, dynion carthffosiaeth yn tynnu'u hunain o dywyllwch y pibau i oleuni bore newydd.

Roedd ei gefn yn wlyb. Dyna ddigon o ymarfer. Deg munud i chwech: y bysys yn lluosogi a'r ceir yn dod o nunlle i fygu'r strydoedd. Aeth am y gawod.

⁓

Roedd wedi gwneud awr dda o waith erbyn i Gavin gyrraedd. Aeth hwnnw'n syth at y peiriant coffi a gwneud *espresso* dwbwl.

Wrth godi i estyn ffeil, holodd Theo a gawson nhw noson dda neithiwr.

'Rhy dda,' meddai Gavin, a'i dôn mor chwerw â'i goffi. 'Fydd y ddau arall yn hwyr yn cyrraedd eu desgiau heddiw, dybiwn i.'

'Llanast?'

'Mi fedri di ddychmygu. Gafodd Dean slap am roi wad o bapurau ugain punt i flondan goesog oedd…'

'… ddim yn un o ferched y nos? Clasur.'

'Ond fe gadwodd hi'r pres.'

Gyda hynny aeth Theo'n ôl at ei waith. Cynlluniai ei ddiwrnod yn ofalus, felly doedd ganddo ddim gormod o amser i fân siarad rhwng yr amrywiol dasgau. Roedd eisoes wedi crynhoi gweithgarwch y farchnad arian ddoe mewn adroddiad ar gyfer y tîm, a gwirio sut roedd pethau yn Hong Kong, er nad oedd o'n mela yn y farchnad honno bellach. Ar hyn o bryd, roedd yn edrych ar berfformiad ei ddaliadau yn ystod y dydd ddoe. Pan agorai'r marchnadoedd am wyth byddai'n barod i ymateb i unrhyw syrpréis annymunol. Wedyn, byddai angen darfod adroddiad misol yn barod ar gyfer cyfarfod â chleient dros *croissants* am ddeg.

'Fore heddiw 'dan ni'n gweld Ffati Jones?' gofynnodd Gavin drwy'i Breakfast McMuffin.

'Ia. Fydd o yma am ddeg. Dos i wisgo tei a golchi dy wyneb.'

Cododd Gavin ei fys canol ar Theo. Anwybyddodd Theo hynny gan fynd rhagddo i esbonio na fyddai Syr Wentworth 'Ffati' Jones yn fodlon â chanlyniadau'r gronfa am y mis hwnnw, er eu bod nhw wedi crafu dros gynnydd o 1 y cant â chroen eu dannedd.

'Syr Wentworth druan,' meddai Gavin. 'Pan wyt ti'n ystyried faint o'r gronfa y mae o'n berchen arno, dydi 1 y cant ddim ond yn hanner miliwn o elw y mis yma. Dim ond chwe miliwn dros y flwyddyn. Sut mae o'n byw, Theo? Sut medar o ddygymod?'

'Dirgelwch i ni i gyd, Gav,' gwenodd Theo, cyn atgoffa'i

gyd-weithiwr i ymddiheuro'n llaes a phwysleisio mai ffactorau allanol, byd-eang oedd ar fai am y ffaith mai dim ond jyst cyrraedd can miliwn o elw y byddai'r *hedge fund* y flwyddyn honno.

Aeth yn ôl i grombil ei gyfrifiadur i wneud synnwyr o symudiadau'r ffigurau, i lunio stori o'r rhifau.

2

Symudodd Syr Wentworth Jones yn anghysurus yn y gadair, a botymau'i grys yn gwingo dros ei fol wrth iddo wrando ar Theo'n bwrw iddi.

'Rydan ni hefyd yn trio meddwl am y dyfodol a gwneud buddsoddiadau mewn sectorau newydd, addawol – metrics, realaeth rithwir, sglodyn glas, ac ati. Rydan ni'n ffyddiog y bydd buddsoddiadau felly'n dwyn ffrwyth. Amynedd pia hi.'

'Ach: fedrwch chi ddim twtshad yr interweb, hogia,' meddai Syr Wentworth. 'Dydi o ddim fel brics a mortar, ddim fel glo neu ddur neu lafur go iawn. Dwn i'm pam na fuddsoddwch chi mewn petha â gafael ynddyn nhw, yn lle cyboli efo petha damcaniaethol yn y cwmwl. Ond nid dyna'r pwynt. Tila iawn fydd f'elw i eleni…'

'Fel rydw i'n dweud, Syr Wentworth – wel, fel mae John Donne yn dweud,' a chwarddodd Theo'n nerfus, 'does 'na'r un dyn yn ynys. 'Dan ni ddim yn byw mewn bybl. Mae'r farchnad ryngwladol – mewn dur, yn y sector eiddo, ym mhopeth – yn dal yn anwadal.'

'Gwranda, 'ngwas i. Dwi'n gwneud arian ers pan oeddat ti'n fflach yn llygad y garddwr. Dydw i'm yn talu ffioedd anferth i fwncwn *hedge fund* fel chi ddweud wrtha i na fedrwch chi fy nghadw i rhag y byd. Dwi'n eich cyflogi chi i sicrhau nad ydi symudiadau'r farchnad fyd-eang, neu ba bynnag folycs arall rwyt ti'n paldaruo amdano, yn effeithio arna i. Dallt?'

Nodiodd Theo a Gavin yn gydwybodol.

'Dallt.'

Aeth Syr Wentworth rhagddo i sôn am ddameg y talentau

– cael ceiniog, prynu rhywbeth yn rhad, ei werthu'n ddrud, prynu mwy â'r elw, a gwerthu wedyn. Dywedodd ei fod yn teimlo bod yr hogiau'n claddu ei arian yn y ddaear.

Plannodd *croissant* arall yn ei geg wrth ymadael.

⌒

'Gawsoch chi ddameg y talentau y tro yma eto?' holodd Gareth wrth iddyn nhw ddychwelyd i'r swyddfa.

'O, do.'

'Dwi'n cymryd ei fod o wedi anghofio sôn i un gwas gael pum talent, i un gael dwy, ac i'r llall gael un?'

'Gar, â phob parch, mae sawl rheswm dros fod isio cicio pen Ffati Jones; dydi cywirdeb Beiblaidd ddim yn uchel ar y rhestr.'

⌒

Roedd yn agos at un ar ddeg ar Dean yn cyrraedd. Roedd ôl cnoi ar ei wddw; ni thynnodd ei sbectol haul. Cafodd gymeradwyaeth eironig wrth iddo gynnau'i gyfrifiadur.

'Bore pawb pan godo.'

'Gest ti werth dy bres?'

'Hisht,' meddai Dean. 'Dwi angen coffi.'

⌒

Erbyn dau, cofiodd Theo y dylai fwyta cinio, felly aeth i nôl Twix o'r peiriant.

Roedd hi'n ddiwrnod rhyfedd ar y marchnadoedd: Rio Tinto'n gostwng, Tata i fyny, BMW i lawr, ac Audi'n codi. Diwrnod o gadw golwg ar sefyllfa simsan ydoedd, ac amynedd Theo'n dechrau llithro. Peint fyddai'n dda.

Trawodd John, rheolwr y tîm, ei ben drwy'r drws.

Cadwodd Theo'i lygaid ar ei sgrin, ond roedd gan John anrhegion: pedwar tocyn i wylio Chelsea yn chwarae yng Nghynghrair y Pencampwyr y noson honno mewn bocs VIP. Sbriwsiodd Dean ar ôl hynny.

3

ROEDD HI WEDI gweithio'n ddiwyd ar y tŷ: llenwi'r corneli a'r waliau â phob math o drincets; ailbapuro a pheintio nes nad oedd hi'n cofio sawl gwaith; llusgo soffas o un pen y stafell i'r llall, ac yna'n ôl. Byddai pawb yn rhyfeddu at ddiwyg y lle pan ddoent yno'n gyplau am swper – sawl un o'r gwragedd yn estyn am yr iPhone a thynnu llun o gyfosodiad lluniau a llestri ar gabinets chwaethus, clustogau a charthenni ar soffas dwfn. Ac roedd y lle'n drewi o bolish. Beth arall oedd ganddi i'w wneud drwy'r dydd?

Ond roedd y tŷ'n teimlo'n wag: er i Gaia fod mor ofalus wrth ddewis lliwiau i ddod â nhw'n fyw, roedd y pum llofft yn teimlo'n segur – hyd yn oed y stafell lle cysgai hi a Rich. Yn enwedig honno. Wedi iddo yntau godi, cachu, cael cawod, eillio, rhoi sws iddi ar ei thalcen, a mynd i'w waith, byddai hithau'n gwneud y gwely'n berffaith (dim crych ar y dwfe na chlustog gam) ac yn chwistrellu Febreze i'r awyr i ddileu oglau eu chwys a'u hanadl. Wedyn, byddai'r tŷ mor dwt â phe na bai neb yn byw ynddo.

Efallai ei bod yn gwneud hynny'n fwriadol, meddyliodd Gaia wrth roi ei phlât cinio yn y peiriant golchi llestri a thynnu cadach yn ofalus dros y bar brecwast, nes bod wyneb marmor oren hwnnw'n sgleinio eto. Efallai ei bod hi – yn ei hisymwybod – yn ceisio cael gwared ar unrhyw dystiolaeth ei bod hi'n byw yma: gwneud y tŷ mor amhersonol nes y gallai hi wadu unrhyw gysylltiad â'r bocs brics coch digymeriad ar stad ddinod (er ei holl gyfoeth) mewn ardal ddiflas o ogledd-orllewin Lloegr. Gallai ddweud nad oedd a wnelo hi ddim â'r gegin enfawr ddi-chwaeth, na'r lolfeydd esmwyth, na'r barbeciw na'r hot-tyb na'r lawntiau cyfewin, na'r BMW na'r Porsche na'r Volvo, na'r dyn oedd yn gorwedd wrth ei hochr bob nos.

Aeth i'r lolfa haul i ddarllen *Closer*.

4

WRTH BICIO ADRE i newid i siwt fwy sgleiniog ar gyfer y gêm, prynodd Theo bob papur newydd y gallai roi'i law arno, a darllen pob erthygl ar gêm Chelsea–Madrid fel y gallai gyfrannu'n ddeallus at y sgwrs. Doedd ganddo ddim diddordeb mewn pêl-droed – ond wedyn, doedd ganddo ddim diddordeb mewn diwydiant a busnes chwaith. Yn ei waith, roedd yn rhaid iddo astudio'r farchnad – chwilio am botensial, am wendidau, am berfformiadau a oedd yn curo'r disgwyliadau – er nad oedd ganddo bwt o ddiddordeb yn y maes. Mater bach oedd cymhwyso hynny i bêl-droed.

Taflodd y papurau ar y bwrdd gwydr. O'i fflat, gallai weld yr afon. Byddai'n gas ganddo fyw ar lawr isel, yn agos at y ddaear, heb allu syllu drwy'r gwydr eang ar oleuadau'r ddinas yn goleuo'n gynnar i orchfygu'r nos cyn iddi gychwyn. Tolltodd jin i wydr, a gwylio llif sefydlog, tew, brown afon Tafwys yn anwybyddu'r ceir a'r bysys a'r bobl a frysiai o boptu iddi.

⁓

Wrth i'r pedwar setlo yn y cadeiriau sinema lledr ac ymgyfarwyddo â gwyrddni disglair y maes ymhell odanynt, sylweddolodd Theo y byddai ei wybodaeth helaeth am ffawd Chelsea'n mynd yn wastraff. Roedd eu seddi'n rhy bell o'r cae iddyn nhw weld y chwarae, ac roedd adloniant o fath gwahanol yn y bocs.

Plygodd gweinyddes mewn blows wen dynn wrth gadair Gavin i gymryd ei archeb.

'Sawl bwced o wystrys ydi'r mwya i chi eu gweini i un parti yn ystod gêm?' gofynnodd.

'Naw, dwi'n meddwl,' meddai hithau.

'Reit 'ta. Mi fedrwn ni guro hynny'n hawdd. Dowch â nhw. A photeli dirifedi o siampên.'

Gofynnodd Gareth am ddŵr pefriog, rhew, a lemwn, ond helpodd ei hun i'r botel gyntaf o siampên pan ddaeth honno.

⌣

Tra oedd Dean yn gobeithio cael ysgwyd llaw â'r chwaraewyr, a Gavin yn ceisio ffarwelio â'r genod gwallt melyn a oedd – am ryw reswm – wedi mrengian ar freichiau eu cadeiriau esmwyth gydol y gêm, roedd Gareth a Theo wedi cychwyn cerdded yn ddigyfeiriad er mwyn cadw'r oerfel o'u cyrff, cyn dechrau cicio'u sodlau o flaen hen eglwys. Cwynai Gareth fod y siampên a'r wystrys wedi rhoi dŵr poeth iddo. Yna, edrychodd yn fanylach ar y plac ar dalcen yr eglwys.

'Wsti hon,' meddai Gareth, yn llawn brwdfrydedd newydd. 'Eglwys gynta'r Dadeni Gothig yn Llundain. Ac un o'r rhai cyntaf i gael pres y Comisiynwyr ar ôl Deddf 1818.'

'Taw â sôn,' meddai Theo, gan guddio'i ddiffyg diddordeb.

Sgrechiodd tacsi i stop wrth eu hymyl, a phen Dean fel pen ci drwy'r ffenest.

'Lle dach chi'n meddwl dach chi'n mynd?'

Erbyn deall, roedd gan Gavin docynnau VIP i far coctels yn Soho. Felly yno â nhw.

Ac erbyn deall, roedd yn fwy na bar coctels. Cawsant eu gosod ar soffa felfed a daeth merch fronnoeth o ddwyrain Ewrop â'u Martinis iddynt.

'Diolch am y rhybudd, Gav,' dechreuodd Gareth rwgnach.

'Tyrd yn dy flaen,' meddai Dean, a oedd bellach yn trafod y pêl-droed efo brwnét mewn secwins. 'Rho hanner canpunt yn nicyrs un ohonyn nhw a fyddi di ddim yr un dyn.'

Tra oedd glafoer yn cystadlu ag arswyd ar wyneb Gareth, eisteddodd Theo'n ôl a sipian ei Fartini. Roedd crysau a dannedd gwyn yn wynnach yng ngolau porffor y clwb, a thywyllwch myglyd y cysgodion yn dal cyfrinachau chwyslyd: dynion mewn siwtiau pinstreip a modrwyau signet yn llithro'u bysedd i lefydd lle na ddylent fod, eu crysau pinc yn dynn dros eu boliau ac yn dianc o'u trowsusau; gwallt seimllyd yn budr-ddisgyn o'i le.

Aeth Theo am bisiad.

'Dim diolch,' meddai wrth y ferch a eisteddai yn ei giwbicl yn syllu'n wancus arno pan agorodd y drws. Eisteddodd yno, lle roedd curiad y miwsig yn dawelach a rhywfaint o aer o'r fent yn sychu'i chwys.

Aeth allan, gan wrthod y chwistrelli sent.

'Theo Guilliam, ar f'enaid i,' meddai llais yn ei glust – yn Gymraeg.

Trodd. Safai dyn heb eillio yno; yr unig un yn y clwb heb siwt. Roedd potel o win coch yn ei law chwith a fodca Grey Goose yn y llall. Gwyn Rhys: ffrind gorau Theo ers dyddiau'r ysgol gynradd; rhyw fath o fardd; y person diwethaf y disgwyliai Theo'i weld mewn clwb gwŷr bonheddig yn Soho.

'Gwyn! Be ti'n da mewn lle fel hwn?' gofynnodd Theo, a'i gofleidio.

'Mwynhau bywyd, 'y ngwas i: bwydo'r awen efo gwin a chwant y ddinas.'

'Dda dy weld di. Fyddi di yma'n hir?'

'Tan y penwythnos. Gwranda. Mae gen i hogan yn fan'na a dwi'n credu ei bod hi'n rhedeg ar fitar, fel tacsi. Be am gael cinio fory?'

'Iawn.'

Roedd hi'n dri o'r gloch y bore erbyn hynny. Ceisiodd Theo fynd i wneud esgusodion ond roedd yr hogiau'n brysur.

Tacsi'n ôl i'r Ddinas. Y lle'n ddistaw: dim siwtiau'n cerdded drwy'r strydoedd cul dan y tyrau gwydr. Dim ond morgrug y nos yn gwibio'n brysur rhwng y corneli.

5

AM DRI O'R gloch y bore, codasai'r hen ŵr i fflemio i'w bot piso. Yn llwydwyll ei stafell, dan lenni trwchus y gwely pedwar postyn, gallai'n rhwydd wadu bod gwaed yn ei boer. Ar ôl deffro, allai o ddim mynd yn ôl i gysgu eto.

Felly eisteddai yn ei gadair ger y ffenest heb gynnau'r golau. Roedd gêm o wyddbwyll heb ei darfod ar y bwrdd o'i flaen; bu yno ers misoedd. Am oriau bob dydd, byddai'n dirwyn y gêm i'w therfyn heb symud yr un o'r darnau: dyfalu symudiadau nesa'i fab, yn dibynnu ar dempar hwnnw. Pe bai o'n ddiamynedd-fyrbwyll ar ddiwrnod gorffen y gêm, gallai ei guro mewn pum symudiad. Ond pe bai Theo ar ei orau, ei lygaid yn graff a'i feddwl yn gweld ymhell, gallai'r ornest ymestyn am ddeng symudiad ar hugain arall heb i'r naill gipio brenin y llall. Gêm felly oedd hi. Ond go brin y gwelai ei fab yn fuan; câi'r gêm fod heb ei darfod.

Cododd ei lygaid wedyn am y ffenest. Roedd y lawnt yn llyfnwyrdd o flaen y tŷ, a'r lleuad olau'n troi popeth yn ddu a gwyn: fel bwrdd snwcer ar hen deledu. Y tu hwnt i'r lawnt roedd Coed Lleinar yn fyddin mor dywyll-dawel ag erioed, heb anadl o wynt i'w symud; y capel bach yn dangnefedd gwyn dan olau'r lloer. A gweddill y stad wedyn: fel y dywedodd ganwaith, pob clwt o dir o'r fan hyn hyd Garn Fathedrig yn perthyn i'r plas, clytwaith y gwastadedd ir yn cydio'n ei gilydd, a'r cyfan yn eiddo iddo'i hun, ei deulu, a'i dŷ.

Pwl arall o beswch. Peswch fel pe bai rhywun yn rhwygo'i wddw'n ddarnau.

Cyn arafu. Anadlu, a'i ysgyfaint yn gwichian. Gafael yn ei ffon a gwegian yn ôl i'r gwely.

Peswch.

6

CANODD Y LARWM am bum munud i bump. Cododd Theo'n syth. Ogleuodd ei wynt; ach, roedd garlleg ar y wystrys. Am hanner awr wedi pump roedd ar y peiriant rhedeg yng nghampfa'r banc ac oglau'r garlleg a'r alcohol a'r mwg yn chwysu allan ohono. Anwybyddodd y cur yng nghanol ei dalcen; drachtiodd ddŵr. Cyflymodd y peiriant yn ôl ei arfer.

Wrth iddo'i sychu'i hun ar ôl cawod boeth cafodd gwmni rheolwr ei reolwr. Ceisiai Theo beidio â gostwng ei lygaid, er nad oedd hi'n ymddangos bod Ramsay'n poeni am ei wyleidd-dra – cododd yntau ei droed i'r fainc i'w sychu'n iawn.

'Sut mae'n mynd, Guilliam? Sut mae bywyd?'

'Yn dda. Dwi'n dal ati. Ond, yn amlwg, dydi pethau ddim fel roedden nhw bum mlynedd yn ôl.'

'Ers faint wyt ti efo ni rŵan? Deng mlynedd?'

'Deuddeg.'

'Mm. Bydd rhaid i ni feddwl am wneud rhywbeth i ti. Mae hi'n gystadleuol yn y banc yma, Guilliam, ond rydan ni'n gwerthfawrogi'r hyn rwyt ti'n ei wneud. Cadw mewn cysylltiad, ia? Unrhyw beth ti isio – tyrd ata i.'

Ysgwyd llaw; gwisgo; at eu desgiau.

᠁

Roedd Dean i mewn cyn naw a golwg y fall arno.

'Wyddoch chi Carla, honno roeddwn i'n trafod y gêm efo hi yn y clwb?'

'Cyn rhoi dy dafod i lawr ei gwddw?'

'Roedd hi'n dallt lot am bêl-droed ac yn cymryd tipyn o ddiddordeb yn y gêm, o ystyried mai hogan oedd hi…'

Gwnaeth y tri arall ati i riddfan a ffieiddio.

'Mi wnes i sylwi bod ganddi ddwylo mawr ond feddyliais i ddim mwy am y peth.'

'Mam bach. Ti wastad wedi bod yn ddi-chwaeth, Dean, ond mae hyn ar lefel arall.'

A chwarddodd y pedwar.

7

AR ÔL EISTEDD, ymlaciodd Maredudd yn oerni porslen y stafell. Anadlodd drwy'i ffroenau mawr a rhwbio'r huwcyn cwsg o'i lygaid. Drwy wydr tew'r ffenest uwchlaw'r sinc gallai weld bod yr awyr yn newid lliw, a gwawr arall yn sgleinio'n swil.

Gwasgodd. Gwasgodd eto. Anadlodd. Sychodd.

Golchodd ei ddwylo (roedd Gwenllian yn byticlar am bethau felly) a mynd i'r gegin fach yn y fflat i wneud paned i'w wraig. Uwch ei ben clywai sŵn traed: chwaer y lord, druan, yn stwyrian yn ei hapartment hithau. Wrth i'r tegell gynhesu'n araf ar y Rayburn, cododd fleind y ffenest ac edrych allan.

Ar lawr gwaelod ochr orllewinol y plas yr oedd y fflat, a gallai yntau edrych allan dros y caeau. Roedd hanner gwellt y cae-dan-tŷ wedi'i dorri ddiwedd haf diwethaf a'r gweddill wedi ei adael. Roedd hanner y gwellt a dorrwyd wedi'i fêlio, a'i hanner yn gorwedd yn llesg a thamp mewn llinellau trefnus. Roedd y bêls a oedd heb eu lapio wedi gwlychu a difetha. Ddiwedd yr haf y trawyd y lord yn wael. Doedd neb, wedyn, i drafod â'r contractwyr, felly anghofiwyd am y job yn raddol.

Berwodd y tegell. Wrth iddo ddollti'r dŵr i debot, cymylodd calon Maredudd eto wrth feddwl am y plas yn darfod amdano o'i gwmpas, a'i holl waith yntau – y clirio, y llnau, a'r cynnau tanau – yn hollol ddiymadferth i atal y peth.

Aeth â'r baned drwodd at Gwenllian. Roedd hi'n eistedd yn y gwely, a'i sbectol ar flaen ei thrwyn, yn paldaruo am yr holl bethau a oedd ganddi i'w gwneud.

Mynnai Gwenllian wneud prydau swmpus, maethlon i'r

claf i fyny'r grisiau, fel pe bai popeth yn iawn. Ond doedd Syr Elystan ddim yn cyffwrdd â'r bwyd, er ei fod yn sgut am goginio Gwenllian pan oedd yn iach. Doedd o ddim yn bwyta heblaw drwy diwb. Ond coginio iddo a wnâi Gwenllian: roedd hi'n teimlo bod clywed yr oglau'n codi calon y lord, yn gwneud iddo edrych ymlaen at gael bod yn well.

Heddiw, yn lle mynd ar ei union at y mân dasgau yr hoffai eu gwneud cyn brecwast – clirio'r gratiau a gwneud tanau oer, agor llenni, rhoi trefn ar y papurau newydd – ymlaciodd Maredudd, codi'r garthen oddi ar y gwely, a llithro'n ôl at ei wraig.

'Be sy haru ti?' holodd hithau, gan dagu mymryn ar ei phaned wrth weld ei gŵr yn torri'i drefn foreol.

'Be ddaw o'r hen le, tybad? Ar ôl i Syr Elystan…'

'Mae'n amharchus sôn am hynny, Maredudd; mi wyddost yn iawn nad ydw i'n lecio. Ta waeth, fe ddaw'r hogyn – y lordling – yn ôl o'i drafals. Dyna'i ddyletswydd o. Hen bryd iddo fo ddychwelyd. Hen bryd iddo fo godi'r lle yn ei ôl.'

Ddywedodd Maredudd ddim byd, dim ond ymestyn ei goesau yng ngwres y gwely unwaith eto, cyn codi a mynd i roi trefn ar fore arall yng Nghefn Mathedrig.

Drwy'r bore, bu'n meddwl am y lordling: y llond pen o wallt cyrls a fu'n bownsio ar ei lin; y llanc diarbed y bu'n clirio'i stympiau smôcs a'i dronsiau budr o'r golwg cyn i'r ledi ei fam eu gweld; y dyn ifanc diarth, smart, dinesig na fyddai'n dychwelyd ond pan fyddai'n rhaid iddo. Go brin y dôi hwnnw'n ôl. Roedd yr ysfa i hedfan yn rhy gryf yn ei waed.

8

Roedd yn rhaid cadw'r amod: ffoniodd Theo ei hen ffrind.

'Bore da, Gwyn.'

'Ydi hi?'

'Daw eto haul ar fryn. Pro Plus a chinio efo fi ac mi fyddi di'n rêl boi.'

'Damia, ia. Lle awn ni?'

''Sa'n haws i mi tasat ti'n dod i'r Filltir Sgwâr – be am yr Elephant ar Stryd Fenchurch?'

Ond gwrthodai Gwyn adael Soho; roedd bywyd yn rhy fyr i wneud hynny. Mynnodd mai yn yr Arundell Arms y bydden nhw'n cyfarfod, a hynny am hanner awr wedi deuddeg (fel bod ganddo esgus i gael gwared ar rywun o'i wely).

Roedd hi'n tynnu at ddeuddeg. Gorffennodd Theo y daenlen roedd o'n gweithio arni, cymryd cip ar y marchnadoedd arian, a'i throi hi.

'Fydda i'n ôl cyn dau, gobeithio,' meddai dros ei ysgwydd.

∽

Roedd hi'n hen dafarn, wedi'i gwasgu'n gorachaidd rhwng bwyty crand a swyddfa: teils gwyrdd ar y blaen, a ffenestri lliw, mae'n siŵr, pe bai llai o lwch arnynt. Roedd y tu mewn fel tŷ hen fodryb: paneli mahogani a chypyrddau gwydr yn dal hen lestri tsieina, ambell gleddyf ar y waliau, a drychau addurnedig.

'Gwin gwyn sych, plis,' meddai Theo gan edrych o'i gwmpas.

Cuchiodd y barman yn ddisymud arno a chwythu drwy fochau tew.

'Ym, na,' meddai Theo. 'Peint o chwerw.'

Nodiodd y barman a'i dynnu'i hun i lawr o'i stôl.

Teimlodd slap chwareus ar ei din a gweld bod Gwyn wedi cyrraedd. Ysgwyd llaw.

'Be gymri di, 'rhen foi?'

'Lucozade. Neu beint o gwrw go fwyn os nad oes gynno fo Lucozade.'

Archebodd Theo a gofyn i'r barman am gael gweld y fwydlen.

Glaniodd y fwydlen o'i flaen: dau becyn o greision, un o gnau, ac un o grafion porc. Cododd ael ar Gwyn – onid oedden nhw i fod i gael cinio?

'I be ei di i fwyta pan elli di yfed?' holodd hwnnw.

Eisteddodd y ddau. Ymddiheurodd Gwyn am fod mor swta neithiwr ond eglurodd ei fod ar ei wyliadwraeth. Roedd yn rhaid i rywun fod ar flaenau ei draed yn y ddinas, neu byddai'r lle'n sugno holl arian dyn o'i bocedi.

'Be wyt ti'n da yma beth bynnag?' holodd Theo. 'Y tro dwytha i ni siarad roeddat ti'n byw fel meudwy, heb letrig, ochra Machynlleth.'

'Hyn a hyn fedar dyn ei aberthu er mwyn ei grefft. Lle reit ddiawen oedd o yn y diwadd.'

'Llundain yn plesio'n well?'

'Yma am gyfarfod ydw i. Dwi wedi laru ar fyw ar gardod.'

Aeth Gwyn ati i egluro ei fod wedi bod yn darllen llawer o gyfrolau o farddoniaeth Saesneg gyfoes ac wedi casglu o hynny fod beirdd Cymraeg (ac yntau'n flaenaf yn eu mysg) yn chwarae mewn cynghrair uwch o lawer na beirdd Saesneg. Doedd ganddyn nhw ddim crefft nac argyfwng na thraddodiad gwerth sôn amdanynt, meddai (wrth i Theo ddechrau astudio ewyn ei beint yn neilltuol o fanwl), a nonsens diafael, ansoniarus oedd eu gwaith. Felly, roedd Gwyn am gychwyn barddoni yn Saesneg; roedd o yn Llundain ar gyfer cyfarfod â Küber & Bëkar, cyhoeddwyr o fri, pan fyddai'n siŵr o'u hargyhoeddi i gynnig ffi dew iddo.

'Rwyt ti am fod yn fardd rhyngwladol, felly?'

'Yndw. Dwi ddim wedi sgwennu'r cerddi Saesneg eto, ond maen nhw'n saff o fod yn amheuthun.'

Holodd Theo beth oedd yn y blwch lledr y bu Gwyn yn ei gofleidio ar ei lin. Agorodd Gwyn y bocs. Gwelodd Theo sglein metal gwerthfawr yn tywynnu ohono.

'Fy nghoron i. Iddyn nhw gael gweld bod bri ar farddoniaeth yn fy mharthau i.'

Tybiai Theo fod coron yn haws i'w chario na chadair.

'Oi, mêt!' Daeth llais o'r bar. 'Mae gen ti werth pres yn fan'na. Wn i am foi fasa'n cynnig ceiniog neu ddwy i ti…'

Caeodd Gwyn y bocs yn glep a'i gofleidio'n dynn.

'Dwed wrtha i, Theo, be'n union wyt ti'n ei wneud? Pan fydd Mam yn holi am hanes hogyn Cefn Mathedrig, y cwbwl fedra i ddeud ydi "Rwbath efo lot o bres yn Llundain."'

'Dwi'n un o dîm sy'n rheoli *hedge funds* ar ran un o'r banciau mawr.'

'Sef?'

'Cronfa lle mae casgliad o bobl yn rhoi cyfalaf i mewn. Prynu a gwerthu siârs ac ati efo'r pres. Pan 'dan ni'n gwneud elw, mae gwerth cyfraniad pawb yn codi. Mwy o sbondŵlis i bawb. Syml.'

Gofynnodd Gwyn yn blaen i Theo faint oedd ei gyflog blynyddol. Mwmialodd Theo nad oedd o'n neilltuol o gyfoethog yn ôl safonau'r busnes, ond roedd ar Gwyn eisiau ffigwr.

'Deg miliwn?'

'Ha! 'Sa hynny'n braf.'

'Can mil?'

'O, uwch.'

'Miliwn?'

'Llai na hanner hynny.'

'Tri, bedwar can mil?'

'Ia, ar flwyddyn dda.'

Rhegodd Gwyn yn uchel a waldio'i beint gwag ar y bwrdd. Aeth ar un arall o'i rantiau gwrthgyfalafol, gan faentumio y dylai beirdd gael cyflog hael gan y wlad i'w galluogi i greu.

Gwenodd Theo.

'Ddoi di'n ôl, ti'n meddwl, Theo? I Lŷn, i dy gartra? 'Ta ydi mwg y ddinas a'i phres hi fel heroin yn dy waed di?'

'Be sydd i mi adre?'

'Lle i enaid gael llonydd.'

'Llonydd? 'Sa'm byd gwaeth.'

'Ti'm isio tŷ a phlant a theulu? Ymestyn dy linach anrhydeddus?'

'Mi ga i'r rheiny yn Llundain, maes o law.'

'A'u magu nhw'n Saeson?'

'Dwi'n hanner Sais fy hun bellach, rhwng ysgol a gyrfa.'

'Rwtsh. Sawl gwaith ydw i wedi sôn wrthat ti am hanes dy dŷ a dy deulu? Noddwyr beirdd! Yr uchelwyr mwya diwylliedig yn Llŷn! Dwyt ti ddim mor fas ag yr wyt ti'n honni, 'ngwas i.'

Tawelodd y sgwrs.

'Mae hi jyst yn ddau,' sylweddolodd Theo. 'Rhaid i mi fynd yn ôl.'

'Nonsens. Megis cychwyn rydan ni.'

Ac er na wyddai'n iawn pam, ildiodd Theo. Cododd y pedwerydd peint a Gwyn yn addo prynu nifer cyfatebol pan gâi'r rhag-dâl am ei gyfrol lwyddiannus.

Roedden nhw'n trafod eu hen gariadon gwyliau haf erbyn hynny.

'Hen fastad oeddet ti. Finna wedi bod yn llafurio drwy'r tymor i gael genod gora Llŷn i sylwi arna i, a chditha'n landio'n ôl ar gefn ceffyl mewn dillad polo: chdi a dy wallt cyrls posh a dy groen yn frown ar ôl bod ar daith i Fenis – rêl toff – a dy Saesneg mawr a dy bres yn hudo'u calonna nhw.'

'A faint o genod gest ti yn fy sgil i, y? Faint fasat ti wedi'u cael efo dim byd ond englynion?'

Drwy Soho â nhw: i gilfachau tafarndai gwag, i orffwys eu penelinoedd a'u peintiau ar fyrddau derw sigledig. I siop dybaco i brynu cetyn; llenwi hwnnw a'i rannu ar gornel stryd. Wrth i'r pnawn fynd rhagddo, llenwai'r tafarnau â llanciau'n blasu rhyddhad peint cyntaf nos Wener. Tynnid llygaid Gwyn at dinau ifanc mewn ffrogiau swyddfa tyn, ond cadwai Theo'i lygad ar y gorchwyl: chweched, seithfed, wythfed rownd.

Cynnau cetyn eto roedden nhw pan ofynnodd Gwyn faint o'r gloch oedd hi.

'Mae hi'n tynnu at hanner awr wedi chwech.'

'Shit.'

Wrth droi ar ei sawdl a rhedeg i lawr y stryd, bloeddiodd Gwyn ei fod yn cyfarfod â Küber & Bëkar yn Bloomsbury am hanner awr wedi pedwar.

Roedd wedi sgrialu rownd y gornel cyn i Theo allu dweud wrtho ei bod hi'n annhebygol y byddai'r cyhoeddwyr yn dal i aros amdano.

Cerddodd yntau i lawr y stryd yn sugno'r cetyn. Roedd yn teimlo'n reit sobor nes iddo'i glywed ei hun yn canu 'Myfanwy'.

9

F<small>E'I CAFODD EI</small> hun yn ôl yn y Ddinas. Ystyriodd fynd adre ond gwell fyddai picio i'r swyddfa i wneud yn siŵr bod popeth yn iawn ar ôl y cinio seithawr.

Roedd yn dawel yno, yn eu stafell ar y trydydd llawr ar ddeg: y pedair desg yn wag. Desg Gareth yn brysur a thaclus, un Dean yn bapurach drosti, un Gavin bron yn wag. Y cadeiriau, heblaw un Gareth, wedi eu gadael ar onglau blêr. Ymollyngodd i'w gadair yntau ac ymladd y demtasiwn i gysgu. Dim ond edrych ar ei e-bost a gallai fynd adre.

Dim byd i gynhyrfu amdano, diolch byth: pethau a allai aros tan ddydd Llun neu gael eu dileu. Doedd prynhawn Gwener byth yn brysur. Ond wrth hwylio am adre sylwodd ar un e-bost gan WJI – cwmni Syr Wentworth Jones. Fe'i hagorodd. E-bost gan un o asiantiaid Syr Wentworth oedd o, at reolwr Theo a'r tîm, yn mynegi siom am berfformiad y gronfa'r mis hwn ac yn cyfleu gobaith Wentworth y byddent oll yn rhoi trwyn ar y maen dros y cyfnod nesaf ac yn stopio gorffwys ar eu rhwyfau.

Wnaeth Theo ddim oedi cyn pwyso 'Ymateb', a gwneud yn siŵr ei fod yn gwneud hynny o gyfrif y tîm yn hytrach na'i un personol. Llifai'r geiriau ac ymhen deng munud roedd ganddo neges yn barod i'w hanfon. Y prif bwyntiau oedd:

- y byddai'r tîm yn ffocysu'n benodol ar warchod buddiannau Syr Wentworth mewn achos o ysgariad, oherwydd roeddent wedi cwrdd â'r Fonesig Alana, wedi edmygu'i bronnau di-grych, deg ar hugain oed, ac wedi clywed am ei bywiogrwydd ymysg gwŷr ifanc;

- bod penwisg ddiweddaraf Syr Wentworth yn sicr o arwain at boblogeiddio wigiau, ac felly y byddid yn edrych i gynyddu ymwneud y gronfa â'r diwydiant gwallt gosod;
- nad oedd diben gwasgu dwylo'r tîm mewn ffordd ryfedd oherwydd doedd yr un ohonyn nhw'n Seiri Rhyddion;
- anfon dymuniadau gorau am wellhad buan at Ptolemy Jones, mab Syr Wentworth, yn dilyn ei ymweliad diweddar â chlinig *rehab* St Anton;
- mynegi gobaith iddo fwynhau'i noson yng nghlwb noethlymundra Angels neithiwr; teimlo'n sicr y cytunai bod yr arlwy'n fendigedig; atgoffa Syr Wentworth i olchi ei ddwylo'n drwyadl;
- y byddid yn trafod achos Syr Wentworth ar lefel strategol â'r Tîm Cynllunio Ystad ac Etifeddiaeth, oblegid ar sail maint ei stumog a'i archwaeth roedd risg o 70 y cant o leiaf y byddai'n dioddef harten angheuol yn y tair blynedd nesaf.

Chwarddodd Theo. Gwiriodd na ellid olrhain yr e-bost yn ôl ato fo, a phwyso 'Anfon'.

$\backsim$

Aeth adre a chysgu tan ddau, a deffro â theimlad afiach yng nghefn ei feddwl ei fod wedi gwneud rhywbeth gwirion.

$\backsim$

Cysgodd wedyn tan saith, a chofio iddo wneud rhywbeth gwirion.

$\backsim$

Yna cysgodd tan ddeg; erbyn hynny, doedd o ddim yn cofio'n union beth oedd yn yr e-bost ac roedd yn weddol sicr na allai fod cynddrwg ag yr oedd wedi tybio wrth iddo chwydu mewn panig am bum munud wedi saith.

10

P NAWN SADWRN. AETH i grwydro'r ddinas: mynd ar y Tiwb
i orsaf na fu iddi o'r blaen, cerdded yn ddifeddwl, a dal
ambell fws.

Heddiw, fe'i cafodd ei hun yn Belgravia, yn dilyn strydoedd
eang o dai claerwyn a phlaciau glas arnynt yn coffáu pobl na
chlywodd erioed amdanynt; gwyro wedyn am y lôn fach o gerrig
crynion a thai petryal ciwt a blodau'n hongian o boptu'r drysau.
Neidio ar fws wedyn, newid bws, cerdded eto dan dyrau o fflatiau
cyngor concrid, dal bws arall, a dod i Covent Garden.

Prynodd goffi. Gofynnodd trempyn iddo am arian.
Rhoddodd ei goffi iddo heb edrych i'w lygaid. Toddodd ei ffordd
drwy'r bobl; cerddodd yn eu llif. Arhosodd am funud i wrando
ar hogyn yn trin gitâr.

Daliodd fws arall. Roedd dynes ddu arno yn ymrafael â dau
o blant a babi. Syrthiodd ei choets wrth i'r bws droi cornel.
Cododd Theo'r goets iddi a chadw'r teganau a'r pacedi weips a'r
poteli babi a ddisgynnodd ohoni. Wedi gwneud hynny, doedd
arno ddim awydd aros yn ei chwmni felly aeth i lawr ucha'r
bws. Cafodd sedd yn y ffenest flaen lle gallai weld gogoniant
hen-ffasiwn adeiladau glannau Tafwys wrth i'r bws gyrraedd yr
afon.

I lawr. Prynu crempog o stondin ger yr afon; eistedd ar wal.
Llifai pobl o'i gylch. Roedd o'n caru Llundain: lle mae pobl yn
gwrthod nabod ei gilydd ond eto'n gwybod eu bod yn perthyn,
yn rhan o gyfanwaith. Mewn torf, roedd cwmni i'w gael heb
orfod ymglymu'n ormodol.

Canodd ei ffôn.

'Theo?'

'Maredudd! Erstalwm! Sut mae'r hwyl? A'r iechyd?' Doedd o ddim wedi clywed gan ben-gwas ei dad ers tro; a dweud y gwir, doedd o ddim yn cofio Maredudd yn defnyddio'r ffôn o'r blaen.

'Yn weddol, fy machgian i. Yn weddol.'

'A Gwenllian?'

'Yn burion. Dy dad sy… Fel gwyddost ti, dydi o ddim yn dda ers tro a, fore heddiw, fe waethygodd o.'

'Gwaethygu?' Teimlai Theo, wrth siarad, mai rhywun arall oedd yn rhoi'r geiriau yn ei geg.

'Ia. Mi faswn i'n argymell i ti ddod ar unwaith, Theo, os…'

'Iawn.'

Allai o ddim gwrando mwy ar lais dwfn, tyner Maredudd: mor ddigynnwrf gydwybodol. Sylwodd hefyd fod yr haul yn taro; cuddiodd ei lygaid. Cychwynnodd am y Tiwb. Ar y daith yn ôl, roedd o'n gwarafun popeth: y bobl ddwl a safai ar ochr chwith y grisiau symud, bagiau cefn trwsgwl y twristiaid, hyd yn oed oglau'r gwynt cynnes, stêl a chwythai o'r twnnel wrth i'r trên ddynesu. Rhuthrodd i fyny i'w fflat, lluchio dillad i fag, a chychwyn oddi yno eto. Wrth gloi'r drws, ailfeddyliodd: aeth yn ôl ac estyn ei siwt ddu, crys gwyn, tei ddu, a'i sgidiau gorau.

Roedd digon o betrol yn y Lotus bach coch ar gyfer dwyawr gynta'r daith.

Daeth yn syth i draffig twristiaid. Canodd ei gorn heb fod fawr elwach. Ceisiodd y strydoedd cefn; daeth eto i draffig.

Cyn pen awr roedd ar yr M40 ac yn gwibio am Lŷn.

11

RHWNG LLENWI'R LOTUS bach â phetrol a stopio am bastai a Twix roedd hi ymhell wedi un ar ddeg arno'n cyrraedd ei gartref yn Llŷn.

Doedd Maredudd ddim wedi cloi giatiau mawr y stad, felly sgrialodd Theo drwy Goed Lleinar yn ddirwystr. Arafodd, fodd bynnag, wrth i Gefn Mathedrig ddod i'r golwg, a'r lawnt o'i flaen yn llyfnwyrdd dan olau'r lleuad.

Âi â gwynt pobl: y slabyn mawr hwn o ithfaen Llŷn a'r tyrau pigfain ar ei frig, y dwsinau o ffenestri'n rhesi, y mân golofnau, y cilfachau cysgodol, a'r anifeiliaid bach wedi'u cerfio i'r garreg. Lle rhyfedd i'w alw'n gartref: lle oer, rhy ogoneddus i dyfu'n fachgen ynddo. Ond hwn oedd adre.

Doedd sŵn injan y Lotus ddim yn gweddu i'r lôn droellog at y plas, dros yr afon fach ac at y cwrt.

Ar ôl treulio chwe awr ar y lôn bu gwedd gyfarwydd, garedig Maredudd a Gwenllian bron â'i sigo.

'Tyrd i mewn, Theo,' gorchmynnodd Maredudd.

Dywedodd Gwenllian wrtho ei fod yn llwglyd ac mai bwyd fyddai'r peth cyntaf ar ei feddwl. Cafodd gynnig bwyta yn y stafell fwyta ond dewisodd eistedd wrth fwrdd pren y gegin: dyma lle dôi yn blentyn ar ôl baeddu'i drowsus wrth redeg drwy'r caeau – câi ddillad glân gan Gwenllian, swatio yng nghynhesrwydd y Rayburn, a chwlffyn o fara ffres poeth o'r ffwrn.

'Sut mae Nhad?'

'Yn wael. Ond chei di mo'i styrbio fo heno,' meddai Gwenllian gan sodro platiad o fara menyn dan ei benelin.

'Mae'r nyrsys yn gardio'r dyn fel cŵn,' eglurodd Maredudd. 'Mi gei di ei weld o yn y bora.'

Doedd ar Theo ddim awydd dadlau.

Dywedodd Gwenllian ei bod wedi aildwymo rhywfaint o gig oen mewn *jus* gwin coch a thatws *dauphinoise* yn swper iddo. Cododd Theo'i ysgwyddau, wincio ar Maredudd, ac ateb y gwnâi hynny'r tro'n burion os nad oedd Pot Noodle yn y cwpwrdd. Cafodd slap gan Gwenllian wrth iddi osod ei blât o'i flaen, gyda rhybudd ei fod yn boeth.

Safodd y ddau i'w wylio'n bwyta.

'On'd ydi o wedi tyfu, Maredudd?'

Holodd Maredudd sut roedd pethau yn Llundain. Atebodd Theo'n gwrtais wrth sglaffio'r bwyd, a Maredudd wedi eistedd i'w wylio'n bwyta a'i holi'n fodlon am fywyd a gwaith. Mân siarad, ie – ond doedd dim yn chwithig amdano; roedd yn union fel pe bai Theo'n saith oed eto a Maredudd yn holi sut roedd pethau'n mynd yn yr ysgol.

Cododd fara a sychu'i blât.

'Dydach chi ddim wedi colli'ch twtsh, Gwenllian. Diolch.'

Canodd un o'r clychau ar wal y gegin.

'Dy fodryb,' meddai Maredudd.

'Ydi hi'n dal ar ei thraed?'

'Pryd nad ydi hi?' tosturiodd Gwenllian. 'Mae hi'n cael trafferth cysgu, graduras.'

'Mae'i hiechyd hi'n rhyfeddol, cofia. Ond y meddwl, wsti: ddim fel buo fo.'

'Sut mae'i thafod hi?' holodd Theo gan werthfawrogi sensitifrwydd y pen-gwas.

'O!' chwarddodd y ddau. 'Fel erioed.'

'Gwnewch debotiad o de. Mi a' i ati ymhen pum munud.'

Mentrodd Theo i apartment Modryb heb guro'r drws. Brwydrodd drwy'r llenni peraroglus a oedd yn hongian yn y coridor at ddrws y stafell fyw. Drwy'r drws clywai fiwsig ysgafn, melys fel *macarons*. Yn araf, agorodd y drws a sleifio o'i gwmpas. Chlywodd Modryb mohono.

Doedd y stafell ddim wedi newid: yr un dodrefn gwyrdd, y rhubanau pinc yn dal i hongian o'r to, y siandelîr mor loyw ag erioed, a'r tirluniau olew ar y wal. Aeth Theo ymhellach i mewn i'r stafell. Sylwodd Modryb ddim arno; roedd hi'n dawnsio law yn llaw, fynwes ym mynwes â chadfridog anweledig, ei gŵn nos yn sgubo'r llawr.

Camodd Theo at y darn gwag yng nghanol y llawr. Fel petai'n ei ddisgwyl, nodiodd Modryb ac ymollwng o goflaid ei chadfridog. Cynigiodd ei llaw iddo yntau.

Hi fu'n ei ddysgu i ddawnsio pan oedd Theo droedfeddi'n fyrrach na hi. Hawdd, felly, oedd ailgydio yn y symudiadau llyfn, pwrpasol; roedd traed y ddau'n osgoi ei gilydd yn berffaith ac yntau bellach droedfedd yn dalach na hi.

Darfu'r gerddoriaeth; bowiodd y ddau i'w gilydd. Cnoc: cyrhaeddodd Maredudd gyda'r te.

'A, o'r diwedd,' meddai Modryb gan edrych yn geryddgar ar Maredudd. 'Gymerwch chi baned efo mi, syr?'

'Yn llawen,' meddai Theo ac aeth y ddau i eistedd.

'Be sy'n dod â chi i'n parthau ni?'

'Theo ydw i – mab Elystan, eich brawd.'

'Wn i'n iawn pwy ydach chi, siŵr – tydw i ddim yn ddwl.'

'Wedi dod i edrach am Nhad.'

'Ma isio sbio pen hwnnw ers blynyddoedd. Fy nghadw i yma'n garcharor.'

'Thâl hynny ddim.'

'O ble ddaethoch chi?'

'Llundain.'

Goleuodd wyneb Modryb. Dechreuodd sôn am y tŷ a oedd

ganddyn nhw yn Llundain; roedd hi'n reit flin pan ddysgodd fod Theo'n rhentu'r lle i deulu o Rwsia ac yn byw mewn fflat. Soniodd wedyn am y partïon a gynhelid yno: y swperau soffistigedig, y dawnsio, y gwirodydd, y gwŷr bonheddig, y gwin, y bwydydd. Soniodd am gerdded yn hamddenol drwy'r parciau diog, deiliog, fraich ym mraich â merched ifanc mwyaf prydferth a ffasiynol y deyrnas (a hithau gyda'r uchaf ei bri yn eu mysg).

Pasiodd y ddau y byddai Modryb yn dychwelyd i Lundain gyda Theo pan fyddai'n mynd yn ei ôl. Byddai angen dillad newydd arni, serch hynny: doedd hi ddim yn gyfarwydd â ffasiwn y dydd ar ôl degawdau o gael ei chadw'n garcharor yn niflastod a budreddi cefn gwlad.

Dechreuodd Modryb holi am hanes Theo.

'Yn y fyddin wyt ti, yntê?'

'Nhad oedd yn y fyddin, Modryb.'

'Ia, ia – dyna dwi'n feddwl; tydw i ddim yn wirion.'

'Dwi am adael i chi gysgu rŵan, Modryb.'

'Nos dawch.'

Wrth iddo gusanu'i boch fe'i teimlodd yn gafael yn dynn, dynn yn ei law.

'Nid mynd o 'ngho ydw i, cofia: dim ond methu cofio.'

Wrth gau'r drws yn dawel y tu ôl iddo, clywodd Theo'r gramoffon yn ailddechrau troi.

12

ROEDD EI WELY wedi'i dwymo; cysgodd Theo drwy'r nos. Deffrodd a gweld, rhwng y llenni trymion, dir Llŷn, tir y stad, yn ymestyn dan darth ysgafn hyd at y Garn, a'r môr yn wincio.

Cnoc ar ei ddrws. Dim golwg o neb: dim ond troli â'i bapur newydd arno. Cododd y bowlen arian a gwenu: wrth gwrs, roedd Gwenllian wedi morol am frecwast llawn iddo. Camodd nyrs heibio gan wenu'n swil a chadw'i llygaid ar ddrws stafelloedd ei dad ym mhen draw'r pasej.

Powliodd y troli i mewn i'w stafell a gwisgo amdano i frecwasta wrth y ffenest.

~

Does neb yn edrych yr un fath pan fo ganddo bibelli i fyny ei drwyn a phan fo rhywun arall wedi'i eillio. Ond doedd Theo ddim wedi paratoi ei hun am y sioc o weld ei dad fel hyn: ei wallt ar chwâl a gwaed yn ei lygaid melyn.

'Does dim isio iti edrach arna i fel taswn i'n gorff yn barod, chwaith.'

'Sori, Nhad.'

'Hidia befo. Mi synnat ti mor braf ydi gweld adar corff yn hel.'

'Sut dach chi'n teimlo?'

'Cynddrwg ag ydw i'n edrach, yn ôl dy wep di.'

'Mi adawa i lonydd i chi rŵan,' meddai'r nyrs a oedd yn chwarae ag un o'r peiriannau wrth y gwely.

'Tyrd yma, 'ngwas i,' meddai Elystan a gwasgu llaw Theo mor gadarn ag erioed.

'Mi ddychrynais i pan ffoniodd Maredudd.'

'Ddim heb reswm. Ges i gryn drafferth ei berswadio fo fy mod i'n marw.'

'Mor Gymreig ag erioed,' meddai Theo a gwenu wrth feddwl am Maredudd. 'Faint ydi ei oed o rŵan?'

'Roedd o'n hen pan oeddat ti'n hogyn, doedd? Roedd o'n hen pan o'n i'n hogyn. Mi dybiwn i ei fod o rywle rhwng cant a phymtheg a chant ac ugain erbyn hyn.'

Chwarddodd y ddau.

Aeth Theo at y ffenest ac edrych yn hir ar y bwrdd gwyddbwyll.

'Ein gêm ni ydi hon? Ers adeg marw Mam?'

Nodiodd Elystan. Dywedodd y byddai'n biti i Theo gael ei drechu gan ddyn a oedd yn hanner marw. Cytunodd Theo a cheisio sôn am rywbeth arall. Ond mynnodd Elystan fod ei fab yn dod i'w nôl, yn mynd ag o at y bwrdd gwyddbwyll, ac yn chwarae ei orau: roedd arno eisiau rhoi un stîd olaf i Theo cyn marw.

Gwenodd yntau, mynd at y gwely'n bryderus, a cheisio gweld pa ffordd oedd orau i helpu ei dad i groesi'r llawr.

Ac un llaw yn tynnu'r peiriant ac un am ganol tenau'i dad i'w gynnal, llwyddodd Theo i gael Elystan i'r gadair ger y ffenest. Gwichiodd brest hwnnw wrth iddo fyseddu lledr cyfarwydd y gadair.

'Reit 'ta.' Pesychodd Elystan yn galed. 'Dy dro di, os cofia i'n iawn.'

Distawodd y stafell, heb ddim ond clecian y darnau pren a gwichian yr ysgyfaint yn tarfu. Gwelai Elystan fod Theo mewn siâp go lew; pan gododd Theo'i ben gwelodd ei dad yn nodio a rhoi gwên fach. Ond ddywedodd neb yr un gair. Aeth y bylchau rhwng pob symudiad yn hwy. Oedai eu bysedd yn hwy ar y darnau pren. Daeth pwl o beswch dros Elystan. Gwnâi'r sŵn uffernol i Theo ddyheu am gael troi gwddw'i dad fel pe bai o'n ffesant clwyfedig. Symudodd Elystan ddarn yn sydyn er mwyn cael cyfle i gael ei wynt ato. Ar ôl setlo, gwelodd Elystan fod Theo'n llygadu'r bwrdd mewn panig. Roedd gan frenhines Theo lwybr clir at ei un yntau; roedd ei fys yn hofran uwch y darn. Ond heb godi ei lygaid oddi ar y bwrdd, symudodd Theo un o'r werin i gau'r llwybr hytraws.

Sgubodd Elystan y darnau ar chwâl i'r llawr a mynd i ffit arall o dagu.

'Does arna i ddim… isio… dy dosturi di,' sibrydodd drwy beswch.

Eisteddodd y ddau'n ddistaw.

'Wnei di ffafr â'r hen ŵr dy dad?'

'Be?'

'Maen nhw wedi mynd â'n sigârs i oddi arna i.'

'Be haru nhw, dwedwch?'

'Llai o'r geg yna. Wneith ymatal mo f'achub i bellach. Ei di i'r siop drosta i?'

Roedd dwy siop yn y pentre: cedwid un gan Gymry a'r llall gan Saeson. Doedd arno ddim eisiau ateb cwestiynau na sgwrsio'n hir am gyflwr ei dad nac amdano fo'i hun; byddai'n well ganddo dalu am y sigârs a mynd. Felly aeth i siop y Saeson.

Ar y ffordd yn ôl i fyny'r allt am y plas (pam, pam, pam nad aeth â'r Lotus?) a glaw mân yn codi chwys anghysurus arno, dechreuodd roi trefn ar y sgwrs a oedd o'i flaen. Sigârs a gwirod: ac wedyn be? Mwy o ddawnsio'n ofalus o gwmpas marwoldeb ei dad? Doedd dim eisiau cyfarwyddiadau arno: dim gorchmynion am yr hyn y dylai ei wneud ar ôl y farwolaeth a'r angladd. Byddai'n siŵr o'u hanwybyddu. Ond beth oedd syniad ei dad am y dyfodol? Oedd o'n disgwyl i Theo ymsefydlu'n arglwydd yn y plas?

Fyddai ots pe gwerthid y lle? Pe'i llosgid? Roedd cadw'r plas yn ffordd o fyw i'w dad: ei oes oedd bwyta a chadw llyfrau yn y muriau ithfaen a'r tir o'u cylch. Oedd disgwyl i hynny ddod yn bwrpas bywyd Theo hefyd?

Ar ôl i Theo ddod drwy Goed pryfetlyd Lleinar a chychwyn disgyn tua'r tŷ, gwelodd Maredudd yn sefyll yn ffenest y neuadd fawr. Wrth nesáu gallai weld ar wedd y pen-gwas nad oedd diben iddo ffurfio'i gwestiynau trwsgwl yn eiriau.

13

A ETH I'W STAFELL i grio.
Chriodd o ddim.

Chwiliodd ymysg y recordiau yng ngwaelod y cwpwrdd tridarn am rywbeth i dorri'i galon. Chopin; gwnâi hwnnw. Dododd y record i droi ar y peiriant. Aeth i eistedd ar ei wely gyda gwydraid o wisgi, cofleidio'i goesau, a dymuno i'r gerddoriaeth ei dynnu'n ddarnau.

Ceisiodd gofio englynion marwnad.

Dychmygodd lais hen, hen bregethwr yn rhoi teyrnged i'w dad: 'y dewrder a'r tynerwch…', 'ei gariad a'i ymlyniad at ei dŷ, ei deulu, a'i wlad…', 'ei briod annwyl, annwyl a fu'n gynhaliaeth iddo hyd ei diwedd trist, pan fu yntau'n ei hymgeleddu hithau…'

Dim. Chriodd o ddim.

⌒

'John? Fydda i ddim i mewn heddiw.'

'Wyt ti'n gwybod unrhyw beth am y storm o gachu sy wedi glanio ar fy nesg i?'

'Hm?'

'Mae Syr Wentworth Jones wedi bod ar y ffôn efo cadeirydd y banc ben bore. E-bost hollol hunanladdiadol o stiwpid wedi mynd ato fo nos Wener.'

Fel fflach o olau i'w ddallu ac wedyn fel carreg yn ei fol: y sylweddoliad nad breuddwyd afiach oedd nos Wener.

'Gan bwy? Yn dweud be?' ffugiodd Theo anwybodaeth.

'Sgen ti ddim isio gwybod. O gyfri e-bost eich tîm chi, ond mae rhywun wedi chwarae giamocs efo'r gweinydd fel na fedrwn ni fod yn fwy pendant na hynny. Mae IT yn gweithio ar y peth rŵan hyn. Alla i gymryd yn ganiataol nad chdi sy ar fai? Eniwe, pam nad wyt ti wrth dy ddesg? Dwyt ti byth yn sâl.'

'Nhad wedi marw ddoe.'

'O. Hen dro,' meddai John, heb newid ei dôn. 'Paid â brysio'n ôl. Dim ond gobeithio y bydd swydd ar ôl i ti pan ddoi di. Allwn ni ddim fforddio digio cleient fel Wentworth, Theo – fel rwyt ti'n gwybod.'

'Siawns y daw o dros y peth yn ddigon buan.'

'Dwyt ti'n amlwg ddim yn gwybod be sgwennwyd os wyt ti'n dweud hynna.'

'Rhaid mi fynd, John: galar yn galw.'

'Tria ymlacio. Wneith hynny fyd o les i ti.'

'Diolch.'

Bu'n gwadu bodolaeth yr e-bost wrtho'i hun drwy'r penwythnos. Ac yntau bellach wedi gwadu'r e-bost wrth John hefyd, doedd Theo ddim yn hollol sicr iddo'i anfon o gwbl. Pwy allai brofi unrhyw beth os nad oedd o ei hun yn cofio? Ac roedd o wedi bod yn ofalus efo'r gosodiadau... Roedd wedi codi wal o anwybodaeth rhyngddo'i hun a'r gwir. Bellach, dechreuasai feddwl fel pe bai o'n ddieuog: pa un o'r lleill fyddai mor anghyfrifol? Beth oedd ar eu pennau nhw? Dean neu Gav, mae'n debyg, er bod diystyru'r un distaw yn gêm beryg. Ie, Gareth wnaeth, efallai. Neu John, y bòs, yn chwarae un o'i gêmau cyfrwys, hunanol?

Ond eto, wrth chwydu yn ei geg, gwyddai mai rhith oedd y mur a gododd rhyngddo'i hun a'r gwir.

Diffoddodd ei ffôn a'i daflu i ddrôr.

14

HEPIAN YN EI chadair yr oedd Modryb pan aeth Theo i fyny i'r rhandy – hepian, a'i sgertiau wedi eu codi at ei chanol am ryw reswm.

'Modryb?'

'Ffoc off, y cont.'

Chlywodd o mohoni'n rhegi o'r blaen. Anwesodd ei llaw.

'Modryb,' meddai Theo eto a deffrodd hithau'n sydyn.

'Ddim mynd o 'ngho ydw i.'

Daeth Maredudd â'r te a nodi bod sgons ceirios ffres ar yr hambwrdd hefyd.

Trodd Modryb ei hwyneb oddi wrth Maredudd gan rybuddio Theo i beidio â chyffwrdd ynddyn nhw gan fod pobl wedi bod yn ceisio'i gwenwyno hi.

Ond unwaith y taenodd Theo hufen a jam dros sgon, plygodd Modryb i'w helpu'i hun.

'Pa newydd, 'ngwas i?'

'Newydd drwg, mae arna i ofn. Elystan, eich brawd, wedi marw.'

'Taw â sôn. Dyna drist. Hen hogyn clên. Ei galon o'n y lle iawn.'

'Debyg bod gynnoch chi lawer o atgofion amdano fo.'

'Roedd o fel brawd i mi.'

'Eich brawd?' holodd Theo, er bod hynny'n ymddangos yn greulon.

'Ia. Be ddigwyddith i mi rŵan?'

'Does dim isio ichi boeni am hynny.'

Ystyriodd Modryb y newyddion am ei brawd.

'Mi aeth o'n rhy ifanc, on'd do?' gofynnodd, gan edrych i fyw llygaid Theo. 'On'd ydi'r goreuon i gyd yn mynd cyn pryd?'

'Do. Fe gafodd o oes reit lawn, cofiwch, ac fe aeth o'n sydyn yn diwadd.'

'Mae'r rhyfel yma'n greulon, hogyn, yn dwyn yr hogia gora i gyd. Pryd daw o i ben, dywad?'

Dyna'r un peth yn union ag a ddywedodd hi ddoe, pan aeth Theo i ddweud wrthi gyntaf am farwolaeth ei brawd.

15

Aeth Theo am sgawt drwy un o ddrysau cefn y tŷ; camu drwy fwa blodau pinc i oglau melys coridor o ddail, a'r llwyni tal o boptu'r llwybr bellach yn crafangu at ei gilydd uwchlaw, nes dechrau cau'n do. Gwelai fwy o'r awyr pan ddôi i lawr y llwybr hwn yn blentyn. Erbyn hyn roedd gwellt a chwyn yn tyfu drwy'r cerrig mân, chwyn ymysg gwreiddiau'r llwyni, a'r waliau dail yn bochio'n flêr nes dod yn rhy dynn amdano.

Doedd pwy bynnag a gynlluniodd y gerddi ddim yn credu mewn gwneud pethau'n hawdd. Er mwyn cyrraedd y llecyn canol roedd gofyn canfod y ffordd drwy ddrysfa. Sawl gwaith y rhegodd Gwenllian a'r morynion wrth geisio powlio troli o de a danteithion i'r ardd?

Ond roedd ei fam yn hoffi bod ei thrysor yn guddiedig: yr ardd hon oedd ei byd. Cofiai Theo awgrymu y dylai hi ofyn i arddwr dendio'r borderi un flwyddyn, er mwyn arbed ei phengliniau hi. Anghofiai o byth mo'r siom a'r dicter ar ei hwyneb.

Ac roedd Theo'n gwybod ei ffordd bellach: i mewn; i'r dde ym mhen draw'r llwybr cyntaf; ymlaen gan anwybyddu'r agoriad ar y chwith; i'r dde eto, yn groes i'ch greddf; yna i'r chwith ddwywaith yn fuan ar ôl ei gilydd, a dyna chi yno.

Roedd edrych ar yr ardd y dyddiau hyn fel edrych arni heb sbectol: yr un siâp ag o'r blaen, ie, yr un lle a'r un pethau sylfaenol yno. Pedwar sgwaryn o lawnt; borderi blodau o amgylch pob sgwaryn. Sgwariau gwyn a du bwrdd gwyddbwyll mawr; dodrefn gardd; tŷ gwydr; bandstand. Roedd popeth yno pe bai rhywun yn sbio ar y siapiau sylfaenol. Ond o sbio'n fanylach, roedd llysnafedd yn orchudd budr ar sgwariau gwyn a du'r bwrdd gwyddbwyll, a'r dodrefn pren yn bowdwr bron, yn edrych fel tasen nhw'n dymuno sigo a suddo i'r ddaear. Roedd y bandstand yn rhydu. Aeth at y tŷ gwydr: yn hwnnw roedd dail mawr anystywallt yn llenwi'r holl baneli.

Safodd Theo yno gan deimlo fel pe bai darn o'i gorff ei hun yn pydru. Doedd ganddo ddim i'w ddweud wrth erddi'n gyffredinol, na'r un gronyn o gonsýrn am yr ardd hon cyn hyn. Doedd o ddim yn deall pwrpas bandstand na allai ddal mwy na thriawd chwyth; roedd ciwcymbar siop yn fwy siapus na chiwcymbar tŷ gwydr.

Ond doedd hynny ddim yn rhoi hawl i'w dad adael y lle fel roedd o, i farw a dadfeilio heb ofal yn y byd. Hunanoldeb oedd esgeulustod. Drwy ymatal rhag ymyrryd yn nirywiad y stad, roedd ei dad wedi piso ar ddyfodol Theo.

Yn segurdod ei dad teimlai Theo ysictod marwolaeth y stad gyfan, a adawyd i bydru am nad oedd gan neb mo'r egni i docio'i chwyn na pheintio'i drysau.

Yn sydyn, roedd Theo'n ôl yn stafell wely'i dad, yn edrych ar y corff ar y gwely, a hwnnw'n marw: ei organau, fesul un, yn pallu; ei holl gorff yn colli mynadd; ei waed yn colli'r awydd i lifo. Dymunodd Theo i'w farwolaeth yntau fod yn ddigwyddiad, nid yn broses. Cymerai ei ladd gan unrhyw beth – bom, dagr, dannedd, cornfflecs – unrhyw arf heblaw difaterwch.

Aeth yn ôl at y tŷ gwydr a cheisio agor y drws. Daeth yr handlen yn rhydd yn ei law. Roedd y pren rhwng y gwydr yn wlyb, yn datgymalu. Ciciodd y drws. Wnaeth y gwydr ddim cracio hyd yn oed, dim ond ymollwng o'r pren llac a gorffwys ar y dail a oedd yn meddiannu'r tu mewn. Aeth i nôl un o'r cadeiriau gardd, ei chodi uwch ei ben, a waldio wal y tŷ gwydr â hi. Chwalodd y gadair; gwingodd y tŷ gwydr heb falu. Aeth at y bandstand lle roedd haearn y rheiliau smart yn rhydu. Ciciodd un o'r rheiliau a thynnu bar metal o'r strwythur.

Gwnaeth hwnnw'r tro iddo waldio'r tŷ gwydr, ei hitio fel dyn o'i go, ei chwipio â'r bar metal nes bod y gwydr yn dipiau ac yn fflio i bobman a'r sŵn yn llenwi'i glustiau. Waldio, waldio, waldio, a chicio'r gwaelodion nes clywodd sŵn sigo; yn reddfol, camodd Theo'n ôl; ac yna, cwympodd y tŷ gwydr yn siwrwd, gan adael y dail mawr gwyrdd ac ambell ddarn gloyw o wydr fel dagrau arnynt.

Ac wedyn: criodd.

Criodd.

Criodd: nid am ei dad, ond drosto'i hun – yr unig un a oedd ar ôl i boeni.

16

DOEDD DIM IDDO'I wneud y bore hwnnw ond gwisgo'i siwt. Yn ôl traddodiad y teulu, roedd popeth – y gwahoddedigion, y gwasanaeth, y pereneinio, y bwyd – yng ngofal pen twrnai Roberts-Asquith-Jones, gweinidog Rehoboth, ac Evans yr ymgymerwr.

Roedd o'n cario siwt yn dda, fel ei dad a'i daid o'i flaen. Ond cyn gwisgo, gan ei fod wedi gosod teledu yn ei stafell, gwyliodd hwnnw yn ei drôns er mwyn ymlacio. Cnoc ar ei ddrws: brecwast. Rhoddodd eiliad i Maredudd ddiflannu cyn agor.

Safai Gwenllian yno gyda'r troli. Anadlodd y ddau'n sydyn a dwfn.

'Sawl gwaith ydw i wedi dweud wrthat ti am wisgo cyn mynd i ŵydd pobl?'

'Do'n i ddim yn disgwyl eich gweld chi.'

Trodd cerydd Gwenllian yn wên wrth i Theo nôl dilledyn i'w guddio'i hun. Eisiau dymuno'n dda iddo oedd arni; fe wyddai hi nad oedd cynhebryngau byth yn hawdd, yn enwedig rhai rhieni, ond gallai'r profiad wneud lles yn ei ffordd anodd ei hun. Diolchodd Theo iddi a gwasgu ei llaw.

'Wyddoch chi be? Mae meddwl am y te cnebrwng yn codi 'nghalon i.'

Edrychodd Gwenllian ar y llawr.

'Be sy?' holodd Theo wedyn, wrth weld tristwch ei gwedd. 'Ydi'r samon heb ei gochi'n ddigon da?'

'Maen nhw wedi talu arlwywyr, cofia,' meddai Gwenllian, ei llygaid yn goch a'i llais yn fain. 'Wedi talu hen betha Jill o'r dre. Ddim isio rhoi gormod o straen arna i. Rwtsh mi ratsh. Morwyn neu ddwy ac mi faswn i'n tsiampion.'

'Arhoswch chi imi gael gafael yn Robaij Twrna.'

'Meddwl amdana i oedden nhw, mae'n debyg.'

'Tasa Nhad yn gwybod hyn mi fasa fo'n gwingo'n ei arch, a'i ysbryd o'n crwydro'r plas yn ubain gwarth na chafwyd eich eog coch a'ch bara brith chi.'

'O, mi ges i eog coch, dim ond un bychan, ac mae'r bara brith yn y Rayburn rŵan hyn. Ac ambell gîsh a sosej rôls. Mi sleifia i nhw ar y bwrdd.'

Erbyn deuddeg roedd y cwrt dan y tŷ yn rhesi o geir duon gloyw – Mercs a Bentleys, Range Rovers a Rollsys – a llinell hir, ddu o bobl yn ymlwybro'n weddus at y capel bach yng nghysgod y coed. Doedd yr angladd ddim tan un ond roedd y capel eisoes yn llawn, a'r siwtiau a'r siolau duon yn ymdroi o'i gwmpas fel pe bai'n nyth morgrug. A chriwiach eraill, heb fod mewn llinell syth, yn cyrraedd ar y lôn drwy'r coed o'r pentre.

Gwisgodd Theo.

Aeth i lawr y grisiau mawr i'r neuadd lle roedd hanner dwsin o ddynion yn sgwrsio'n dawel, a Maredudd a Gwenllian yn sefyll yn y gornel a'u dwylo y tu ôl i'w cefnau yn edrych yn ddrwgdybus ar bawb.

'A, Theo! Chwarae teg i ti am ymuno â ni,' meddai Robaij Twrna yn ei Saesneg gorau.

Ysgydwodd law â dynion nad oedd o'n eu nabod, a'r rheiny oll yn mwmial cydymdeimlad mewn dull profiadol, fel pe baen nhw'n cynebrynga'n ddyddiol. Esboniodd Evans yr ymgymerwr wrtho fod traddodiad yn dweud bod yr arch yn cael ei chario gan etifeddion y stad yn eu trefn. Gan mai fo oedd unig epil ei dad, roedd ei gyfyrder – iarll ifanc annymunol yr olwg o ochrau Northampton – am fod ysgwydd yn ysgwydd â Theo ar y blaen.

'Na – Maredudd a finna fydd ar y blaen,' mynnodd Theo.

A threfnodd Evans hynny – roedd yn haws na gwylltio Theo.

Doedd niwl y bore ddim wedi trafferthu codi, a'r dydd yn llaith.

Wrth gyrraedd y capel cofiodd Theo mai ei dad oedd yn yr arch: nid syniad, fel y gwin yn y corn hirlas, oedd yn y bocs pren ond hen groen, hen esgyrn, hen waed, hen gyhyrau heb fywyd ynddynt mwy. A thrwy'r holl wasanaeth, a'r dynion yn sôn am bethau a wnaeth Elystan ymhell cyn geni Theo – arwriaeth, llwyddiannau, hapusrwydd na wyddai o ddim byd amdanyn nhw – allai Theo ddim meddwl am ddim byd ond y corff darfodedig yn gorwedd yno, yn llaith ac yn oer, yn sylwedd dienaid.

Cododd pawb i ganu. Sylwodd Theo ar lais alto fel cloch y tu ôl iddo: Modryb, yn mynd i hwyl. Roedd hi'n mwynhau'i hun.

Yn y te cynhebrwng wedyn roedd gwep pawb fel pe bai'n dweud yr un peth: onid ydi hi'n bechod fod ein stadau ni'n mynd i'r fath gyflwr; cysgod o'r ysblander a fu; bydd y plastai yma'n marw hefo ni. Bu Theo'n cadw golwg ar yr iarll bach hyll o Northampton. Châi'r nob hwnnw ddim etifeddu'r lle, roedd hynny'n saff. Ond yr unig ffordd i wneud yn siŵr o hynny oedd cael etifedd, a doedd sut i gyflawni hynny ddim yn gwbl amlwg iddo y funud honno.

Daeth Roberts â dyn tal at Theo a'i gyflwyno fel cyn-Brif Weinidog a fu'n uwch-gapten ar Elystan yn y fyddin yn Affrica. Soniodd y dyn am wrhydri a dewrder ei dad. Ond roedd Theo wedi diflasu ar yr adar corff ac am eu gweld yn clirio o'r tŷ.

Sylwodd fod y sosej rôls, y bara brith, a'r eog wedi diflannu cyn unrhyw beth arall ar y byrddau bwyd. Roedd hynny'n galondid, meddyliodd, a winciodd ar Gwenllian cyn mynd i rwystro Modryb rhag cusanu a mwydro Dug Northumberland.

17

Bu THEO'N GWAG-SYMERA yn y plas am rai dyddiau ar ôl yr angladd. Roedd digon o waith i'w wneud a phob math o waith papur angen ei drefnu. Ond gwyddai y byddai'n fwy buddiol iddo dalu i dwrnai ddod yno i fynd drwy'r holl ddogfennau na cheisio'u deall ei hun. Roedd Cefn Mathedrig yn pwyso ar Theo bellach: ym mha stafell bynnag yr eisteddai, allai o ddim ymlacio. Fo oedd yn berchen y cwbl rŵan: roedd yr holl siabáng yn ei ddwylo yntau. Byddai'n rhaid iddo wneud rhywbeth â'r lle. Ond roedd angen amser arno i feddwl, a hynny yn normalrwydd ei fywyd arferol.

Felly, un diwedd pnawn ar ôl yr angladd, dywedodd wrth Gwenllian a Maredudd am barhau â'u gwaith fel arfer, paciodd ei fagiau, a gyrru'n ôl i Lundain. Doedd dim cymaint o frys ar y siwrnai hon ag ar y daith i fyny i Lŷn ond bu Theo'n drwm ei droed yr holl ffordd. Dawnsiai'r Lotus dros droadau ffyrdd cul y Berwyn a Sir Drefaldwyn ac unwaith y cafodd draffordd dan ei deiars doedd dim atal arno.

Gan ei fod yn gyrru mor gyflym câi Theo osgoi meddwl am y broblem arall a oedd yn pwyso arno. Doedd o ddim wedi cynnau ei ffôn gwaith ers dyddiau. Dychmygai fod ei fewnflwch a'i lòg ffôn yn llawn pobl gynddeiriog yn gweiddi ynghylch yr e-bost annoeth. Roedd posibilrwydd ei fod wedi cael ei ddiswyddo'n barod. Roedd yn rhaid iddo'i gael ei hun yn ôl i'r swyddfa yr wythnos nesaf fel pe na bai dim wedi digwydd – a doedd ganddo ddim syniad sut i wneud hynny.

Parciodd y Lotus yn ehangder concrid oer maes parcio tanddaearol y tŵr fflatiau, estyn ei bethau, a galw'r lifft. Camodd iddo ac ymlacio. Roedd y llawr a'r paneli pren, y drych glân, a'r ffont ar y botymau hyd yn oed, yn drewi o soffistigeiddrwydd dinesig. Roedd popeth yma'n teimlo'n newydd. Ac roedd hynny'n braf ar ôl wythnos ym marweidd-dra Cefn Mathedrig.

'Arglwydd mawr.' Sylwodd Theo ei fod yn dal yn siarad Cymraeg. Trodd i'r Saesneg. 'Be ydi hyn? Pwyllgor croesawu?'

Wnaeth y cyrff ar y soffas ddim stwyrio. Cyneuodd Theo fwy o oleuadau a gweld pam: ar y bwrdd roedd tair potel win wag ac un botel wisgi a edrychai fel pe bai'n prysur wagio cyn i Dean, Gav, a Gareth syrthio i gysgu. Fesul un, dechreuodd y tri guddio'u llygaid a chwyno am y golau.

'Be ddiawl dach chi'n wneud fan hyn?' holodd Theo, gan godi traed Dean ac eistedd ar y darn hwnnw o'r soffa. Roedd gan y pedwar gopïau o oriadau fflatiau ei gilydd, rhag ofn, ond doedden nhw ddim wedi eu defnyddio o'r blaen.

Esboniodd Gareth eu bod wedi dyfalu y byddai Theo'n dychwelyd yn hwyr neu'n hwyrach a'u bod yn teimlo y dylen nhw ei groesawu'n ôl. Yn y cyfamser roedden nhw wedi agor ei gwpwrdd diodydd.

'Pan mae o'n dweud "croesawu", eglurodd Dean yn floesg, heb agor ei lygaid, 'mae o'n golygu rhoi ram-dam iawn i ti. Dy ddychryn di a gwneud i ti fwyta dy fôls o'n blaenau ni. Ti 'di bod yn ffŵl dwl, wedi peryglu gwerth blynyddoedd o waith, ac mae hi'n ta-ra i fonws tew... Sut gallet ti fod mor blydi hunanol a gwirion?'

Roedd Theo wedi paratoi sawl araith, wedi cynllunio sawl ymateb y gallai ei weiddi mewn ffrae. Ond doedd ganddo ddim byd i'w ddweud. Felly ymddiheurodd. Daeth y tri arall atynt eu hunain yn araf a distaw.

Eglurodd Gav fod y pedwar wedi cael eu gwahardd o'u

gwaith ar gyflog llawn wrth i'r cwmni ymchwilio. Doedd neb wedi sbragio ond doedd neb yn meddwl nad Theo oedd ar fai. Roedd Syr Wentworth yn flin ac yn bygwth cyfraith.

'Paid â meiddio meddwl bod hyn yn unrhyw fath o faddeuant,' meddai Dean wedyn. 'Mae gen ti lot o waith i'w wneud cyn hynny. Ond pacia siwtces arall. 'Dan ni ddim am wastraffu amser. 'Dan ni'n mynd i Ibiza. Mae popeth wedi'i drefnu. Brysia, achos mae'r ffleit yn gadael am hanner awr wedi tri. Gareth, ffonia dacsi.'

Felly y bu. Taflodd Theo ei ddillad haf i siwtces, gan chwerthin ar hyfdra gwych y cynllun. Câi boeni am ei yrfa, ac am Gefn Mathedrig, yr wythnos nesaf – roedd ganddo wythnos o drythyllwch yn yr haul i'w fwynhau cyn hynny.

Wrth i Theo gloi drws y fflat aeth Dean a Gav i alw'r lifft. Arhosodd Gareth gyda Theo.

'Ddrwg gen i glywed am dy dad,' meddai'n dawel.

18

AR YR AWR hwyr honno roedd hi'n rhwydd pasio drwy'r maes awyr ac roedd yr awyren yn cylchu'r rynwe cyn pen dim o dro. Unwaith roedden nhw yn yr awyr, syrthiodd Dean a Gav i gysgu – roedd y gwin yn dal i ddweud arnyn nhw.

Digon tawedog oedd Gareth hefyd; gofynnodd ambell gwestiwn am yr angladd a phwysleisio eto ei fod yn cydymdeimlo'n arw ac y byddai'n gweddïo drosto. Ond cyn pen hanner awr o hedfan roedd yntau'n pendwmpian hefyd, gan lafoerio ar ysgwydd Theo.

Er ei bod hi'n oriau mân y bore, a Theo wedi gyrru am oriau, allai o ddim cysgu. Roedd ei galon yn dal yn curo'n rhy galed a dim ond iddo gau ei lygaid byddai rhyw drên arall o feddyliau'n gwibio drwy ei ymennydd. Prynodd gwpanaid o siocled poeth, gan obeithio y byddai hynny'n ei esmwytho i gysgu, ond llosgodd ei geg ar hwnnw.

Syllodd ar y gadair o'i flaen a cheisio eistedd yn fwy cyfforddus heb amharu ar gwsg Gareth, a oedd bellach yn chwyrnu.

Bryd hynny y gafaelodd pwl o'r felan yn ei galon: cymysgedd o alar am ei dad, panig am ei swydd, a phryder am ei gartref yn clymu'n dynn am ei enaid. Ceisiodd anadlu. Ceisiodd feddwl am ferched mewn bicinis yn sgleinio yn haul Ibiza. Ond allai o ddim meddwl am ddim byd heblaw bod yn rhaid iddo achub gyrfa nad oedd yn ei mwynhau a chartref nad oedd yn ei garu, a hynny ar yr un pryd â bod yn ynfytyn annibynadwy. Roedd meddwl am ddychwelyd i goridorau dienaid y swyddfa – a'i gynffon rhwng ei goesau, a phawb â'u cyllell ynddo – cyn waethed â phydru mewn adfail o blas.

Am resymau felly mae pobl yn eu lladd eu hunain,

meddyliodd Theo: am fod pob dewis arall yr un mor ddigalon o annymunol â'i gilydd, am fod pob llwybr posib yn llethol o annigonol.

Ond doedd lladd ei hun ddim yn apelio at Theo. Roedd rhywbeth yn sordid a di-chwaeth am y peth, yn enwedig o feddwl am y manylion ymarferol. Roedd pobl yn troi eu trwynau wrth glywed am hunanladdiadau, yn teimlo'n anghyfforddus am ychydig cyn ei droi'n gompliment iddyn nhw'u hunain eu bod yn dal yn fyw.

Gyda hynny, cafodd Theo syniad: beth petai'n talu asasin i'w ladd ar ddyddiad penodedig? O gael saethwr gwerth ei halen, byddai'r farwolaeth yn edrych fel llofruddiaeth ac yn ddirgelwch llwyr am byth. Roedd hynny'n secsi. Roedd yn ddihangfa heb ddrewdod cywilydd.

Ac wedyn, meddyliodd Theo: sut brofiad fyddai byw, yn holliach, gyda'r sicrwydd y byddai'n marw ar ddyddiad penodedig – ymhen wythnos, mis, neu flwyddyn? Byddai'r cyfnod hwnnw'n rhyddid pur. Câi wario fel y mynnai heb boeni am y ddyled, bwyta heb dwchu, shagio heb boeni am afiechydon na thorcalon, smocio a snortio'n ffri heb boeni am ei iechyd, siarad yn blaen, gwisgo fel y mynnai… a fyddai dim ots.

Byddai'n rhydd.

A phan fyddai'r dyddiad penodedig yn dod, byddai wedi cael y fath flas ar fyw nes y byddai naill ai'n derbyn marwolaeth yn llawen neu'n canslo'r asasin am y byddai marw bryd hynny, heb barhau i brofi pleser bywyd, yn teimlo fel trychineb.

Ac yna, ac yntau bellach rhwng cwsg ac effro, sylweddolodd na fyddai'n rhaid iddo fynd i'r drafferth o ddod o hyd i asasin, egluro'r gofynion, trefnu'r taliad ac ati. Y cwbl roedd yn rhaid iddo'i wneud oedd dweud wrtho'i hun nad oedd ots am fory, nad oedd y dyfodol yn cyfri dim.

A lle'n well nag Ibiza i fyw yn ôl yr argyhoeddiad hwnnw?

Gwnaeth yr addewid hwnnw iddo'i hun ac yna, o'r diwedd, cysgodd.

19

A R ÔL CYRRAEDD Ibiza ben bore, penderfynodd y pedwar y byddai'n fuddiol iddynt gysgu am ychydig o oriau fel y gallent fwynhau'r pnawn a'r nos i'r eithaf. A dyna a wnaed: edrych o gwmpas eu stafelloedd (roedden nhw wedi cael fila ar dir gwesty), pasio bod yr holl fila'n warthus o foethus, a mynd am eu gwelyau.

Roedd yn tynnu at un ar ddeg y bore pan ddeffrodd Theo ar ôl cwsg tyn, cynnes. O'r eiliad y deffrodd, fe'i trawyd gan deimlad cyfarwydd: roedd y gwaed yn ei wythiennau'n llifo'n gynt, a'i gnawd i gyd yn teimlo'n hyblyg, yn gryf, ac yn barod am unrhyw beth. Ar hyd ei groen dawnsiai mymryn o gyffro. Aeth i olchi ei ddannedd, a'i holl gorff yn llawn archwaeth.

Archwaeth am beth? Awch i brofi gormodedd, chwant am golli rhywfaint o reolaeth arno'i hun a gadael i'w isymwybod wneud y gwaith meddwl ar ei ran.

Deffrodd Theo'r lleill a mynd am gawod boethach na'r cyffredin, lle cyffrôdd oglau ei sebon potel ran arall o'i ymennydd. Teimlai'n lanach nag ers tro byd ac, erbyn hynny, roedd yr hogiau'n barod am frecwast.

A hithau'n hwyr, roedd brecwast bwffe'r gwesty ar fin cau ond ildiodd y pen-gweinydd i gŵynion y pedwar a gorchymyn i'r cogydd daro mwy o wyau yn y badell ffrio. Manteisiodd Theo ar y bwffe fel arbenigwr. Cymerodd y stwff cyfandirol yn gyntaf: platiad solet o gaws a *croissants* a hamiau a selsig amrywiol (salami, *pepperoni, chorizo,* a ham plaen), myffins a jamiau a bara rhyg a bara grawn. Bwytaodd y cwbl a'i olchi i lawr â dau wydraid o sudd oren. Rhyw bigo ar eu brecwastau wnaeth y lleill.

Anwybyddodd Theo eu diffyg sgwrs a mynd i nôl platiad o frecwast go iawn. Am westy mor afiach o ariannog, doedd ansawdd y selsig ddim yn ardderchog, felly dim ond tair gymerodd o; o gwmpas y rheiny gosododd bum tafell o facwn, madarch, bîns, tair sleisen o bwdin gwaed, tri math o datws, pedwar math o wy, a dwy dafell loyw arall o bwdin gwaed ar ben y cyfan. Wyddai o ddim pam roedd Dean, Gav, a Gareth yn edrych mor syn arno. Llowciodd ei fwyd.

Ddylai Theo ddim bod wedi bwyta bowlen o Goco Pops i orffen y pryd; teimlai braidd yn sâl. Dim ots: piciodd i'r tŷ bach, rhoi dau fys mor agos ag y gallai at ei gorn gwddw, ac ar ôl gwagio'i gorff roedd yn barod i fwynhau gweddill y diwrnod.

☙

Roedd yr hogiau'n awyddus i dreulio'r dydd ar eu gwelyau haul, yn diogi a darllen a rhoi marciau allan o ddeg i gyrff y merched wrth y pwll (wel, Dean a Gav beth bynnag). Doedd Theo ddim am wastraffu amser yn gwneud y fath beth. Edrychodd ar y pamffledi ym mharlwr y fila.

'Jetsgis,' meddai gan anwybyddu'r olwg amheus ar wynebau'r lleill. 'Rhywfaint o sbîd a pherygl i'ch deffro chi, y diawliaid diflas. Be sy 'di digwydd i chi?'

Ceisiodd Gareth awgrymu bod y tri ohonyn nhw wedi ymlâdd ar ôl wythnosau neilltuol o galed yn y swyddfa ond mynnodd Theo eu bod yn mynd. Welodd o mo'r cuchiau a rannodd Dean a Gav.

☙

Yn ei siwt wlyb, ar ôl mymryn o hyfforddiant, credai Theo mai jetsgis oedd y peiriannau gorau i Dduw eu creu erioed. Roedd ei galon yn ei wddw wrth i'r cwch bach fownsio dros y tonnau'n ysgafn ac ehud, a gyrrai Theo'n gynt bob munud.

Taflai gip dros ei ysgwydd o bryd i'w gilydd i weld ei olion igam-ogam yn y môr. Edrychai ar y tri arall yn reidio'n fursennaidd o araf yn nes at y lan. Beth oedd yn bod arnyn nhw? Aeth Theo'n nes atynt a'u cylchu. Penderfynodd fynd ymhellach eto, yna dod yn ei ôl a mynd wysg ei ochr fel y gallai wneud andros o sblash dros Gareth. Chwarddodd yn harti wrth weld y sioc ar wyneb hwnnw.

Yna aeth yn ôl i gyfeiriad y môr mawr, gan edrych yn fodlon ar y nodwydd cyflymdra'n codi. Roedd popeth yn iawn tan iddo fynd i mewn i don fawr, heb iddo sylwi, ac yntau'n mynd yn neilltuol o gyflym. Collodd Theo'i afael yn yr handlenni ac fe'i taflwyd i'r dŵr. Sgrialodd y jetsgi'r ffordd arall, cyn stopio. Chwarddodd Theo a phoeri'r heli o'i geg.

Ar ôl iddo gyrraedd y lan cafodd ei wahardd rhag llogi jetsgi yn Ibiza byth eto. Ond doedd hynny ddim yn broblem; doedd dim rhaid iddo ddod yma byth eto.

20

DRANNOETH, AR ÔL antur y pnawn blaenorol a noson wirion o yfed yn O'Neills, ac wedi i Dean ei alw'n ddiched unwaith eto, penderfynodd Theo gyfaddawdu â'r gweddill a threulio'r diwrnod yn lled-orwedd ar lownjars haul yn y gwesty. Roedd ganddo nofel dditectif yn cuddio'i wyneb, a gweinydd yn dod â faint fynnai o goctels at y bwrdd bach wrth ei ymyl. Gweithiodd Theo'i ffordd drwy'r fwydlen coctels; cadw at lager wnaeth yr hogiau.

Serch hynny, roedd eu sgwrs yn hamddenol a harti, a Dean a Gav yn dotio at y duwiesau eurgroen o gylch y pwll – ond yn rhy fodlon ar y gwelyau haul i fynd i'r drafferth o geisio'u bachu a hithau'n fore fel hyn.

Roedd Gareth yn darllen llyfr trwm am ddiwinydd Almaenig o'r ddeunawfed ganrif. Nodiai a mwmial ei gytundeb o dro i dro. Dechreuodd adrodd un o ddadleuon diddorol y llyfr wrth Theo, a fwmialodd yn raslon fel pe bai ganddo ddiddordeb. Parhaodd Gareth i siarad. Aeth Dean a Gav i nofio. Aeth Gareth rhagddo i ddweud stori go ddifyr ynghylch terfysgoedd diwinyddol yn eglwysi Bafaria.

Syrthiodd Theo i gysgu. Doedd o ddim yn gwisgo eli haul, wrth gwrs (nid cadi-ffan sensitif oedd o), felly pan ddeffrodd yn ddiweddarach, ac yntau wedi gorwedd yn yr haul drwy oriau tanbaid canol dydd, roedd yn neilltuol o binc, ac roedd ei groen yn dendar pan daflodd Dean bwcedaid o ddŵr drosto. Dim ots – byddai'n brownio'n sydyn. Roedd Theo'n fwy blin iddo golli'r cinio bwffe.

21

Y NOSON WEDYN, ar ôl diwrnod o orwedd yn gwingo dan
ambarél (i liniaru effeithiau'r haul) gyda'i iPod (i liniaru
sgwrs Gareth) yn yfed dŵr ac yn gwisgo'i sbectol haul (i liniaru'r
cur pen), roedd yr archwaeth gwyllt a'i meddiannodd wedi
dychwelyd. Mynnodd eu bod yn mynd allan am noson go iawn
– nid y peintiau tawel mewn bariau Gwyddelig a gawsant hyd
yn hyn. Clybio, fodca, merched, dawnsio, tynnu crysau: mynd
amdani. Cytunodd y gweddill, heb ymrwymiad pendant i dynnu
eu topiau.

Roedd y jin a'r fodca fel dŵr, a hynny, tebygai Dean yn
chwerw, am mai dŵr oedd cyfran helaeth ohonynt. Dadleuai
Gav nad oedd hynny'n beth drwg: os oedd glastwreiddio'r
gwirodydd yn eu gwneud yn rhatach ac yn haws eu hyfed,
purion. Ffrwydrai eu sgwrs yn fflachiadau o chwerthin:
bloeddiadau fel stormydd ar wyneb haul eu sgwrsio. Erbyn
hyn, roedd y tri arall wedi ymlacio ac wedi ymddihatru'n llwyr
o bwysau'r swyddfa. Wrth i'r golau bylu yn y bariau cyflymodd
eu hyfed ac aeth eu sgwrs yn fwy swnllyd – yn symffoni o falu
awyr a thynnu coes. Allai Theo ddim cofio, wedyn, am beth
y bu iddyn nhw sôn ac roedd o'n falch o hynny: dyrchafu'r
dibwys dros dro a wnaeth eu sgwrs, dim arall.

Pan ddechreuodd Gareth grio, gan snifflan drwy ei ddagrau
rywbeth annealladwy am lawenydd yr ysbryd ac addewid y
bywyd tragwyddol, wnaeth hynny ddim rhoi hoelen yn nheiar eu
cyfeddach. Criodd y pedwar ohonynt am blwc, gan wenu yr un
pryd. Yna, dechreuodd Dean sylwi ar y merched o'u cwmpas.

Roedden nhw mewn bar go ddrud erbyn hyn ac adlewyrchid

hynny yn safon y genod a geid yno. Roedd y merched yn hardd. Yn wahanol i Theo, a oedd yn dal yn lliw pinc annymunol a'i groen yn dechrau mynd yn bothelli, roedd yr haul wedi troi'r merched yn ddelfrydau brown, gloyw. Ar wahân i un, sef yr un y bu Theo â'i lygaid arni ers tro. Roedd croen honno'n dal yn wyn, hynny y gellid ei weld ohono: roedd y gweddill yn blethiad cymhleth o datŵs amryliw, cywrain. Roedd hon, a'i gwallt du bitsh, a'r tatŵ o gwmpas ei llygad chwith yn rhoi awch ymosodol i wyneb prydferth, yn rhan o griw o ferched melynwallt, ond doedd hi ddim yn rhan o'u sgwrs: roedd hi'n mrengian ar stôl yn gwneud llygaid ar Theo ac yn llyfu ei dannedd blaen yn araf.

Safodd Theo er mwyn codi rownd. Pan aeth at y bar roedd hithau yno hefyd. Doedd y bar ddim yn orlawn ond, serch hynny, fe ddaliai hi ei chorff yn gynnes o agos at un Theo. Cyflwynodd Theo'i hun.

'Pam fyddai gen i ddiddordeb yn dy enw di?' holodd hithau â gwên ddrwg.

Sgowsar oedd hi, nid bod ots gan Theo am ei gwraidd na'i thras wrth iddo'i theimlo'n gwasgu yn ei erbyn. Prynodd ddiod iddi. Derbyniodd hithau'n goeglyd gan ddychanu acen uchel-ael Theo. Doedd dim amdani ond dynwared ei hacen Sgows hi; gwatwar ei gilydd, ac ymryson miniog eu geiriau'n hollol wahanol i feddalwch ei chorff ar ei gorff yntau.

Roedd gwydrau Gav, Dean, a Gareth yn segur ar y bar. Allai o ddim eu cadw'n aros yn hir ond doedd o ddim am adael i Mercedes-Anfield (nid ei henw iawn, ond dyna roedd o'n ei galw hi yn ei wich Sgowsar) lithro o'i afael chwaith. Gwahoddodd hi i eistedd gyda nhw a phrotestiodd y tri arall ddim, er eu bod nhw'n edrych yn ddigon piwis, wrth i Theo eistedd yn ei hen gadair gyda hithau ar ei lin.

Doedd eu sgwrs ddim yn llifo cystal ar ôl i Mercedes-Anfield ymuno, er iddi ofyn ambell gwestiwn beiddgar ac i Theo'i hateb yn eiddgar.

'Yr un hoyw ydi hwn, dwi'n cymryd?' holodd gan nodio ar Gareth a'i ddŵr pefriog.

'Sh,' atebodd Theo, cyn i Gareth gael agor ei geg. 'Dydan ni ddim yn cydnabod y peth. Does gynnon ni ddim syniad ei fod o'n gwisgo fel dynes bob penwythnos ac yn mynd ar ei wyliau i Wlad Thai bob blwyddyn.'

Chwarddodd pawb, gan gynnwys Gareth. Dyna oedd yr holl sgwrs – Theo'n gwneud i Mercedes-Anfield chwerthin ar draul yr hogiau – tan i Dean a Gav ddechrau sgyrnygu drwy eu chwerthin, ac iddi hi ddechrau symud yn synhwyrus ar lin Theo.

Cogiodd sibrwd yn ei glust ond wnaeth hi ddim dweud dim byd – dim ond cusanu ei wddw'n wefreiddiol o ysgafn a brathu ei glust.

Gwnaeth y ddau eu hesgusodion, a gadael.

Cyrhaeddodd y ddau'r fila mewn byr amser, tynnu dillad ei gilydd yn rhwydd, caru rhywfaint ar wyrctop y gegin ac ar y rŷg o flaen y ffenest fawr, cyn hel eu dillad a heglu i'r llofft pan glywsant yr hogiau'n cyrraedd yn ôl.

⌣⌣

Pan ddeffrodd Theo y bore wedyn roedd hi wedi mynd. Cododd ar ei eistedd a'i ben yn rhyfeddol o glir.

Roedd hi wedi gadael ei thong ar lawr rhwng y gwely a'r gawod; tybiai Theo fod hynny'n arferiad ganddi. Plygodd i'w chodi a'i rhoi yn y bìn.

Wyddai o mo'i henw. Chofiai o ddim sut roedd hi'n edrych – roedd o'n cofio'i thatŵs yn well na'i hwyneb. Ar ôl iddo godi a mynd i'r gawod, chlywai o mo'i hoglau eto. Welai o mohoni tra byddai byw a byddai hithau'n falch o hynny. Fyddai dim galwadau ffôn lletchwith na swperau cydwybodol, dim oeri nac esgusodion. Ni fyddai'r naill yn croesi meddwl y llall, heblaw fel

un o'r cymylau dinod gwyn yn awyr Ibiza. Roedden nhw wedi
mynd drwy'r naill a'r llall fel cyllell drwy fenyn ac roedd hynny'n
braf.

22

ROEDD ADDEWID THEO iddo'i hun y byddai'n byw'n ddiedifar, heb ystyried y dyfodol, yn dechrau dweud arno erbyn hyn. Roedd ei dryncs nofio'n dynnach, ei iau'n dechrau brifo, a chur parhaus yn ei ben. Ac roedd yr heddwch rhwng yr hogiau yn y fila'n fregus iawn. Roedd y felan yn ôl. Pe bai o wedi trefnu asasin, tybiai Theo na fyddai'n ceisio osgoi'r fwled.

Doedd arno ddim chwant brecwast hyd yn oed. Penderfynodd adael i bethau ddadmer drwy osgoi'r hogiau a rhoi seibiant i'w stumog drwy frecwasta ar ddŵr yn unig. Aeth am dro. Daliodd y bws cyntaf a aeth heibio i stop y gwesty ac aros arno tan ben y daith. Ar stad ddiwydiannol o fath yr oedd pen y daith ond cerddodd Theo i'r pentre cyfagos. Doedd o'n fawr o le – eglwys wen a thaferna wedi cau. Nodiodd ar ambell hen wraig a oedd yn crimpio yn yr haul.

Y tu ôl i'r eglwys roedd mynwent. Cerddodd Theo o'i chwmpas. Edrychodd ar y beddau, fel y mae rhywun yn gwneud. Roedd rhai'n dwt, rhai'n tyfu'n wyllt, fel y mae beddau. Synnodd at ffyddlondeb y perthnasau a oedd wedi gosod blodau yno. I beth, mewn difri? Fyddai'r cyrff ddim callach. Fyddai'r ymwelydd diarth â'r fynwent ddim yn ystyried y cyrff â blodau uwch eu pennau yn well na'r rhai di-flodau; dinod a dibwys oedden nhw i gyd. Rhyw fath o gystadleuaeth rhwng pentrefwyr oedd hi, mae'n debyg: pawb am y gorau i ddangos mai nhw oedd â'r parch mwyaf at eu hynafiaid diflas. Poerodd Theo.

Aeth yn ôl i'r stad ddiwydiannol i ddal y bws yn ôl i'r gwesty.

Prynodd gynhwysion swper. Er iddo addo iddo'i hun na faliai am neb na dim, allai o ddim gwadu bod y dicter distaw a oedd yn cyniwair yn y fila yn ei wneud yn anesmwyth. Byddai gwneud cinio rhost i'r hogiau yn weithred ddoeth, tybiai Theo. Yn ffodus, roedd yr archfarchnad fechan gyferbyn â'r gwesty wedi hen arfer â bodloni Prydeinwyr, felly cafodd fîff, tatws, llysiau, a gronynnau grefi heb drafferth. Prynodd win coch hefyd – y drutaf yn y siop, er mai dim ond rhywbeth o Awstralia oedd hwnnw.

Aeth ati i goginio. Doedd yr hogiau ddim yn y fila – mae'n debyg eu bod yn dal oriau ola'r haul wrth y pwll. Cafodd Theo hwyl arni ac erbyn chwech roedd y pryd bron â bod yn barod.

Erbyn hanner awr wedi saith roedd Theo ar ben caets oherwydd doedd dim golwg o'r hogiau, a'r swper yn sychu yn y ffwrn ers dros awr.

Am wyth y cyrhaeddon nhw, yn llawn hyd y fýl ar ôl swpera yn Viva China, y bwyty yn y gwesty.

'Be 'di hyn, Theo?' holodd Gareth yn gymodlon wrth weld y platiau'n stemio ar y wyrctop.

'Meddwl y baswn i'n gwneud swper bach i ni. Dim ots. Mi ddylwn i fod wedi holi be oedd eich planiau chi.'

'Dylet,' meddai Dean yn syth ac edrychodd Gav a Gareth yn bryderus i'w gyfeiriad.

'Dim ots,' meddai Theo eto.

'Nac oes?' holodd Dean. 'Mae'n siŵr dy fod ti'n disgwyl y byddai coginio swper yn gwneud iawn am bob dim – am fihafio fel dic-hed hunanol?'

'Dim ond gwneud swper wnes i,' meddai Theo. Roedd Dean yn amlwg wedi gwylltio am rywbeth arall. Peidio â ffraeo ag o oedd y peth call i'w wneud.

'Ti'n meddwl?' atebodd Dean. 'Rwyt ti'n gwneud rhywbeth hollol anghyffredin o nyts, sy'n peryglu gyrfa'r pedwar ohonon ni jyst am laff ac wedyn, heb hyd yn oed ymddiheuro'n iawn, rwyt ti'n difetha gwyliau pawb drwy fihafio fel llanc pedair ar ddeg oed. Ac rwyt ti'n meddwl bod cinio rhost yn mynd i wneud iawn am y peth. Hollol nodweddiadol ohonot ti, y posho dosbarth uwch bonheddig barus â chdi, yn meddwl bod gen ti hawl i'w lordio hi dros bawb oherwydd damwain dy eni a lle'r est ti i'r ysgol.'

Caledodd Theo ei ystum gan syllu'n oer i lygaid Dean. Roedd rhywfaint o dristwch yn yr atgasedd a welai yno, rhyw synnwyr fod rhywbeth yn dod i ben.

'Though cowards flinch and traitors sneer, we'll keep the red flag flying here,' canodd Theo'n watwarus a'i wrychyn wedi ei godi. Meddyliodd am gant a mil o bethau yr hoffai eu dweud ond yn y diwedd penderfynodd lamu i gyfeiriad Dean a'i ddyrnau o'i flaen.

Weithiodd hynny ddim oherwydd fe'i rhwystrwyd gan Gav a Gareth a chaniataodd hynny i Dean ymuno â'r ffrwgwd a dechrau taflu dyrnau at Theo. Roedd Theo wedi gwylltio cymaint fel na theimlai o mohonyn nhw. Llwyddodd i'w dynnu ei hun allan o'r llanast o gyrff, gafael yn ei waled a'i ffôn oddi ar y wyrctop, a mynd allan.

23

Bu'n SYLLU AR y drych ers pum munud, mae'n siŵr, heb
sbio'n iawn arni hi ei hun.

Roedd y fila'n dawel – yn dawelach fyth gan mai'r sŵn
diwethaf a glywodd hi oedd y drws yn cau'n glep ar ôl Rich.
Caeodd Gaia ei llygaid. Ceisiodd ei stopio'i hun rhag meddwl i
ble'r aeth o; stopio'i hun rhag meddwl am y ffaith ei fod o bellach
yn saff o fod mewn bar – a'r gadwyn aur am ei wddw'n sgleinio
yn y golau – yn cosi gwddw hogan ugain oed â'i wefusau, yn
braidd-gyffwrdd godre'i sgert efo'i fysedd caled, tew.

Agorodd ei llygaid. Sbiodd arni hi ei hun. Roedd hi'n
gwybod ei bod yn brydferth. Doedd ond angen sylwi ar lygaid
dynion yn ei dilyn ar hyd y traeth i wybod hynny; a sylwi hefyd
ar y genfigen yn llygaid eu gwragedd. Ond eto, yr eiliad hon,
doedd Gaia ddim yn coelio'i bod yn ddel o gwbl. Roedd ei
gwallt yn llesg a blêr, a düwch yn goresgyn y cudynnau melyn;
o sbio'n fanwl roedd meflau bach yn sboelio llyfnder ei chroen;
prin roedd y colur yn cuddio'r bagiau dan ei llygaid, a heno
roedd dagrau wedi taflu masgara'n llanast o gwmpas y llygaid
coch, blinedig hynny.

Estynnodd Gaia weip. Rhwbiodd ei llygaid â'r lleithder oer a
gweld gweddillion du a hufen ei cholur yn stremp ar y defnydd.
Weip ffres. Rhwbio eto, nes dechrau teimlo'n lân. Edrychodd ar
y drych. Roedd ei hwyneb yn goch ar ôl tynnu'r colur. Teimlai'n
noeth heb ei phowdrach: rhychau anochel ei bron-yn-ddeugain-
oed yn amlycach, a'r brychni haul yn y golwg am unwaith. Roedd
rhywbeth yn braf am fod yn llai prydferth nag arfer. Teimlai fel
hi ei hun.

Drwy gornel ei llygaid gwelodd ei ffrog las yn hongian ar y wardrob.

Meddyliodd mor braf fyddai ei gwisgo, ail-wneud ei cholur, mynd allan, a chael ei meddwi a'i dandwn – dal dynion ar drugaredd ei gwên unwaith eto. Ond, yn y diwedd, penderfynodd aros yn ei dillad cyffredin. Roedd hi'n iawn fel roedd hi.

Aeth i gegin y fila a thaflu mymryn o arian i'w bag bach.

Edrychodd ar y drych wrth y drws a sbio i'w llygaid ei hun.

Aeth allan, heb golur.

24

CERDDODD THEO'N SYDYN i gyfeiriad y strip a'i feddwl ar chwâl. Dechrau meddwl am yr hyn a ddywedodd Dean fyddai'r camgymeriad gwaethaf y gallai ei wneud. Roedd yn rhaid iddo anghofio.

Gwelodd far ac anelu am y drws a'i ben yn isel. Cafodd sioc pan fu bron iddo gerdded i mewn i ferch gwallt melyn tua'r un oed ag yntau. Ymddiheurodd a dal y drws yn agored iddi. Aeth hi drwyddo, heb ddiolch na dweud gair.

Wrth ei dilyn drwy gyntedd y bar, sylwodd Theo nad oedd hi wedi gwisgo'n neilltuol o drawiadol (sgert ddenim, fest wen, cardigan, a fflip-fflops) ond roedd yn amlwg o'i hosgo a'i hystum nad oedd cymhariaeth rhwng hon a merched cyffredin.

Cynigiodd Theo brynu diod iddi.

'Dim diolch,' atebodd hithau'n dawel.

'Ty'd,' meddai Theo wedyn, ac adrenalin y ffeit yn dal yn drybowndian yn ei ben wrth iddo deimlo'i wyneb yn chwyddo. 'Diod bach. Gwin? Gwyn? Coch? Pinc?'

'Paid â chwarae'r gŵr bonheddig. Sgen i ddim diddordeb. Dwi jyst isio llonydd.'

'Ond...'

'O ddifri. *Piss off.*'

Synnwyd Theo gan ei hymateb. Beth oedd yn poeni hon? Yn annoeth, gofynnodd hynny wrthi.

'Dim o dy fusnes di,' meddai.

'Digon teg,' meddai yntau.

'Ond os wyt ti'n mynnu cael gwybod, dwi yma i ddenig rhag y ffaith fod fy ngŵr i'n shagio rhyw farmed neu'i gilydd.'

'O diar,' meddai Theo'n llipa. 'Mae hynna'n ofnadwy.'

'Ydi,' atebodd hithau. 'Rŵan, fel y gofynnais i iti wneud gynna, *piss off.*'

Eisteddodd y ddau ar fyrddau gyferbyn â'i gilydd a'r llawr dawnsio rhyngddynt. Gwyddai Theo ei bod yn edrych arno ond pan edrychai yntau arni hi, trôi ei phen i ffwrdd. Penderfynodd Theo beidio â stopio edrych arni; byddai'n rhaid iddi edrych arno yntau ryw ben.

Wnaeth cysgodion a golau lliw'r bar ddim byd ond atgyfnerthu sylweddoliad Theo mai hon oedd y ferch dlysaf yn y byd. Wrth i'r pelydrau gwyrdd a choch ddawnsio drwy'i gwallt, ac wrth i'w fest wen oleuo'n las yn y golau, trodd y ferch yn angyles. Syllodd Theo arni. Pe bai'n gweld llun ohoni, byddai'n taeru bod esgyrn uchel ei bochau, meinder lluniaidd ei thrwyn, a llawnder blysig ei gwefusau wedi eu mireinio â Photoshop. Ond roedd hi yno o'i flaen, chwe cham i ffwrdd. A doedd ei phrydferthwch ddim yn berffaith, chwaith – roedd ffurf ei gwefusau'n llawn direidi a hyder, a'r awgrym lleiaf o hogan ddrwg yn ei llygaid hi...

Roedd bron â darfod ei wydraid o win ers tro ond roedd yn oedi cyn cymryd y llwnc olaf nes... Dyna ni! Roedd yr angyles wedi gorffen ei diod ac yn mynd at y bar. Ymunodd â hi yno.

'Ti'n gwybod dy fod di'n bihafio fel crîp, wyt?' holodd hi, heb droi ei phen, pan welodd fod Theo'n sefyll wrth ei hymyl.

'Fedri di mo fy meio i am nôl diod o'r bar,' meddai yntau. 'Be gymeri di?'

'Llonydd.'

'Sengl 'ta dwbwl?'

Trodd y ferch i'w wynebu a'i hwyneb yn awgrymu awydd i roi celpan i Theo. Dywedodd yntau wrthi am bwyllo; roedd ergydion Dean wedi dechrau brifo'i wyneb erbyn hyn.

'Alli di jyst gadael llonydd i mi, plis?' gofynnodd hithau'n bwyllog.

Dywedodd Theo ei fod o'n flin a thrist, a hithau'n flin a thrist: pam na allen nhw gysuro'i gilydd?

'Achos dyn wyt ti. Ac mae dynion yn fastads hunanol sy'n meddwl am ddim ond eu bodloni eu hunain,' meddai'r ferch a cheisio cael sylw'r barman, a oedd yn amharod i ymyrryd.

'Braidd yn llym ydi'r agwedd yna, wsti. Dim ond cynnig diod wnes i.'

'Iesu mawr,' meddai hi dan ei gwynt, cyn caledu'n sydyn. 'Tyrd yn dy flaen, 'ta. Os wyt ti f'isio i ar blât, dangosa faint o foi wyt ti.'

A dringodd i ben y bar, tynnu ei fest, a gorwedd yno. Gorchmynnodd i'r barman roi gwydryn shot o tecila yn ei botwm bol, llinell o halen i lawr canol ei stumog, a sleisen o leim rhwng ei bronnau. Edrychodd Theo'n syn arni. Dywedodd y ferch wrtho am siapio ac nad oedd ganddo hawl defnyddio'i ddwylo.

Her oedd her. Lapiodd Theo'i wefusau am y gwydr, cyn codi ei ben i dywallt y gwirod chwerw i lawr ei wddw. Tagodd ond yna gorfododd ei hun i lyfu'r llinell o halen i gyd cyn brathu'r leim yn fuddugoliaethus.

'Eto!' bloeddiodd ac ufuddhaodd y barman, gan lenwi'r gwydr shot, tywallt mwy o halen, a gosod y leim yn foneddigaidd yn ei le.

Erbyn y pedwerydd tro doedd y tecila ddim yn brifo'i wddw, a doedd y leim ddim yn sur. Cymerodd bedwar slamar arall cyn teimlo'i hun yn gwegian mymryn. Edrychodd ar wyneb y ferch a orweddai'n amyneddgar ar y bar.

'Fedra i orwedd yma drwy'r nos,' meddai hithau wrth weld ei lygaid meddw'n ymbil arni.

'Eto!' meddai Theo. Roedd y nawfed yn fwy o ymdrech.

'Eto!' Snortiodd yr halen am y degfed tro a gwasgu sudd y leim i mewn i'w lygaid. Ac yna ciliodd o'r bar gan ddisgyn i gadair esmwyth. Drwy gil ei lygad gwelodd y ferch yn gwisgo'i fest, yn talu am y diodydd, ac yn cerdded yn gefnsyth allan o'r bar. Yna, gadawodd Theo i'r düwch ei gofleidio.

Mwynhaodd Gaia'r modd y bu iddi lorio'r twat ymwthgar yn y bar. Mater hawdd oedd rhoi gormod o bwdin i gi a'i wylio'n tagu'n llawen.

Nid bod y truan yn y Palm Lounge wedi gwneud llawer o'i le. Chyffyrddodd o ddim â hi, na dweud dim byd aflednais. Yr hyn a gododd wrychyn Gaia oedd bod y boi, pwy bynnag oedd o, yn credu y byddai ei hawlio hi mor hawdd â dal drws yn agored a phrynu ambell ddiod. Doedd hi ddim mor wan nac anghennus â hynny; roedd hi wedi gweld gormod o ddynion ac yn eu hadnabod nhw a'u ffyrdd rhagweladwy.

Dim ond cardigan oedd ganddi amdani. Roedd yr awel yn oer heno. Cododd croen gŵydd ar goesau Gaia. Dechreuodd resymu â hi ei hun. Onid i fwynhau fflyrtio blêr dynion gwan, yfed eu diodydd, a mwynhau eu breichiau cadarn am ei chefn y daeth hi allan heno? Onid i fwynhau'r ffaith fod dynion yn syrthio'n gegrwth wrth ei thraed y gadawodd hi'r fila? Oedodd ar y pafin, gan ystyried a fynnai hi wely oer mewn fila wag heno.

Gwyddai ei bod yn anwadal. Doedd hynny ddim yr un peth â bod yn wan. Ei hawl hi oedd ildio faint bynnag o'i chorff a'i henaid ag y dymunai. Ei phenderfyniad hi oedd troi yn ei hôl i gyfeiriad y strip gan ddiystyru popeth ond ei chalon hi ei hun, heno.

25

Deffrodd Theo pan deimlodd rywun yn cicio'i goes.
Dychrynodd wrth deimlo sblasys oer o ddŵr ar ei
wyneb, a chlywed miwsig y bar unwaith eto. Am faint y bu
allan ohoni? Oriau, mae'n siŵr. Roedd ei geg yn annioddefol
o sych a chur yn meddiannu ei ben. Mentrodd agor ei lygaid
er mwyn gweld o ble roedd y dŵr yn dod.

Rhaid ei fod yn breuddwydio achos welai o ddim byd ond
croen golau'r angyles felynwallt yn syllu arno, a golwg braidd
yn euog ar ei hwyneb.

'Ti'n iawn?' holodd Theo.

'Fi ddylai ofyn hynny i ti.'

Gosododd yr angyles beint o ddŵr o'i flaen a gorchymyn
iddo'i yfed. Estynnodd ddwy barasetamol o'i phoced a'u
cynnig iddo. Llowciodd Theo'r dŵr yn awchus. Aeth hithau i
nôl gwydraid arall iddo. Teimlodd normalrwydd yn dychwelyd
i'w gorff. Os oedd o'n ei gweld hi'n hardd cynt, bellach roedd
hi'n wyrthiol: hi oedd ei achubiaeth, a Theo wedi anghofio'n
llwyr mai hi a'i hudodd o i'r fath stad.

'Be ydi dy enw di?' holodd yn araf cyn llyncu mwy o
ddŵr.

'Gaia.'

'Duwies,' meddai Theo heb feddwl am y peth.

'Bell o fod.'

'Duwies,' meddai Theo eto gan frwydro'n chwyrn yn erbyn
yr awydd i gau ei lygaid. Roedd edrych arni'n gwneud iddo
deimlo'n dila ond allai o ddim stopio sbio arni.

Ceisiodd Theo fynd i'r tŷ bach. Daeth cerdded yn haws

gyda phob cam. Ar ôl dod yn ôl, a chael mwy o ddŵr, teimlai'n well o lawer – yn iach, yn hyderus.

Dechreuodd y ddau siarad ac osgôdd Theo sôn o gwbl am ŵr na bywyd normal Gaia. Sôn am eu delfrydau wnaethon nhw, sôn am y pethau a oedd yn gwneud bywyd yn werth ei fyw. Doedd ganddyn nhw ddim byd yn gyffredin, dim ond y ffaith fod siarad â'r naill yn cynnau'r llall.

Stopiodd Gaia ddim i feddwl am hyn. Fel arfer, byddai'n hunanymwybodol yng nghwmni dynion, yn mesur pob gwên ac yn dogni ei chwerthin. Heno, gadawodd iddi ei hun ymgolli: doedd hi ddim yn poeni am y ffaith fod ei dillad yn ddi-raen a'i cholur yn brin. Wrth i Theo fwrw i ryw stori neu'i gilydd am ryw fêt – Quinn, neu rywbeth – edrychodd hithau'n fanwl arno. Doedd o ddim yn hyll. A dweud y gwir, mewn ffordd hen-ffasiwn, hen bres, roedd o'n olygus. Roedd o'n wahanol, beth bynnag, i'r teip Swydd Caer a'i hamgylchynai fel arfer – roedd trwsiad ei grys yn fwy chwaethus, ei wallt yn gyrls urddasol, a'i bersawr yn llai amlwg. Freuddwydiodd hi erioed y gallai gael ei chyffroi gan un fel hwn. Ond heno... Atgoffodd Gaia ei hun mai hi oedd i fod yn rheoli hyn. Yna torrodd ar draws mwydro Theo pan glywodd hi o'n crybwyll enw lle cyfarwydd.

'Aros funud, wyt ti'n byw yn ymyl fan'na?'

'Yndw. Pam?'

'Mae gynnon ni garafán yn Sea Breeze.'

'Wn i'n iawn am fan'no. Lle neis. Chwaethus. Digon o safon.'

Cafodd slap am ei goegni ac yna trodd y sgwrs i gyfeiriad arall. Penderfynodd y ddau fynd am dro.

Pan gyrhaeddon nhw'r traeth, sobrodd y gwynt fwy ar Theo. Sobrodd Gaia hefyd. Meddyliodd y dylai'r gwynt chwythu ei gwiriondeb byrbwyll i ffwrdd. Wnaeth o ddim. Rwystrodd hi mohoni ei hun rhag closio at Theo a'i lapio'i hun am ei fraich.

Synnodd Theo ddim wrth ei theimlo'n ffitio'n berffaith dan ei gesail; roedd fel petai'n gwbl naturiol. Ar ynys wyllt, filltiroedd o Lŷn a Llundain, lle roedd goleuadau'r bariau'n cystadlu â'r lloer i ddisgleirio ar y môr, roedd o'n teimlo fel petai o adre. Daeth y ddau at fin y dŵr.

'Lle'r awn ni rŵan?'

Ateb Gaia oedd diosg ei chardigan, tynnu ei fest dros ei phen, datod ei bra, tynnu gweddill ei dillad, a sefyll yno'n noeth. Plygodd yn agos at wyneb Theo.

'Wela i di yn y dŵr,' sibrydodd, a rhedeg i'r eigion.

Chwarddodd Theo, tynnu ei ddillad ei hun, a rhedeg ar ei hôl, heb geisio dal i fyny efo hi: roedd siâp ei chefn a'i choesau'n berffeithiach na dim.

Pe bai hi heb stopio rhedeg a dechrau nofio, byddai yntau wedi rhedeg i'r dyfnder eithaf ar ei hôl, a boddi'n llon.

Ond nofio wnaethon nhw: padlo ym mreichiau ei gilydd, yn eiddo i'r nos.

26

HWN OEDD Y diwrnod mwyaf glawog a welodd Theo ers tro, a'r dŵr yn bownsio'n uchel oddi ar y pyllau yn y cwrt. Bron na allai deimlo tecila olaf Ibiza'n draenio allan o'i system a diflastod yn ei ddisodli.

Y munud y cyrhaeddon nhw Gatwick roedd Theo wedi e-bostio'r bòs i dderbyn pob cyfrifoldeb am yr e-bost, fel y gallai'r tri arall ddychwelyd i'r gwaith. Cymerodd yn ganiataol y byddai ei waharddiad yntau'n parhau, felly gyrrodd yn ôl i Gefn Mathedrig. A dyna lle roedd o, yn pydru.

Gan nad oedd ganddo ddim byd amgenach i'w wneud, aeth Theo i fyny i lawr uchaf y plas, a'r grisiau'n culhau gyda phob llawr. Byddai bob amser yn dod yma'n blentyn pan fyddai'n bwrw, i un o'r stafelloedd cyfyng â'i ffenestri pitw lle cysgai'r gweision gynt. Ac yntau reit o dan y to, gallai glywed y dafnau trymion yn taro'r plwm, a'r sŵn yn llenwi'r stafell fach yn llwyr fel na allai feddwl am ddim byd, dim ond gwrando ar y glaw.

Heddiw roedd y stafell yn wahanol. Llifai lleithder i lawr y waliau, ac roedd y nenfwd a'r corneli'n ddu gan damprwydd. Roedd sŵn y glaw'n dal i lenwi'r lle ond doedd y curo ddim cweit mor eglur ag o'r blaen – fel petai'r dŵr yn disgyn ar bren llaith. Efallai y dylai rhywun edrych ar y to; efallai ddim. Aeth Theo oddi yno; doedd o'n treulio dim amser ar y llawr uchaf beth bynnag, felly doedd dim pwynt poeni.

Aeth i'r llyfrgell: roedd arno ffansi eistedd yn segura a hel meddyliau mewn stafell wahanol i'r arfer.

Suddodd i gadair swyddfa – un â botymau aur yn dal lledr gwyrdd yn ei le – a gwthio'i fysedd yn erbyn cornel un o'r desgiau derw i'w droelli ei hun. Gwichiai'r gadair wrth i Theo droelli'n gynt, troelli nes bod y stafell yn gwegian. Caeodd ei lygaid wrth i'r gadair arafu.

Pan ddaeth ato'i hun edrychodd yn fanwl ar y llyfrgell. Roedd rhywbeth amdani'n wahanol i bob stafell arall yn y tŷ. Edrychodd o'i gwmpas; ar y cyfrolau rhwymedig coch, glas, brown a ffurfiai waliau'r stafell, ar y darn o bapur wal a oedd heb ei guddio gan lyfrau, ar y carped. Roedd eu lliwiau'n fwy eglur nag mewn unrhyw stafell arall yn y tŷ. Sniffiodd. Roedd yma oglau polish. Cododd, sadio, a mynd at un o'r silffoedd. Dim llwch – er bod y parlyrau a'r stafelloedd bwyta i gyd dan haenen denau o ddiofalwch.

Chwarddodd Theo. Wrth gwrs. O bob stafell yn y tŷ, hon oedd yr un y byddai ei dad yn gorchymyn ei chadw fel pìn mewn papur. A'r rhan fwyaf o'r plas yn suddo i flerwch segurdod, roedd y llyfrgell yn lân a ffres.

Doedd hynny ddim yn synnu Theo. Tynnodd un o'r cyfrolau oddi ar silff, gan styrbio'u taclusrwydd union, a phori drwy'r tudalennau: ôl-rifynnau *Barddas* 1983–85. Roedd Elystan yn sylweddoli mai plas digon dinod oedd Cefn Mathedrig yn ymyl plastai eraill – heblaw am un peth. Efallai fod pensaernïaeth a chyflwr sawl plas arall yn rhagori arno ond, ers canrifoedd, roedd uchelwyr y fan hyn yn noddwyr beirdd, yn coleddu llên, yn cynnal traddodiadau'r cilcyn bach hwn o dir. Sylwodd Theo fod ei wefusau'n symud wrth iddo adrodd sbîl ei dad yn ei ben.

Dyna pam roedd Elystan yn arfer gwahodd mân feirdd yr ardal i'r plas i adrodd eu rwtsh talcen slip a gorfodi Theo i wrando; dyna pam roedd Theo'n gorfod darllen y *Cyfansoddiadau*'n fanwl bob blwyddyn a dysgu cywyddau ar ei gof, er nad oedd ganddo fawr o ddiddordeb; dyna pam roedd Elystan yn tollti cyfoeth y plas i Ymddiriedolaeth Mathedrig, a oedd yn noddi popeth diwylliedig yng Nghymru – o'r Eisteddfod i gyngherddau bach neuadd sinc. Bu'r tocynnau am ddim i'r Brifwyl – o'u rhoi i genod – yn ddefnyddiol iawn i Theo a Gwyn erstalwm...

Taflodd *Barddas* ar un o'r desgiau. Roedd diflastod segurdod yn dod drosto eto. Teimlodd ei law'n crwydro at ei felt ac yna pang o rywbeth tebyg i euogrwydd wrth iddo edrych i fyny ar batrymau cain y to ac unffurfiaeth y silffoedd rhwymedig. Ond doedd ganddo ddim byd gwell i'w wneud.

Yna, fflachiodd yr wyneb hwnnw o flaen ei lygaid: y wên swil a'r gruddiau siarp, lluniaidd a'r cyffro o wallt melyn – a siâp ei chefn yn rhedeg am y dŵr fel y gwnaethai ymhob breuddwyd a gafodd Theo ers y noson yr aeth i ymdrochi yn ei rhyfeddod. Caeodd ei felt a mynd i segura mewn stafell arall.

27

CLYWODD THEO GNOC ar ei ddrws wedi i Maredudd ddod â'r troli.

'Mae Gwenllian yn dweud i ti ddod i'r stafall fwyta am dy frecwast o hyn allan, i dy wneud di'n llai diog ac i arbad rhywfaint ar fy mhen-glinia i.'

'Ydi hi am i mi ei goginio fo'n hun hefyd?'

'Na, na. Mae hi'n fwy na bodlon gwneud hynny. Er, mae'n poeni braidd fod yr holl sosej a saim yn gwneud iti edrach yn… fodlon.'

Dyna ni, felly: roedd y staff yn cymryd ei fod o yno i aros. Doedd ganddo nunlle arall i fynd: cafodd alwad ffôn gan Ramsay yn dweud nad oedd croeso iddo ddychwelyd (o'i roi mewn termau cwrtais). Felly, waeth iddo wneud ei nyth yma nag yn Llundain – byddai segurdod yn y fan honno'n waeth, rywsut.

Roedd o'n flin. Ddim oherwydd safiad Gwenllian. Ddim am unrhyw reswm penodol. Roedd o'n teimlo fel lluchio'i blât brecwast ar draws y stafell. Pam na châi o sgrechian? Roedd argraff ohoni'n dal yn rhithio yn ei lygaid weithiau pan fyddai'n blincio, ar yr adegau pan oedd o'n meddwl ei fod wedi anghofio amdani.

Anadlodd Theo'n ddwfn. Claddodd ei frecwast ('bodlon', wir) a dechrau cynllunio'r hyn roedd o am ei wneud yn y plas.

Byddai angen archwilio'r llyfrau. Llyfrau'r tiroedd i gychwyn, i gael gweld faint o incwm a oedd yn dod o'r caeau a'r ffermydd a osodwyd i denantiaid. Oedd angen codi'r rhenti? Fyddai'n rheitiach iddo geisio ffarmio'r tiroedd ei hun (efo gwas neu gontractwyr, wrth reswm)? A llyfrau'r tŷ: doedd bron ddim incwm ar y rheiny, dim ond costau. Byddai'n rhaid edrych beth oedd yn llyncu pres a cheisio datrys y drwg: buddsoddi mewn bwyler newydd a gwell ffenestri, efallai, os oedd y bil gwresogi'n uchel; codi cyflogau Maredudd a Gwenllian os oedd y rheiny, fel roedd o'n amau, wedi aros yn eu hunfan ers tua 1993.

Gallai rentu'r fflat yn Llundain am bris go dda. Ond byddai angen codi mwy o incwm na hynny, debyg, os nad oedd o am orfod byw ar uwd, dygymod heb staff, neu newid ei gar am Mazda.

Doedd arno ddim awydd edrych ar ffigurau drwy'r bore felly penderfynodd fynd allan i fwrw golwg dros y stad. Ar ôl symud ambell weiren llwyddodd i danio'r Ffyrgi fach yn y sied a'i gyrru allan. Roedd yr injan braidd yn rhydlyd a phetrus i gychwyn, a'r mwg o'r corn yn ddulas, ond wedi iddo'i hagor allan a gadael iddi besychu a throi tipyn, roedd hi'n swnio'n iachach.

Aeth drwy ganol y tir, heibio ambell gae ŷd a gweirglodd, ac ambell gae pori gwag. Roedd angen torri'r gwellt neu gael anifeiliaid yno i'w bori. Hwyrach y byddai'n haws, yn y pen draw, plannu rheseidiau o datws neu gnydau eraill. Gwelodd y bêls heb eu lapio yn pydru yn y cae dan tŷ.

Daeth at waelod y Garn a gadael y Ffyrgi fel y gallai ddilyn y llwybr yn uwch. Wrth esgyn, tynnai gwynt o'r môr ddagrau o'i lygaid. Roedd y gwynt yn gryf, nes bod bron â'i lorio pan lithrodd ei droed. Roedd hwn wedi bod yn llecyn gwyntog erioed, a gwynt o'r de-orllewin wedi plygu coed ar lethrau'r Garn.

Chymerodd hi ddim yn hir iddo ddod o hyd i ateb i dlodi'r plas: tyrbeini gwynt. Doedd dim diben gadael i'r gwynt ymgryfhau ar y môr, cyn rhuthro'i ffordd dros y Garn am y gogledd, heb harneisio ychydig o'i rym. Roedden nhw'n bethau hyll diawledig ond dim ond o'r plas y gellid gweld yr ochr honno o'r Garn. Roedd gan Hendre Arian dyrbeini'n barod, a'r Cildir a Thŷ Newydd. Go brin fod yr un o'r tri ffarmwr hynny'n poeni dam am allyriadau carbon, felly rhaid bod y pres yn weddol.

Aeth yn ôl am y tractor. O'r codiad tir dan y Garn edrychodd ar y boced o dir lle trôi'r afon yng nghysgod y coed, heb fod ymhell o'r capel bach: roedd yn batshyn fflat, taclus – acer dda, yn agos at y bont; gweddol gysgodol, ddim cweit i'w weld o'r plas, ac yn cael digon o haul.

Cafodd Theo syniad arall: carafáns. Rhyw ddwsin o rai parhaol a dau ddwsin o safleoedd teithio. Gallai godi dwy fil a hanner o bunnau y flwyddyn am y rhai parhaol, decpunt ar hugain y noson am y rhai teithio… dôi hynny â deng mil a thrigain o leiaf i mewn bob blwyddyn. Ddim yn bres mawr ond digon i'w gynnal o – a digon o le i ehangu.

Byddai angen siop a lle cawodydd, swyddfa, a chaffi bychan efallai. Roedd y capel bach yn damp ac yn dadfeilio. Byddai'n syniad edrych a oedd o'n rhestredig: os ddim, gellid ychwanegu ato i wneud bloc digon teidi.

Y cwestiwn oedd a fyddai pobl yn fodlon carafanio yng nghysgod tri thyrbein gwynt hyll. Roedd ateb syml i hynny: galw'r maes carafannau'n eco-barc gwyrdd. Gallai roi paneli solar ar ben y carafáns, defnyddio toiledau compost yn lle trafferthu â gwaith plymio, esgusodi drewdod o gwmpas y lle, a denu carafanwyr a chanddynt gydwybod a phres.

Roedd am fynd ar ei union yn ôl i swyddfa'i dad yn y plas i ffonio penseiri a swyddogion cynllunio, y banc ac ati.

Trodd allwedd y tractor.

Drapia. Dim disel.

28

Penderfynodd Theo, ar ôl ychydig wythnosau, na allai barhau i hiraethu am hogan nad oedd wedi treulio mwy na noson yn ei chwmni. Doedd ganddo ddim rhif ffôn o fath yn y byd ar gyfer Gaia, ei angyles. Chafodd o ddim lwc yn chwilio amdani ar Google ac ar ôl oriau o chwilota roedd o'n gynyddol siŵr nad oedd hi ar Facebook. Efallai mai breuddwyd feddw oedd hi; yn bendant, allai hi ddim bod mor brydferth ag yr oedd Theo'n cofio. Roedd yn bryd iddo symud ymlaen.

Doedd o ddim wedi disgwyl i Tinder weithio yn Llŷn fel y gwnâi yn Llundain. Hwyrach fod digon o bysgod yn y môr, ond mae rhai pyllau'n llawnach na'i gilydd ac yn denu gwell pysgod.

Ond ar ôl un pnawn segur o sweipio cafodd neges yn dweud ei fod yntau ac Emma, 34, a oedd bryd hynny 7.2 cilometr i ffwrdd, ill dau yn hoff o olwg ei gilydd. Cychwynnodd sgwrs. Cyn pen tair llinell *chat-up* warthus, roedden nhw wedi cytuno i gyfarfod am swper yn Abersoch.

Roedd hi'n ddelach na'i llun, a'i llygaid yn fflachio direidi drwy'i masgara du, er bod awgrym o chwithdod euog yn hongian ar ei hysgwyddau. Ceisiodd Theo dynnu hwnnw oddi amdani wrth gymryd ei chôt a'i rhoi i'r gweinydd.

Doedd dim ots ganddi i Theo archebu'r gwin; dewisodd botelaid gymedrol ei phris rhag ei dychryn. Ar ôl trafod y tywydd a chanmol diwyg y bwyty, holodd Theo hi beth oedd wedi denu'r fath brydferthwch i gefn gwlad Llŷn.

'Wel, dwi yma efo'r plant a Mam, yn aros yn Whitesands – sy'n artaith. Mae'r gŵr yn gweithio i ffwrdd a dydw i byth yn ei weld o, heb sôn am… Dydi petha jyst ddim yn iawn ar hyn o bryd.'

Rhoddodd Theo'i law ar ei llaw hithau, a'i hyfdra sydyn yn ei synnu.

'Sgen i ddim awydd clywed am dy deulu di. Heno, sgen i ddim math o awydd clywed am neb ond chdi. Gad i ni gytuno bod cariadon, rhieni, plant, cathod, carafáns, y byd, a'i frawd yn aros y tu allan i'r drws acw. Be ddwedi di?'

Gweithiodd hynny'n berffaith. Disgynnodd ysgwyddau Emma wrth iddi ymlacio; gwenodd yn swil, a'r mymryn lleiaf o wrid ar ei gruddiau. Ar ôl hynny roedd eu sgwrs yn llifo cystal nes na sylwodd Theo, bron, ar y bwyd: roedd wedi'i hyfforddi'i hun i beidio â stopio edrych i'w llygaid – peidio â gadael iddi ddianc. Gadawodd i weniaith a chydymdeimlad ddiferu o'i geg, a'r helfa'n dân yn ei ffroenau.

Diflannodd dwy botelaid o win wrth iddynt gellwair am ddim byd o bwys. Erbyn iddynt orffen y pwdin roedd blaen ei throed yn dringo'i goes dan y bwrdd.

Aeth Theo i dalu ac i nôl côt Emma, a'i gollwng dros ei hysgwyddau; arhosodd ei fraich am ei chanol wrth iddynt fynd allan i'r stryd.

'Oes gen ti ffansi diod arall yn rhywle?'

'Ddim a dweud y gwir,' atebodd Theo a'i gwasgu'n dynnach wrth gychwyn am y sgwâr i chwilio am dacsi.

Wrth iddynt basio bar coctel, ac Emma'n gorffwys ei phen dan ei ên wrth gerdded, baglodd Theo. Blinciodd. Dychmygodd iddo weld Gaia drwy ffenest y bar – wydr yng ngwydr â boi iau na hi, a thatŵs ar hyd ei freichiau, yn chwerthin, a'i llygaid yn syllu'n feddw arno. Twt; mae'n debyg nad hi oedd hi. Doedd Abersoch byth yn brin o ferched prydferth gwallt melyn yn eu tridegau hwyr yn fflyrtio mewn bariau.

Ond yr eiliad honno, cofiodd rywbeth a ddywedodd Gaia

wrtho yn Ibiza: bod ganddi garafán yng nghyffiniau Abersoch. Roedd o wedi anghofio am hynny. Hi oedd hi? Mae'n rhaid…

Edrychodd yn ôl dros ei ysgwydd ond roedden nhw'n rhy bell iddo allu gweld dim ond y canhwyllau yn ffenest y bar.

'Allwn ni fynd yn ôl i dy le di?' sibrydodd Emma, a'r addewid yn gynnes yn ei glust.

Rhewodd Theo. Funud yn ôl roedd o'n edrych ymlaen at weld wyneb Emma'n goleuo wrth weld silwét Cefn Mathedrig, yn deisyfu am ei chario i fyny'r grisiau tro mawr, yn benderfynol o'i hargyhoeddi ei bod mewn stori tylwyth teg. Ond rŵan doedd o ddim yn siŵr a allai ei freichiau ei chario, ac roedd ei feddwl yn llenwi â mân ystyriaethau fel beth fyddai ymateb Gwenllian a Maredudd.

'Does gen ti nunlla y gallwn ni fynd?' gofynnodd iddi'n betrus.

'Mae'n gymhleth.'

Baglodd Theo rywfaint dros ei eiriau cyn llwyddo i awgrymu y gallai dalu am westy iddyn nhw am y noson. Gyda hynny daeth siom sydyn i lygaid Emma. Edrychodd i fyw llygaid Theo, penderfynu nad oedd hi'n hoffi'r hyn roedd hi'n ei weld, a'i gusanu ar ei wefusau.

'Dwi'n teimlo fel… dwi'm yn gyfforddus efo hyn ddim mwy. Roedd hyn yn gamgymeriad. Mi fûm i'n wirion – meddwl… ella… dim ots.'

A cherddodd oddi wrtho. Ar noson wahanol byddai wedi mynd i ben caets wrth geisio deall chwiwiau merched. Ond heno gadawodd i Emma adael heb brotest; doedd dim ar ei feddwl heblaw wyneb chwerthinog Gaia a'i thafod chwareus yn sugno'r staen gwin coch oddi ar ei dannedd gwyn. Gwyddai yn ei ben nad oedd dim byd o'i le, ond allai ei galon ddim gweld disgleirdeb ei gwên dan y golau fel dim llai na brad.

Safodd ar y sgwâr, a gadael i bobl gerdded o'i gwmpas. Roedd magnet ei enaid yn ei dynnu'n ôl i fyny'r stryd, i edrych drwy'r ffenest ar Gaia, i geisio gair â hi. Ond roedd rhyw rym – llwfrdra neu ddoethineb – yn ei atal.

Tynnodd ei gôt yn dynn amdano a cherdded y pedair milltir yn ôl i'r plas.

29

D AETH YSFA RYFEDD dros Theo i fynd i siopa.
Doedd o ddim wedi bod allan o'r tŷ ers talwm,
oherwydd byddai'n cael ei dynnu bob tro i fynd o gwmpas
Abersoch yn ei gar, yn gobeithio am gip o Gaia. Doedd ganddo
ddim cof yn y byd ar ba safle yr oedd ei charafán, felly byddai'n
pasio pob un ohonyn nhw yn eu tro. Fe ffoniodd ambell un,
ond wyddai o mo gyfenw Gaia, a doedd swyddfeydd y meysydd
carafán ddim yn barod iawn i helpu.

A doedd o ddim wedi bod i siopa ers tro – roedd Gwenllian,
wrth gwrs, yn gofalu am ei brydau. Ond gan ei bod hi'n fore
Sadwrn tawel, ac yntau braidd yn llwglyd, aeth am Asda. Gan ei
bod yn haf roedd y lle'n orlawn. Ar ôl cryn chwilio am le yn y
maes parcio llwyddodd i wasgu'r Lotus i gysgod Range Rover.

'Arglwydd, welis i mo'r fath *go-cart* o gar yn fy nydd erioed,'
meddai llais bloesg o rywle.

Edrychodd Theo o'i gwmpas cyn gweld o ble daeth y llais:
roedd Meirion Tŷ Dan Garn yn pwyso'n fwdlyd ar gefn ei bicyp
ac yn gwenu'n anghynnes arno.

'Tala dy rent,' meddai Theo heb edrych arno. Roedd yn haws
delio â ffermwyr cegog ac yntau'n berchen ar eu tai a'u tir.

Sylweddolodd Theo nad oedd angen dim byd arno o'r siop,
mewn difri. Byddai faniau o siopau bach arbenigol yn dod â
chynnyrch ffres o safon i Gwenllian. Aeth i mewn i'r siop beth
bynnag.

Wrth gerdded rhwng dynion tatŵog mewn fests, dros blant
bach sgrechlyd yn erfyn am deganau, a'i fasged yn darian dan ei
fraich wrth iddo blygu'i ffordd drwy'r bobl, deallai pam roedd

cael pobl i ddanfon y nwyddau i'r tŷ gymaint gwell na dod i archfarchnad.

Penderfynodd brynu'r hyn y byddai ganddo gywilydd gofyn i Gwenllian eu cael: byrgyr meicrodon Rustlers, hwmws, Pot Noodle, a chaniau o lager. Heb ffraeo'n ormodol â'r peiriant hunanwasanaeth, llwyddodd i dalu am ei nwyddau.

Safodd wedyn rhwng y drysau awtomatig yn pendroni beth i'w wneud nesaf: roedd hi'n ddiwrnod fflat, a glaw'n disgyn yn gymysg â haul o gymylau gwyn.

Ym mhen draw'r maes parcio gwelodd ffrwydrad o wallt melyn yn estyn bagiau plastig o fŵt Volvo mawr smart. Gwelodd berchennog y gwallt yn cerdded am y siop, yn fwy lluniaidd na dim a welodd yn Llŷn erioed o'r blaen, a hithau'n olau yn llwydni'r maes parcio, fel pe bai'r haul wedi torri drwy'r cymylau glaw yn unswydd i orffwys arni. Roedd y glaw mân yn gwlychu ei fest wen a'i jîns glas tyn ond roedd hi'n dal i dywynnu goleuni wrth gerdded i gyfeiriad y drysau.

Ceisiodd Theo beidio â chynhyrfu. Dywedodd wrtho'i hun mai ei ddychymyg oedd yn chwarae ag o. Allai Gaia ddim bod ym maes parcio Asda Pwllheli, o bobman yn y byd. Dim ots beth ddywedodd hi am garafán: haul tecila oedd ei chynefin hi, nid y fan hyn.

Ond wrth iddo'i gwylio'n dod yn nes, ac yn talu punt am ei throli, ac yn digwydd gollwng goriadau'r car ar lawr a baglu rhywfaint wrth eu codi, gwyddai Theo mai hi oedd hi.

Aeth Gaia drwy ddrws y siop, heibio i Theo heb sylwi arno, heb iddo yntau gael cyfle i'w chyfarch. Pan oedd hi ar fin diflannu rownd y gornel gwelodd Theo hi'n troi ei phen ato. Ac yna gwelodd ei hwyneb yn cymylu a hithau'n brysio i'r siop.

Bu'n stond am eiliadau hir. Doedd arno ddim eisiau codi braw arni hi na chywilydd arno'i hun. Beth allai o ei ddweud wrthi? Roedd o bron yn siŵr mai'r rhain fyddai geiriau cyntaf carwriaeth olaf ei oes.

Aeth i mewn i'r siop, a rhedeg rhwng y rhesi i geisio'i ffendio.

Wrth y silffoedd sebon cegin roedd hi, a'i chefn ato. Bu bron i'w ofn gael y gorau ar ei lawenydd: bu bron iddo droi ar ei sawdl a mynd. Ond cyffyrddodd â'i phenelin.

'Helô,' meddai gan wenu'n ddiniwed.

Lledodd llygaid Gaia wrth iddi droi a'i weld. Ddywedodd hi ddim byd, dim ond edrych arno fel pe bai'n ddrychiolaeth.

'Sori,' meddai Theo. 'Ddylwn i ddim bod wedi…'

'Na, na, mae'n iawn,' meddai Gaia gan chwarae â'i dwylo. 'Braw, dyna i gyd. Sut wyt ti?'

'Iawn, diolch. Brysur yma, dydi?'

'Ydi,' atebodd Gaia.

Syllodd y ddau ar ei gilydd am funud, yn ansicr beth i'w ddweud. Holodd Theo ai aros yn y garafán oedd hi. Ie, atebodd hithau. Dywedodd Theo ei fod yn fyd bach, a chytunodd Gaia â'r sylw hwnnw, gan edrych yn chwithig ar y sebon cegin.

'Wel, braf dy weld di,' meddai gan wenu ar Theo, a gwthio'i throli heibio iddo. 'Hwyl, rŵan.'

Ddywedodd Theo ddim byd, dim ond mynd â'i siopa i'r car, cynnau'r injan, refio, a'i chychwyn hi oddi yno. Roedd yn teimlo'n afiach o wag, fel pe bai wedi chwydu ei berfedd.

Bu'n breuddwydio am weld Gaia eto, wrth gwrs. Dychmygodd ei gweld hi'n syrthio i'w freichiau'n gariadus; dychmygodd hi'n gwylltio'n gacwn efo fo. Doedd o ddim wedi ei dychmygu'n gwrtais o apathetig, yn ymddangos fel pe na bai ganddi ots am ei fodolaeth, nac ots am y noson yn Ibiza. Ar ôl meddwl cymaint amdani, ei hanwylo a'i dyrchafu, canfu'n sydyn nad oedd ei theimladau hi'n cyfateb o gwbl.

Wrth yrru drwy'r dre am adre sylweddolodd nad oedd waeth iddo ildio ddim. Doedd arno ddim eisiau bod mewn perthynas efo neb, beth bynnag. Ddylai hi ddim bod yn anodd dileu un noson ddamweiniol yn Ibiza o'i gof. Hwyrach yr âi i ben mynydd y pnawn hwnnw: chwysu rhywfaint ac edrych o'r copa ar ei dir, ac ar Lŷn.

Ond wrth y rowndabowt olaf cyn gadael y dre, trodd y car yn ôl am Asda. Gwibiodd yn ôl yno, parcio'r car mewn lle i'r anabl, a brasgamu'n ôl i mewn i'r siop.

Roedd Gaia wrth y tuniau erbyn hynny.

'God. Ti'n ôl?'

Ddywedodd Theo ddim byd, dim ond dringo i mewn i droli Gaia, gan ofalu peidio ag eistedd ar ei thorth.

'Be ddiawl ti'n feddwl ti'n—?'

'Dwi'n dy garu di, Gaia.'

'Paid â malu awyr! Dos allan o 'nhroli i cyn i mi alw'r heddlu.'

'Go iawn,' meddai Theo, gan ddifaru na wnaeth o baratoi rhywbeth i'w ddweud. 'Byth ers Ibiza, chdi sy wedi bod yn fy meddwl i. Dwi isio… dwi isio popeth efo chdi, bywyd i gyd.'

Powliodd Gaia ei throli ymlaen, i gyfeiriad y sawsiau a'r picls; anwybyddodd y ffaith fod pwysau Theo'n gwneud y troli'n anodd i'w reoli.

'Gwna dy hun yn ddefnyddiol ac estyn jar o fwstard i mi.'

'Dyna'r cwbwl sy gen ti i'w ddweud?' holodd Theo gan ymestyn at y silff.

'Be arall fedra i ddweud wrth ynfytyn sy'n ista yn fy nhroli siopa i?'

Roedd Theo'n teimlo'n sigledig mewn mwy nag un ffordd. Ceisiodd esbonio eto sut roedd o'n teimlo amdani, gan gochi mymryn wrth ddifaru cymryd cam mor eithafol â dringo i'w throli. Ond torrodd Gaia ar ei draws.

'Be dwi i fod i'w wneud? Ti'n ymddwyn fel crîp, Theo – fel *stalker* gwallgo. Ddylwn i doddi o dy flaen di?'

Achubwyd Theo rhag gorfod ateb pan gafodd ei bwnio gan y dyn diogelwch.

'Ydach chi am ddod allan o'r troli a mynd o'r siop drosoch

eich hun, syr, 'ta fydd yn rhaid imi'ch cario chi?' gofynnodd hwnnw drwy ei fwstás.

'Caria fi.'

30

S AFODD Y TU allan i'r siop yn aros i Gaia dalu.

'Ti'n dal yma?' gofynnodd Gaia pan ddaeth allan.

'Dwi angen ymddiheuro,' meddai yntau.

'Wyt. Nid am fihafio fel nob-hed, ond am feddwl y basa hynny'n fy hudo i.'

'Ddim hynny. Dwi wedi slasho teiar ffrynt dy Volvo di. Rhaid i mi roi lifft adra i ti.'

Cafodd slap ar ei foch.

'Ti fydd yn talu am y difrod. Bastad llwyr.'

'Mae'ch cerbyd chi'n aros, madám,' meddai Theo a'i harwain at y Lotus.

Roedd y bŵt yn rhy fach i siopa Gaia i gyd, felly bu'n rhaid iddi gario dau fag ar ei glin.

◠

Llywiodd Theo'r Lotus rhwng dwsinau ar ddwsinau o garafáns statig unffurf; ambell farbeciw neu faner yn unig oedd i wahaniaethu rhyngddynt. Rhesi hufen-a-gwyrdd yn ymestyn rhwng lonydd cul; *windbreakers* a leins dillad cam; Range Rovers a Rovers.

'Pa fath o uffern ydi'r fan hyn?'

'Fyddi di ddim yma'n hir,' atebodd Gaia. 'Tro i'r chwith.'

Cyfarwyddodd Gaia'r ffordd at y garafán.

'Parcia fan hyn. Paid â dod allan o'r car.'

'Mi fydda i'n ŵr bonheddig ac agor y bŵt i ti, siŵr.'

'Bonheddig tu hwnt.'

Cariodd ei siopa iddi. Safai hithau yn y drws.

'Cha i ddim panad am fy nhrafferth?'

'Na.'

'Mae gen i Bot Noodle a byrgyr Rustlers os lici di.'

'Na. Dos o 'ma.'

'Pam na—?'

'Gwranda, Theo. Wnes i dy shagio di am 'mod i isio sbeitio Rich ac isio gwneud rhywbeth gwallgo heb ganlyniadau. Dim mwy. Dydi un noson o gymryd mantais ar ddynes feddw, a honno wedi torri'i chalon, ddim yn rhoi hawl i ti arna i.'

'Paid â thrio dweud hynna. Roeddan ni—'

'O, be? Roedd gynnon ni gysylltiad? Wnaethon ni glicio? Wnaeth dy jig-so bach mewnol di ddisgyn i'w le? Ar ba blaned wyt ti'n byw, Theo?'

Roedd hi'n tasgu crio erbyn hyn; gwyddai yntau nad oedd ganddo hawl i'w chofleidio, er y byddai hi'n ffitio'n berffaith rhwng ei ysgwyddau.

'Ro'n i allan o 'mhen, Theo. Dwi ddim isio hyn. Dwi ddim d'isio di.'

'Iawn.'

'Jyst dos.'

'Dwi'n mynd,' ac agorodd ddrws y car. 'Gyda llaw, Gaia, wnes i ddim byd i dy deiars di.'

31

A ETH THEO ADRE a phenderfynu nad oedd hi mor ddel â hynny beth bynnag. Roedd hi'n rhy amlwg o brydferth, yn deip pres newydd: byddai ei fam yn saff o fod wedi troi ei thrwyn ar ei llygaid glas trydanol ac ar ei gwallt ystrydebol o hyfryd.

Cerddodd o gwmpas ei stafell, gan feddwl beth gallai o ei wneud. Cofiodd ei fod wedi prynu teledu ac aeth i osod hwnnw. Roedd wedi prynu un sgrin 50 modfedd ond o'i osod yn y parlwr mawr roedd yn edrych yn bitw a bychan. Eisteddodd ar y soffa a cheisio'i wylio ond roedd yn rhy bell i ffwrdd.

Edrychodd ar ei oriawr. Aeth i weld Maredudd a Gwenllian.

⁓

Newydd dywallt gwydraid o win iddi'i hun roedd Gaia; roedd yn barod i daro DVD yn nheledu'r garafán a'i chrio'i hun i gysgu. Clywodd sŵn injan drom y tu allan i'r drws. Agorodd y drws er mwyn gweld beth oedd yno.

Ar y llwybr tarmac roedd clamp o Rolls du hir. Straffaglodd hen ddyn gonest yr olwg ohono, wedi'i wisgo mewn siwt gynffon fain.

'Miss Gaia?' meddai hwnnw ar ôl ystwytho'i goesau. 'Noswaith dda.'

Câi Gaia'r teimlad nad oedd o'n siarad Saesneg yn aml.

'Pwy ydach chi?'

'Maredudd ydi'r enw, ond gewch chi 'ngalw i'n Jones. Rydw i'n gweithio i Theo.'

'O, dduw mawr. Gweithio iddo fo ym mha ffordd?'

'Bytler, ymysg pethau eraill.'

Roedd Gaia wedi casglu nad oedd Theo'n brin o arian ond doedd hi ddim yn disgwyl iddo fod yn uchelwr. Ysgydwodd ei phen; roedd wedi anfon Rolls i'w nôl gan geisio'i themtio â'i gyfoeth, a gyrru hen ddyn hoffus fel y byddai'n anos iddi wrthod.

'Pam ydach chi yma, Jones?'

'Fe fyddai'n dda gan milórd gael mwynhau'ch swper chi dros damaid o gwmni heno. Naci – drapia… maddeuwch fy Saesneg i.'

'Byddai, dwi'n siŵr,' meddai Gaia gan gynhesu'n reddfol at yr hen ddyn. 'Fedra i ddim dod, yn anffodus. Diolchwch iddo fo am y cynnig, wnewch chi?'

Daeth BMW rownd y tro, yn tynnu carafán. Dechreuodd refio y tu ôl i'r Rolls a oedd yn rhwystro'r ffordd. Nodiodd Maredudd a mynd am y car.

'Wow, wow,' meddai Gaia ar ôl gweld wyneb Maredudd yn cwympo, a'i lygaid yn tristáu. 'Arhoswch. Pam ydach chi'n edrych mor siomedig?'

'Ddwedais i ddim byd, madám.'

Roedd y BMW'n honcio erbyn hyn.

'Be ddylwn i wneud? O ddifri… ddim fel gwas i Theo, ond rhyngoch chi a fi, be ddylwn i wneud?'

'Ddweda i ddim byd, dim ond ein bod ni'n poeni am yr hogyn ers wythnosa. Dydi o ddim yn bwyta. Mae o'n fwy oriog nag yr oedd o cynt, hyd'noed. Tempar fawr, wedyn pwdu am ddyddia. Weithia'n llawen, weithia'n brudd. Dwi'n cymryd mai chi ydi'r rheswm. Mae bywyd wedi bod yn reit anodd efo fo.'

Agorodd drws y BMW.

'Iawn,' meddai Gaia, a'r gair yn sioc iddi. 'Mi ddof i. Dim ond fel ffafr i chi, Jones. Ewch o gwmpas un waith, er mwyn i mi gael newid.'

Yng nghefn y Rolls roedd potel o Bollinger mewn bwced oer. Tywalltodd Maredudd wydraid iddi. Setlodd hithau yn y seti lledr, edrych arni'i hun yn ei drych bach, a cheisio peidio â gwenu.

'Ydan ni'n mynd yn bell?'

'Rhyw bum milltir.'

'Dwi'n difaru nad yn y Bermo y prynson ni garafán.'

Wedi iddyn nhw ddod drwy Goed Lleinar ac i ben y boncen, arafodd Maredudd y Rolls. Doedd dim golau ar y plas ac roedd hi'n tywyllu, ond aeth yr adeilad â gwynt Gaia'r un fath: degau o dyrau main yn creithio'r awyr, swmp cadarn y plasty'n gyhyrog yn y gwyll, a golau yn rhai ffenestri'n ei gwadd i mewn.

'Cofiwch nad yn ôl maint ei blas y mae barnu dyn,' meddai Maredudd gyda winc wrth agor drws cefn y Rolls.

32

ROEDD EI WYNEB yn bictiwr pan welodd o hi: fel hogyn bach ar ddiwrnod Dolig. Bob tro y'i gwelai, gwelai rywbeth newydd ynddi. Sylwi wnaeth o heno ar y smotyn bach uwch ei hael ac ar sut roedd popeth o'i chwmpas yn edrych yn gliriach, yn oleuach.

Cymerodd ei chôt a'i rhoi i Maredudd i'w hongian, tra oedd hithau'n astudio llun olew o fynydd ar y pared. Safodd y tu ôl iddi ac edrych dros ei hysgwydd ar y darlun. Gwelsai Theo'r darlun ganwaith ond rŵan roedd o'n edrych fel pe bai wedi'i beintio ddoe, yn llawn manylion newydd: alarch ar yr afon, blodau yng nghornel y llun na sylwodd o arnyn nhw o'r blaen.

'Diolch am ddod.'

'Mae tosturi'n beth mawr.'

Gafaelodd yn ei braich.

'Dwi'n gwybod 'mod i'n hurt. Dwi jyst isio…'

'Iawn.'

Roedd eu bwrdd yng nghanol y neuadd. Ond doedd yr horwth lle ddim yn rhy fawr: roedd canhwyllau'n gynhesol o'u cwmpas a'u llygaid yn sownd yn ei gilydd. Edrychodd o ddim ar ei fwyd. Dewisasai'r botel orau yn y seler (wel, yr orau dan £500) ond werthfawrogodd o mo'r trwyn na'r tafod: chwarddai llygaid Gaia arno drwy'i gwydr gwin. Fyddai o ddim wedi gallu dweud am beth sonion nhw, ond roedd eu sgwrs fel surop.

'Sgen ti blant?'

'Fi?' Chwarddodd Theo. 'Na.'

'Heb ffendio'r ddynes iawn?'

'Ddim tan rŵan.' Cafodd wên geryddgar. 'Be amdanat ti?'

'Mab. Deunaw oed. Mae o'n teithio Awstralia.'

'Hogyn iawn?'

'Tsiampion, ydi. Dwi'n siŵr y basach chi'n casáu'ch gilydd.'

Bu Gaia'n ceisio dyfalu enw llawn Theo (Theopold, Theodore, Theophilus, ac enwau gwirion a greai hi ei hun) cyn iddo ddatgelu mai Theomemphus oedd o, gan fod ei fam yn hoff o emynyddiaeth Gymraeg.

Soniodd Gaia am ei thŷ yn Swydd Caer, am y gwacter ar ôl i bethau chwalu rhyngddi hi a Rich, sut roedd holl ddefodau blaenorol ei bywyd – cwrdd â ffrindiau am baned, cynnal partis, addurno'r tŷ – i gyd yn ddiwerth. Doedd hi erioed wedi gorfod gweithio: roedd ei thad yn ddeintydd cyfoethog ac fe briododd â Rich yn syth ar ôl gorffen yn y coleg. Roedd o'n hŷn na hi, yn ddyn busnes digon cefnog iddi allu bod yn wraig tŷ. Roedd hi'n ddeugain rŵan, wedi gwastraffu ei dyddiau gorau ar fraich bastad o ddyn, ac yn mynd yn hyllach bob dydd...

'Faswn i ddim yn dweud hynny,' meddai Theo gan gynnig coffi yn y parlwr iddi.

'Na, 'sa'n well i mi fynd,' meddai hithau.

Nodiodd yntau a chanu'r gloch i alw ar Maredudd i fynd â hi adre. Doedd o ddim eisiau rhoi pwysau arni ar ôl antics y pnawn.

Estynnodd ei chôt iddi o'r stafell gotiau a'i helpu i'w gwisgo.

'Ga i dy weld di eto?' gofynnodd.

Cafodd gusan ar ei foch yn ateb, cyn i Gaia fynd allan i'r nos.

⁓

Wrth glywed grwndi isel y Rolls yn dychwelyd tua'r plas aeth Theo i agor y drws i Maredudd a diolch iddo am ei drafferth.

Ond y tu ôl i Maredudd yn y drws safai Gaia.

'Mae Miss Gaia wedi anghofio'i theleffôn, medda hi,' meddai Maredudd a'i lais yn diferu o goegni, cyn iddo ddiflannu a'u gadael nhw yn y cyntedd.

'Ti'n cofio lle roedd dy ffôn gen ti ddwytha?' holodd Theo wrth gau'r drws y tu ôl iddi.

Cododd Gaia ei llaw a dangos bod ei ffôn yn ei chledr.

Lapiodd ei breichiau am wddw Theo a'i choesau hir am ei ganol, a'i gusanu'n wyllt wrth iddo'i chario i fyny'r grisiau mawr.

Roedd caru yng Nghefn Mathedrig yn wahanol i Ibiza. Ar ôl rhwygo dillad ei gilydd â'r angerdd blêr cyntaf, roedd eu caru'n grefftus, felys, dynn, synhwyrus, hir. Roedd eu caru fel pe bai'n gwatwar llonyddwch tywyll y plas, yn sychu holl damprwydd diog y waliau, yn llenwi'r craciau yn y plastar oer.

33

PAN DECSTIODD GAIA i ofyn a fyddai ganddo ffansi mynd draw i'w charafán un noson, wfftiodd Theo at y syniad. Beth oedd pwrpas eu cau eu hunain mewn sied fach blastig pan allen nhw fod mewn plas? Ond doedd o ddim wedi'i gweld ers deuddydd neu dri, a'r saib yn mennu arno'n barod; ar ben hynny, roedd Theo'n rhoi pwys mawr ar gwrteisi.

Roedd y bwnsiad blodau, hyd yn oed, yn teimlo'n rhy fawr wrth iddo blygu'i ben i fynd i mewn i'r garafán. Sythodd ei gefn yn betrus gan ofni taro'i ben yn y to. Roedd Gaia mewn ffedog, ei gwallt yn ôl, a golwg ffrwcslyd arni; cafodd Theo sws ar ei foch a gorchymyn i eistedd yn y gornel.

'Ogla da,' meddai, a doedd hynny ddim yn gelwydd – roedd y stof fach yn llawn a'r hob yn sosbenni byw, a'r oglau'n gwneud i Theo lafoerio.

Gan fod Gaia'n brysur yn rhegi ar ei moron, ceisiodd Theo ymgartrefu. Roedd o'n llenwi'r soffa yn y gornel, a heblaw am y bwrdd bwyd (a oedd wedi'i addurno'n chwaethus) doedd dim arall yno. Doedd y lle ddim yn ddi-raen, chwarae teg – roedd y pren rhad wedi'i beintio'n ddymunol a leino gwell na'i gilydd ar y llawr – ond roedd byrhoedledd i'w deimlo ymhob rhan o'r garafán. Ddywedodd o mo hynny wrth Gaia wrth iddi hwrjio gwydraid o win arno.

Bu bron iddo â rhegi wrth flasu'r nwdls corgimwch a gafodd yn gwrs cyntaf. Agorodd ei lygaid led y pen a Gaia'n chwerthin yn dawel wrth weld ei syndod. Wyddai o ddim y gallai hi goginio fel hyn. Llowciodd y nwdls nefolaidd er mwyn brysio i flasu'r prif gwrs; ac roedd hwnnw hyd yn oed yn well.

'Dwi ddim yn gwybod sut i gymryd dy syndod di, Theo,' heriodd Gaia.

'Sut wyt ti mor dena, a chditha'n medru coginio fel'ma? Ac os wyt ti'n medru gwneud hyn mewn carafán, be allet ti ei wneud mewn cegin gall?'

Erbyn hynny, roedd y garafán fel pe bai'n fwy. Roedd Theo wedi sylweddoli nad oedd angen nenfydau uchel na neuaddau eang, dim ond digon o le i'r ddau sgwrsio dros eu platiau.

'Siawns y medra i ddweud 'mod i wedi bwyta allan mewn carafán ar ôl heno,' mentrodd ddweud.

'Bihafia,' meddai Gaia a mynd i nôl pwdin.

34

Cododd Theo'i law'n harti ar y swyddog cynllunio wrth
i hwnnw yrru dros y bont i gyfeiriad Coed Lleinar. Aethai'r
cyfarfod yn dda: dim ond llenwi un neu ddwy o ffurflenni eto a
chaent fwrw ati i godi mast ar y Garn i fesur potensial y gwynt.
Ychydig fisoedd wedyn, a bwrw'i bod yn chwythu digon yno i
wneud arian, byddai'n bryd codi'r tyrbeini a chyfri'r elw.

Cododd ei ysbryd fwy fyth wrth iddo weld fan y swyddog yn
gorfod bagio ar gornel cyn y coed i adael i Volvo Gaia basio.

'Syrpréis!' galwodd hithau wrth ddod o'r car. 'Pwy oedd
hwnna?'

'Jehofa.' Doedd o ddim am ei diflasu â manylion ei
gynlluniau.

'Mewn fan Cyngor? Ta waeth. Be am banad?'

Efallai ei bod hi'n ddiwrnod brafiach nag arfer, neu efallai
fod Maredudd wedi bod yn llnau'r ffenestri, ond doedd y parlwr
lle cawson nhw'u coffi ddim mor dywyll ag o'r blaen – roedd y
patrwm ar y papur wal yn fwy lliwgar ond roedd yr holl lwch ar
y dodrefn i'w weld yn amlycach, a'r lle'n edrych yn ddi-raen o'i
gymharu â hi.

Gofynnodd Theo i Maredudd am deisen neu ddwy ac
anfonodd Gwenllian blateidiau o fwyd o'r gegin: brechdanau
ciwcymbar delicet, bara brith, swis rôl ysgafn, ac amryw o bethau
eraill. Synnodd Theo o weld Gaia'n claddu'r bwyd – roedd o
wedi disgwyl i hogan mor denau â hi oroesi ar goffi ac ambell
ddarn o seleri, ond roedd hi'n sgut am fwyd Gwenllian. Roedd
lled-orwedd ar y soffas efo hi, yn trafod popeth a dim byd ar yr
un pryd, mor naturiol ag anadlu.

Gofynnodd Gaia iddo ddangos y tŷ iddi ac fe aeth â hi o gwmpas y plas: i fyny'r grisiau mawr, gan sbio ar y lluniau o bobl stowt a rhyfeddu at anferthedd y siandelîr, i weld y llyfrgell a'r stafell gardiau, a'r feithrinfa lle magwyd Theo gan Nani Ann a Nani Jên – roedd y dodrefn a'r ceffyl pren yn dal yno, yn segur dan haenen o lwch.

Fe aethon nhw i'r trydydd llawr, i fyny grisiau'r gweision ar ochr orllewinol y plas. Roedd hen stafelloedd y gweision gynt yn fach a thywyll ac yn llawn geriach, a thamprwydd ar y nenfydau. Aethant i lawr i'r ail lawr. Agorodd Gaia ddrws un stafell. Roedd hi'n binc.

'Pryd oedd y tro dwytha i rywun gysgu fan hyn?'

'Beryg bod hanner canrif ers hynny.'

'A does neb wedi clirio'r stafell?'

'I be? Mae gynnon ni ddigon o stafelloedd eraill.'

Aeth Gaia i mewn fel petai hi mewn breuddwyd.

'Sbia ciwt ydi hi yma,' meddai wrthi hi ei hun yn fwy nag wrth Theo.

Roedd y llenni a'r dillad gwely fel tŷ dol a'r papur wal yn Barisaidd, retro, hardd.

'Hen stafell Modryb oedd hon cyn iddi symud i'r apartment,' eglurodd Theo. 'Dynes â chwaeth.'

'Pwy ydi "Modryb"?'

'Fy anti. Mae hi'n dal i fyw yma,' meddai Theo gan feddwl tybed beth fyddai Modryb a Gaia'n ei wneud o'i gilydd.

35

'**B**E SY'R OCHR arall i dy fynydd di?'

Gyda'r mymryn lleiaf o embaras, eglurodd Theo nad tir y stad oedd yr ochr arall i'r Garn. Diolchodd i Gaia am alw'r Garn yn fynydd, serch hynny.

'Ond be sydd yna?'

'Fedri di weld y dre o'no. Ac mae hen eglwys yno, a ffynnon.'

'Ffynnon? Lle roedd pobl yn nôl eu dŵr erstalwm?'

'Ddim cweit. Ffynnon sanctaidd.'

Cododd hynny chwilfrydedd Gaia ac fe aethant allan yn eu welingtons: rhoddodd hi i eistedd ar ei lin ar sêt y Ffyrgi fach a gadael iddi lywio drwy'r caeau am Garn Fathedrig. Ar ôl dod at y terfyn, lle roedd tir y stad yn stopio, aethant dros y ffens a dilyn llwybr defaid o gwmpas y Garn. Roedd yr ochr yma i'r Garn dipyn yn gynhesach, a'r gwynt yn wannach.

Daethant at y ffynnon a'r eglwys fach y tu cefn iddi.

'Roedd pobl yn dod yma o bell. Roedd o'n iacháu ecsema, gangrin, dandryff… pob math o betha.'

'Paid â'u dweud nhw!'

Mynnodd Theo mai dyna gred yr hen bobl ond roedd Gaia'n gyndyn o dderbyn bod Theo'n credu coelion gwrach o'r fath – on'd oedd o'n berson rhesymegol? Hawliodd Gaia fod unrhyw un a honnai gael ei iacháu gan ddŵr y ffynnon naill ai dan law doctor neu'n defnyddio Head and Shoulders at y dandryff. Tric y meddwl oedd y cwbl.

Gwenodd Theo.

'Be 'di'r ots os mai holl rym y ffynnon ydi'r ffaith fod pobl yn coelio yn ei grym hi?'

'Nonsens ofergoelus ydi o.'

'Ella wir, Gaia, ond dwi wedi ffendio ei bod hi'n ddoeth peidio â mynd yn groes i'r hyn mae pobl yr ardal yn ei gredu.'

'Goelia i. Dydi tynnu'n groes ddim yn dy gyfansoddiad di o gwbl, yn nac ydi?'

Gwgodd Theo arni'n sydyn, cyn iddynt ddechrau chwerthin fel plant bach. Rasiodd y ddau o gwmpas y mynydd nes cyrraedd ffens y terfyn, a'u welingtons yn gwneud eu gorau i'w baglu.

36

Roedd yna bob amser gypyrddau heb eu hagor yng Nghefn Mathedrig. Gan amlaf, doedd dim o werth ynddyn nhw: llestri, sgerbydau llygod, lluniau sepia...

Ond yn y stafell a ddefnyddiai ei fam ar gyfer ysgrifennu, agorodd Theo ddrôr mewn dresel fechan: roedd wedi cael un arall o'r chwiwiau a wnâi iddo fod eisiau tacluso.

Yn y drôr, canfu bapurau – toreth o dudalennau o bapur llinellau, a hwnnw'n feddal fel sidan.

Roedd bwndeli a bwndeli o dudalennau dirifedi o nodiadau taclus, tyn. Dilynodd Theo lawysgrifen ei fam â'i fys, a chofio meddalwch ei llaw ar ei law fechan yntau wrth iddi ei ddysgu i ddefnyddio pensel. Darllenodd ambell un o'r tudalennau, a chlywed llais ei fam – ond yn fwy awdurdodol, yn siarpach nag yr oedd yn ei gofio.

Traethodau oedden nhw, ond nid y math o druthiau diflas a ysgrifennai Theo dan orfodaeth yn y coleg.

Barddoniaeth Gymraeg, athroniaeth Ffrainc, celfyddyd y Dadeni: roedd ei fam wedi gwau'r cwbl yn dapestri llachar o ryddiaith. Er nad oedd ganddo fawr o ddiddordeb yn y cynnwys, gwefreiddiwyd Theo gan arabedd gwybodus yr ysgrifennu. Byddai'n rhaid iddo'u dangos i Gwyn – gallai yntau eu casglu'n llyfr...

Tybiai Theo y dylai gweld y rhain wneud iddo deimlo'n agosach at ei fam.

Ond mewn gwirionedd, y gwrthwyneb oedd yn digwydd: nid hon oedd y ddynes yr oedd o'n gyfarwydd â hi. Doedd dim o'i dysg i'w weld wrth iddi ei holi'n syml am fanion ei fywyd – polo, cyfeillion coleg, y marchnadoedd arian – gan ffugio anwybodaeth. Doedd dim o'r sinigiaeth a oleuai'r ysgrifennu i'w deimlo wrth iddi fentro rhannu ambell bwt o gyngor caredig ag o.

Roedd o'n difaru, rŵan, nad oedodd o'n hwy gyda hi ambell waith – peidio â gadael y stafell pan ddôi saib mewn sgwrs, a pheidio â chymryd yn ganiataol ei bod hi'n deall popeth a oedd ar ei feddwl. Pwy a ŵyr pa dameidiau o ddoethineb, pa eiliadau o anwyldeb, a gollodd yn ei frys?

Ond roedd yn rhy hwyr iddo feddwl am bethau felly. Clodd y cwpwrdd.

37

DAETH GAIA I aros yn y plas unwaith eto yr wythnos wedyn.

Canfu Theo hen feic arall yn y sied. Treuliodd y bore, pan oedd Gaia'n cysgu'n hwyr, yn trwsio'r teiars ac oelio'r gadwyn; cyhoeddodd wrth ei deffro y bydden nhw'n mynd i'r dre erbyn cinio.

'Ond dwi'n hapus yn fama.'

'Rhaid i ni beidio â mynd yn rhy ddiog a bodlon. Tyrd.'

Ac i'r dre'r aethon nhw, er bod eu coesau wedi ffagio erbyn cyrraedd Coed Lleinar.

'Mae gymaint haws efo car.'

'Trwyn ar y maen.'

Roedden nhw ym Mhwllheli ymhell cyn un, ac wedi llwyddo i osgoi cael eu gwasgu i glawdd. Roedd angen cinio a pheint yn syth ar ôl cyrraedd.

'Roedd fama'n dwll-tin-byd bedair blynedd yn ôl,' meddai Theo wrth godi diod yr un iddynt ym mar y dafarn glaerwyn ar gornel y stryd. 'Yn fan hyn ro'n i'n arfer snogio genod Ffermwyr Ifanc. Lle afiach. Ond sbia arno fo rŵan.'

'Wyddwn i ddim fod llefydd mor smart â hyn ym Mhwllheli. Roeddan ni'n cadw at yr un hen lefydd sgleiniog yn Abersoch,' meddai Gaia. Roedd gwydr peint fel pe bai'n rhy fawr i'w chorffolaeth hi.

Mynnodd Theo eu bod ill dau'n cael y ffesant mewn saws mwstard, gan esbonio pan gyrhaeddodd y platiau mai ffesantod Coed Lleinar oedden nhw.

'Dwi'n gadael i Tudur Bwlets hela yno, dim ond bod y gegin acw'n cael cyfran o'r adar.'

'Mae hynna'n nyts.'

'Pam?'

'Bwyta cynnyrch dy dir dy hun. Mae o fatha tasa Rich a fi wedi mynd i fwyty crand a bwyta… be? Dim ond llygod mawr oedd yn dod i'n gardd ni, ac ambell lwynog os oedden ni'n lwcus.'

'Twt. Buan y doi di'n ferch o'r wlad.'

Ar ôl cinio a gymerodd dri pheint, roedden nhw'n bur sigledig ar eu beics. Bu'n rhaid i'r traffig oedi iddyn nhw gael ffri-wilio i lawr Stryd Moch.

'Dwi angen mynd i'r siop lyfrau. Mae'n ffrind i, Gwyn, wedi cyhoeddi cyfrol o'i farddoniaeth gachu unwaith eto.'

I mewn â nhw. Dechreuodd Gaia fyseddu'r llyfrau.

'Ydi'r rhein i gyd yn Gymraeg?'

'Siop lyfrau Gymraeg ydi hi.'

'Ro'n i'n meddwl mai dim ond hanes capeli a stwff fel'na fasa mewn llyfrau Cymraeg… ond mae cymaint o rai gwahanol.'

'Sut wyt ti'n gwybod? Ti'n dallt dim ohono fo.'

'Fedra i ddallt lliwiau a lluniau cloriau.'

Gwirionodd Gaia wedyn o glywed cerddoriaeth Gymraeg yn dod o'r radio yn y gornel. Roedd hi wedi cymryd mai emynau a chaneuon gwerin yn unig oedd ar gael yn Gymraeg, a dechreuodd ddawnsio. Cododd Theo'i ysgwyddau a phrotestio nad oedd dim byd Cymraeg na cheid ei well yn Saesneg, ond cododd Gaia doreth o lyfrau a CDs yn ei chôl a mynd â nhw at y cownter. Protestiodd Theo na ddalltai hi'r un gair.

'Ella dysga i Gymraeg,' meddai Gaia gan godi taflen i'r perwyl hwnnw.

'I be?' holodd Theo.

'Dwi ddim isio cyfrinachau rhyngon ni. Dwi isio gallu siarad efo Maredudd a Gwenllian, a'r Gwyn 'ma sgen ti, a phobl eraill yn lle dwi'n byw – yn y siop, yn y garej – heb feddwl eu bod nhw'n cyfieithu ar y pryd. Ac mae 'na lond siop o lyfrau dwi'm yn eu dallt yn fama.'

'Rhyngthat ti a dy betha.'

Prynodd Theo lyfr Gwyn a thalu am holl nwyddau Gaia, ac yn ôl ar eu beics â nhw.

38

UN PRYNHAWN YR wythnos ganlynol roedd hi'n haul crasboeth a Maredudd, hyd yn oed, yn llewys ei grys.

Roedd Gaia'n darllen cylchgrawn yn ei bicini ar y lawnt pan alwodd Theo arni.

Aeth â hi i fyny'r prif risiau ('Ti'm isio secs eto rŵan, nac oes? Plis?'), ac i fyny i'r ail lawr ('Wyt ti wedi ffendio cist o aur?'), ac yna i'r trydydd. Ac yna at risiau eraill: grisiau troi a arweiniai at drapddor ('I be mae isio atig mewn tŷ mor fawr?'). Agorodd Theo hwnnw a'i harwain i fyny gerfydd ei llaw.

'Ro'n i wedi anghofio am y fan hyn tan i'r tywydd poeth gyrraedd.'

A dyma nhw ar y teras, yn uchel ymysg y tyrau pigog.

'Be ddiawl ydi fama? Helipad o'r ddeunawfed ganrif?'

'Penderfynodd fy nhad, pan wnaed o'n arglwydd yma, y lecia fo gael lemonêd ar y to o bryd i'w gilydd. Felly fe gomisiynodd o'r teras.'

'Jyst fel'na?'

'Jyst fel'na. A dyma ni. Ges i lownjars i ni o rwla. Gweithio'n dda, dydi? Efo'r ffasiwn olygfa.'

'Mae'n wych. Felly lle mae'n lemonêd ni?'

'O-ho, dyna'r darn gora.' Aeth at un o'r tyrau ac agor drws bach pren ynddo. Yno, eisteddai dau Mojito. '*Dumb waiter*, yn mynd yr holl ffordd i lawr i'r gegin. Be leciat ti nesa?'

'Dwn i'm. Fedar Gwenllian gymysgu Sex on the Beach, er cof am Ibiza?'

Ysgrifennodd Theo gyfarwyddiadau ar ddarn o bapur a thynnu'r llinyn i winsho'r *dumb waiter* yn ôl i'r gegin.

Buont yno'n torheulo nes i'r haul wanio yn y machlud, yn gwag siarad, yn yfed coctels, ac yn darllen – prynhawn melys, a'r Garn yn lliwgar yn yr haul.

Roedd ganddynt gerddoriaeth ar iPod a phan ddechreuodd rhyw gân sopi o'r wythdegau chwarae, gorfododd Gaia Theo i ddawnsio efo hi.

'Waw! Gest ti dy hyfforddi i ddawnsio?' Synnodd Gaia at ei ddawn.

'Dim ond gan Modryb.'

Dilynodd 'Ethiopia Newydd' y gân sopi a dechreuodd y ddau neidio'n ffug-rocaidd o gwmpas y lle.

Dyna pryd y clywson nhw grac. Wedi iddyn nhw ddistewi'r miwsig clywsant sŵn pren yn torri eto.

'Shit.'

'Dydi hynna ddim yn swnio'n iach.'

Griddfanodd y to eto.

'Ella basa'n well i ni fynd i lawr,' awgrymodd Gaia.

'Dwi'm yn ama nad wyt ti'n iawn.'

Camodd y ddau'n ofalus am y grisiau, a'r teils ar y teras to'n teimlo'n llai saff nag o'r blaen.

39

UN DIWRNOD, PENDERFYNODD Theo na fyddai'n tecstio Gaia. Roedd arno ffansi gwylio'r tair ffilm *Godfather* y noson honno, un ar ôl y llall, ac aeth i'r dre i nôl cwrw a bwyd i wneud y noson yn gyflawn.

Ond pan gyrhaeddodd adre, clywodd sŵn yn dod o hen stafelloedd ei dad a'i fam. Gwyddai fod Maredudd a Gwenllian yn y gegin, felly ofnai fod llygod neu aderyn wedi ffendio'u ffordd yno. Agorodd y drws yn sydyn.

'Ges i fraw gen ti rŵan!' meddai Gaia o ben ysgol, lle roedd hi'n dal tâp mesur yn erbyn y wal. 'Tyrd yma i helpu, bendith tad.'

'Be ti'n da yn fan hyn?' holodd Theo gan afael yn y tâp mesur a sefyll yno fel llo.

'Cha i ddim dod i weld fy nghariad?' heriodd Gaia, gan esbonio iddi ddod draw i roi syrpréis i Theo, a'i bod wedi mynd yn chwilfrydig o gael nad oedd o yno.

'Chwilfrydig am be?'

'Sut gallai'r rhan yma o'r tŷ edrych a gweithio'n well.'

Roedd pedair stafell yn ffurfio swît rhieni Theo ar ochr ddwyreiniol y plas: llofft, bathrwm, a dau barlwr – un yn llawn dillad a cholur ei fam a'r llall yn llawn llyfrau a seti lledr ei dad. Dim ond y llofft a'r bathrwm a ddefnyddiai Elystan erbyn ei ddyddiau olaf ac roedd ei garthenni a'i gyfarpar meddygol yn dal o gwmpas y gwely; roedd rhywun wedi ailosod y darnau gwyddbwyll yn daclus ar y bwrdd dan y ffenest.

Daeth Gaia oddi ar yr ysgol a dechrau egluro'i phlaniau: cael gwared â'r papur patrymog a'r gwely pedwar postyn trwm a pheintio'r lle'n olau; lluchio'r dillad a'r llyfrau a gwneud dau barlwr lle gallen nhw hamddena'n braf; bathrwm newydd chwaethus yn lle'r erthyl melyn a osodwyd yn y saithdegau. Byddai'n cael saer lleol i ddefnyddio coed o'r stad i wneud dodrefn steilus ysgafn a fyddai'n ffitio'n berffaith, ac yn cael rhywun i gael golwg ar y lle tân hen-ffasiwn, i'w gael gyn smartied ag erstalwm.

'Pam wyt ti'n meddwl gwneud hyn i gyd?' holodd Theo.

'Achos os dwi am ddod yma i fyw, dwi am iddo fo fod yn lle braf. Dwi ddim isio byw fel antîc, a dwi ddim isio cysgu yn y llofft lle rwyt ti wedi cysgu er pan oeddet ti'n blentyn.'

'Dod i fyw yma?' gwenodd Theo. Roedd wedi bod yn ystyried ei gwahodd ers tro, ond heb fagu'r plwc.

'Pam lai?' gwenodd hithau'n ôl.

Gafaelodd Theo ynddi gerfydd ei hystlysau, ei chodi'n uchel, ei gollwng fel bod ei choesau'n lapio am ei ganol, a dawnsio'n ddwl gyda hi o gwmpas y stafell, cyn ei chusanu'n hir ar wefusau a oedd yn dal yn gwenu a disgyn ar y gwely pedwar postyn na fyddai yno'n hir iawn eto.

40

Bu'n BWRW ERS dyddiau ac roedd tymer pawb yn y plas
yn gwaethygu gyda phob diwrnod gwlyb. Roedd Gaia
wedi diflasu – Gwenllian yn rhy warchodol o'i chegin i adael
iddi goginio – ac yn ysu am rywbeth i'w wneud. Cuddiai Theo
yn ei swyddfa yn gwylio'r cymylau glaw'n lapio'r Garn yn eu
llwydni. Gwyddai Theo o dôn y pen-gwas na ddylai wamalu y
bore hwnnw wedi i Maredudd gnocio'n siort ar ddrws y swyddfa
a dod i mewn heb ei gymell.

'Mae yna ddyn danfon y tu allan yn sôn rhywbeth am
botiau paent. Dwi ddim wedi archebu unrhyw baent. Ac o weld
y lliwiau, nid ar gyfer y plas yma y maen nhw. Ond mae o'n
bendant nad ydi o wedi camgymryd. Ga i ei anfon o o 'ma?'

Cododd Theo o'i gadair a dweud y byddai o'n gofalu am
y mater, er nad oedd o wedi archebu unrhyw botiau paent.
Roedd Gaia wedi bod yn sôn am drawsnewid rhai o'r parlyrau
a'r llofftydd segur ar yr ail lawr ac wedi bod yn darllen hanes
hen, hen ewythr i Theo a fu'n filwr a masnachwr yn Nhwrci ac
India yn y bedwaredd ganrif ar bymtheg. Doedd y teulu ddim
yn sôn llawer am yr ewythr hwnnw – Jasper Oriental ar dafod-
leferydd yn yr ardal – am iddo fwrw'i had mewn sawl lle yn Llŷn
ar ôl dychwelyd o'r Dwyrain; byddai amrywiol ddisgynyddion
honedig Jasp yn ymddangos o bryd i'w gilydd i geisio hawlio siâr
o gyfoeth Cefn Mathedrig. Ond adawodd Theo ddim i hynny
oeri brwdfrydedd Gaia dros ddecor dwyreiniol.

Dyna oedd i gyfrif am liwiau llachar y paent – y gwyrdd a'r
melyn a'r pinc cryf a gododd fraw ar Maredudd. Arwyddodd
Theo am y nwyddau a dechrau eu cario i fyny'r grisiau.

Yn y parlwr cyntaf y daeth iddo roedd Gaia ar ben ysgol yn stripio papur wal: masg llwch am ei hwyneb a stripiwr stêm yn ei llaw, a stribedi disgynedig dros y llawr. Dywedodd rywbeth wrth Theo ond ddeallodd o ddim gan ei bod yn gwisgo'r masg llwch. Penderfynodd yntau edrych yn brysur a dechrau hel y papur wal i fag bìn. Meddyliodd iddo glywed sŵn rhywbeth yn malu uwch eu pennau ond anwybyddodd y sŵn gan dybio mai papur wal oedd yn disgyn.

Yna, teimlodd ddiferyn o ddŵr yn disgyn ar ei war.

'Dwi'm yn trio bod yn ddoniol,' meddai Gaia gan dynnu'i masg a dal ei llaw allan. 'Ond ydi hi'n bwrw?'

Edrychodd Theo ar y nenfwd, lle roedd diferion mawr yn hel ar y plastar. Rhedodd i'r trydydd llawr, y llawr uchaf, a sylweddoli'n syth fod rhywbeth o'i le gan fod y llawr pren yn wlyb. Agorodd ddrws un o'r stafelloedd. Dim ond y tamprwydd arferol. Agorodd ddrws stafell arall. Dim. Agorodd ddrws arall, ymhellach i lawr y coridor. Ac yn y stafell honno gallai weld yr awyr. Roedd y nenfwd wedi rhoi, a'r holl ddŵr yn llifo i mewn iddi o ben y to fflat.

'Ydi popeth yn iawn?' galwodd Gaia o'r ail lawr.

Brathodd Theo'i dafod cyn ateb.

41

Daeth dyn i edrych ar y to.

Dilynodd Theo ef o gwmpas y trydydd llawr wrth iddo edrych yn amheus ar nenfydau'r llofftydd ac ambell un o'r rheiny bellach yn wlyb a du gan damprwydd, a'r plastar wedi disgyn i ddangos strwythur pren go simsan.

'Mae yma dipyn o lanast,' meddai'r dyn.

'Dyna pam dach chi yma.'

'Ddaru creu'r teras ymyrryd â strwythur y to – ei wanio fo, agor y drws i damprwydd…'

'Dim ots be ddigwyddodd. Faint fydd ei drwsio fo?'

'Allwn i'm dweud rŵan. Mi a' i'n ôl i'r swyddfa ac anfon pris…'

Cornelodd Theo'r tŵr gan ddweud nad oedd ganddo amynedd i aros i'r dyn ffidlan efo ffigurau; roedd o isio rhyw amcan bris y munud yma.

'Chei di fawr ddim newid o dri chan mil am job gall – mae o'n adeilad rhestredig, wedi'r cwbwl.'

'O.'

∽

Doedd ganddyn nhw ddim ffordd o ryddhau'r math yna o bres.

Aeth ar ei union i swyddfa'i dad a throi yn y gadair fawr wrth syllu'n ddall ar y llyfrau.

Cnociodd Gaia a dod i mewn, ac eistedd ar ei lin.

'Sut aeth hi?'

Esboniodd Theo'r sefyllfa. Doedd ganddyn nhw ddim tri

chan mil i'w dalu; allen nhw ddim cael benthyciad banc heb ddangos ffordd o dalu'r arian yn ôl a doedd gan y stad ddim incwm gwerth sôn amdano.

'Allwn ni ailforgeisio?' holodd Gaia gan roi ei breichiau am wddw Theo.

'Dyna fasa'r ateb amlwg, ond ar ôl darllen y gweithredoedd gynna mae amodau go gaeth ynghylch hynny.'

'Stiwpid,' meddai Gaia gan ysgwyd ei phen.

Cododd Theo'i ysgwyddau. Er bod y gweithredoedd braidd yn geidwadol, doedd yntau ddim am gymryd gambl a allai arwain at adfeddiannu'r plas. Roedden nhw wedi dod yn agos o'r blaen a doedd arno ddim awydd ailadrodd hynny.

'Fydd rhaid inni werthu?'

'Gwranda arnat ti'n dweud "ni". Dim ond ers pythefnos rwyt ti wedi bod yma!'

'Fydd rhaid inni?'

'Mae gen i blania. Ond yn gynta, mae gynnon ni apwyntiad te. Rwyt ti'n cael cyfarfod â Modryb.'

42

SAFODD Y DDAU ar erchwyn y carped yn yr apartment (gair Modryb oedd hwnnw; arferai sorri'n arw pan geisiai Elystan ei alw'n 'rhandy'). Rhoddodd Gaia gyrtsi bach pan ddaeth Modryb i'w harchwilio, nes i Theo disian chwerthin.

'Does dim byd yn bod ar fanars gan y dosbarthiadau is,' meddai Modryb a'u gwahodd drwodd am de. Roedd hi'n dal yn archwilio Gaia, a honno – wedi digio – yn camu'n ddiamynedd, ddi-steil. Eisteddodd pawb. 'Un o ble ydach chi, fy merch i?'

'Pentra bach ochra Caer. Helston. Enillodd o wobr Pentre yn ei Flodau llynedd.'

Cododd Modryb un ael ar Theo.

'Bendigedig, wir,' meddai a'i llais yn drewi o eironi, cyn ymddifrifoli. 'Mae Theo'n dweud nad ydach chi'n rhydd i briodi.'

'Wyddwn i ddim fod hynny ar y gweill.'

Cododd Modryb yr ael arall ar Theo ond roedd ei lygaid o'n erfyn ar i Gaia bwyllo.

'Hm. Mi fûm inna'n canlyn dyn priod. Ddaru hynny ddim darfod yn hapus.'

'Tewch,' meddai Gaia cyn brathu'i thafod.

Trodd Modryb at Theo.

'Be ydi dy blania di yma, hogyn? Digon segur fuost ti fel arglwydd hyd yn hyn. Sut wyt ti am wneud dy farc?'

'Mae'n fuan eto. Dwi ddim wedi trafod efo Gaia.'

'Lol. Teulu gynta, Theo,' meddai Modryb, a llygaid Gaia'n culhau.

Ceisiodd Theo brotestio ond roedd Modryb yn benderfynol.

Gan lygadu'r ddwy ohonynt yn nerfus, dechreuodd amlinellu'i gynlluniau: tyrbeini gwynt ar y Garn a maes carafannau eco-wyrdd yng Nghae Dros Rafon.

'Be?' ebychodd Gaia.

Doedd Theo ddim wedi disgwyl iddi gael cymaint o syndod.

Roedd Modryb yn fwy meddylgar. 'Creithio'r tir a'i osod o i estroniaid?' holodd, ond â'i thôn yn rhesymol. 'Faint o bres gei di?'

'Dros gan mil y flwyddyn.'

'Ti o ddifri?' poerodd Gaia. 'Wyt ti'n mynd i sboelio'r unig adnodd sy ar ôl ar y stad – ei harddwch hi? Dwyt ti ddim mor wirion â hynny, siawns?'

Byddai merched llai hyderus na Gaia wedi toddi'n ddim dan y dirmyg yn llygaid Modryb.

'Mae can mil yn swm teg y dyddiau hyn, dwi'n cymryd,' meddai hithau, gan ddal i rythu ar Gaia fel pe bai'n soseraid o chwd. 'Cofia mai ti ydi'r arglwydd rŵan. Chdi sy'n penderfynu be sy ora i ddyfodol y stad.'

'Ond—' ceisiodd Gaia ffrwydro ond estynnodd Modryb ar draws y bwrdd am y tebot.

'Does gen ti ddim rheolaeth ar hon, Elystan?' gofynnodd yn bwyllog. 'Mwy o de, rywun?'

⌒⌒

'Hen bitsh!'

'Felly maen nhw'n dweud. Ffendiais i mo hynny erioed. Ond wedyn, mae pawb yn dweud 'mod inna'n hen gingron annymunol.'

'Welist ti sut gwnaeth hi fy nhrin i?'

'Roedd hi'n reit ddof heddiw, wsti, o feddwl sut roedd hi erstalwm. Fe ddest ti â'r hen fodryb yn ôl, oedd yn reit braf, er nad oedd hi'n siŵr iawn pwy oeddwn i.'

'Be ydi'r syniadau dwl 'ma sgen ti am dyrbeini a charafáns?'

'Mae angen incwm.'

'Ddylwn i fynd i sefyll ar ochr stryd yn gwerthu 'nghorff?'

'Dydi o ddim yr un peth.'

'Ydi, mae o. Rwyt ti'n berchen ar ddarn o dir prydferth, hafan nad ydi'r byd wedi ei chyffwrdd, a ti'n bwriadu gadael i bobl ei sathru a'i fathru a'i reibio fo am bres.'

'Rwyt ti'n swnio fel Saunders Lewis.'

'Pwy ydi Saunders Lewis?'

Ceisiodd Theo fod yn rhesymol a dadlau nad damwain oedd yr harddwch o'u cwmpas. Roedd canrifoedd o'i hynafiaid wedi trin a newid y tir at eu diben nhw. Troi tir yn arian: beth arall ydi amaethu? Ac os oedd hi'n ddewis rhwng ambell dyrbein a cholli'r stad, pa un oedd y brad?

'Dwyt ti ddim yn dallt gwerth y lle sydd gen ti,' mynnodd Gaia.

'Fi pia fo.'

'Yn union. Ond dydi pia rhywbeth ddim yn rhoi rhwydd hynt i ti wneud yr hyn a fynni di efo fo.'

'Be ti'n gynnig, 'ta? Gadael i'r to ddisgyn? Gadael i'r banc feddiannu'r plas?'

'Rho amser imi feddwl.'

'Mae amser yn brin.'

43

CRAFU'I BEN AM ffyrdd o wneud incwm heb ypsetio Gaia roedd Theo pan straffaglodd Gwenllian yn fochgoch i'r swyddfa.

'Pam na fedri di reoli dy wraig?' gofynnodd wrth gael ei gwynt ati.

'Be mae hi wedi'i wneud rŵan?'

'Ty'd i'r gegin, ar unwaith. Mae hi wedi meddiannu'r lle. Mae hi'n garnau mewn gwerni yno.'

Dilynodd Theo hi, a chluniau mawr Gwenllian yn pwmpio mynd.

Roedd y gegin yn gyforiog o botiau, yn boeth gan stêm, ac aeth oglau finag i drwyn Theo'n syth.

'Be ti'n wneud?'

Roedd Gaia'n rhedeg rhwng crochanau a'i dwylo'n llawn tomatos.

'Incwm i ti! Cetwad cartra. Cynnyrch y stad. I'w werthu.'

'Dydi gwerthu cetwad ddim yn mynd i dalu am do newydd.'

Pan oedodd Gaia i syllu arno roedd cyllell hir yn digwydd bod yn ei llaw.

'Twyt ti ddim i bw-pwio'r syniad, a finna wrthi ers dim mwy nag awran. Cetwad heddiw, jam fory…'

'Be wedyn?'

'Cêcs! Peis! Cîshys!'

'Hoi. Fy nghegin i ydi hon.' Cododd Gwenllian ei bys i bwysleisio na ofynnodd neb am gael troi'r lle'n Basschendaele.

Atebodd Gaia nad oedd hi'n symud cyn cael cyfle i wneud i'w syniadau weithio.

Ochneidiodd Theo, edrych ar ei benbleth, a rhoi ei fraich am ysgwyddau Gwenllian.

'Dewch efo mi. Rydach chi'n haeddu gwylia.'

'Chei di mo 'nhaflu i o fy nghegin fy hun ar chwara bach.'

Ond ar ôl siarad siwgwr efo hi, a mynd â hi ar wefan Seren Arian ar ei iPad ('Dydi'r sgrin yna ddim yn naturiol; witshcrafft ydi o'), buan y daeth Gwenllian i sylweddoli na hoffai hi a Maredudd ddim yn well na thaith i Awstria i weld y coedwigoedd a'r eira ar y copaon ac i siopa yn y marchnadoedd bwyd.

Cawsant lonydd wedyn i chwysu yn y gegin. Recriwtiodd Gaia Theo'n llawforwyn iddi, ac yn ystod yr wythnos gwnaethant rai cannoedd o jariau cetwad a jam, a'r lori deliferi'n galw'n ddyddiol â mwy a mwy o gynhwysion ('Be os bydd rhywun yn ffendio nad ein tomatos a'n bitrwt a'n mafon ni ydyn nhw?' 'Wnawn ni farchnata'n ofalus.'). Ar ôl tridiau bu'n rhaid symud y crateidiau jariau i stafell arall er mwyn iddyn nhw wneud peis: rhai twrci, a phorc, ac afal, a rhiwbob. Doedd ganddyn nhw fawr o glem na phrofiad; roedd Gaia'n gogyddes wefreiddiol ond ambell barti swper ar gyfer cyfeillion busnes Rich oedd ei phrofiad agosaf at arlwyo'n broffesiynol. Ond unwaith y dysgon nhw sut i drin y Rayburn, roedden nhw'n tsiampion – y peis yn aur a'r oglau'n fendigedig.

Berwodd Gaia rywfaint o datws a thorrodd Theo sleisen o borc pei mawr a'i gosod ar ei blât. Estynnodd ei gyllell a'i fforc a llwytho fforciad dda i'w geg. Flasodd o erioed mo'r fath borc pei! Roedd yn rhagori ar un Gwenllian, hyd yn oed: mymryn o sesnin yn tynnu'r poer i'w geg, y crwst yn felys ac ysgafn, a'r cig yn berffaith dan ei ddannedd.

'Blydi nefolaidd. Biti na fasa'r cetwad yn barod.'

'Fasat ti'n talu am bei fel hwn?'

'Heb amheuaeth.'

Fe aethon nhw ar daith wedyn o gwmpas y penrhyn

yn gwerthu'r peis i siopau, gan addo bod ganddyn nhw'r tystysgrifau a'r trwyddedau priodol. Gwerthwyd pob un.

'Fe allai hyn weithio, 'sti, o ddifri,' meddai Theo wrth flasu'r jam am y tro cyntaf, ar dafell boeth o fara.

'Nid fi oedd yn amau,' atebodd Gaia, a'i gusanu.

44

UNIG GŴYN MAREDUDD a Gwenllian am eu hamser yn Awstria oedd iddynt losgi'u trwynau yn yr haul; parhaodd eu hwyliau da am yn hir ar ôl iddynt ddychwelyd. Cafodd Theo a Gaia sioc o weld Maredudd yn ymddangos mewn *lederhosen* a het i weini swper un noson, a hwnnw'n swper o gigoedd a chawsiau cyfandirol.

'Feddyliais i erioed y gwelwn i chi'n gwisgo het yn y stafell fwyta, Maredudd,' meddai Theo'n gellweirus.

'Mae'n ddrwg gen i, syr,' cochodd y pen-gwas. 'Ddigwyddith o ddim eto... rhyw jôc fach ddifeddwl ar fy rhan i... maddeuwch i mi... wir ddrwg gen i.'

Ac aeth yn ôl i'r gegin a'i gynffon rhwng ei goesau, a Theo a Gaia'n glanna chwerthin.

Ond daeth terfyn ar yr heddwch. Roedd gan Gaia ei system ei hun erbyn hyn a'i galluogai i gynhyrchu dau gan pot o getwad bob dydd. Y drwg oedd bod y crochanau anferth a ddefnyddiai'n llenwi pob stof, a'r potiau gwydr yn llenwi pob ffwrn. Ar ben hynny, defnyddiai'r amser slac o fewn y system cynhyrchu cetwad i wneud peis.

Doedd Gwenllian ddim am ildio'i chegin mor rhwydd â hynny. Ei strategaeth hi oedd anwybyddu'r ffaith fod Gaia'n defnyddio'r gegin o gwbl, a bwrw rhagddi â'i choginio arferol. Canlyniad hynny oedd bod Gaia'n baglu drosti'n aml, a Gwenllian weithiau'n tynnu crochanau oddi ar y gwres, agor y ffwrn, a defnyddio'r cynwysyddion mawr lle cedwid y nionod a'r tomatos wedi'u torri fel biniau sbwriel. Doedd Theo ddim yn siŵr ai bod yn bengaled ynteu ffwndrus oedd hi.

Doedd y sefyllfa ddim wedi ffrwydro'n ffrae eto ond roedd Theo wedi diflasu ar Gaia'n cwyno bob tro y bydden nhw allan o glyw Maredudd a Gwenllian. Roedd yn falch nad oedd gan Gaia ddim digon o Gymraeg i ddeall yr hyn a ddywedai Gwenllian dan ei gwynt. Treuliodd Theo'r wythnos gyntaf honno yn y llyfrgell, gan mai dyna'r stafell bellaf oddi wrth y clindarddach a'r cega rhwystredig yn y gegin.

Clywodd gnoc ar ddrws y llyfrgell. Daeth Maredudd i mewn a gollwng ei gorff trwm i gadair gyferbyn â Theo.

Taflodd Theo'i lyfr ar y bwrdd. Ddywedodd yr un o'r ddau air am amser hir.

'Mae'n braf cael tawelwch.'

Atebodd Theo ddim. Roedd distawrwydd gymaint yn gyfoethocach efo Maredudd.

'Gwranda, Theo. Rydan ni wedi bod yn meddwl am ymddeol.'

Ysgydwyd Theo a sylweddolodd mai ffwlbri afresymol oedd ei ddisgwyliad y byddai Maredudd a Gwenllian yn y plas ar ei ôl o.

'Fe gewch chi bensiwn hael. Mi bryna i dŷ ichi yn y pentre – byngalo bach dêl,' meddai'n araf, ond yna edrychodd i lygaid Maredudd. 'Ond sgen i'm isio'ch gweld chi'n mynd. A does arnoch chithau ddim tamaid o awydd mynd chwaith.'

Daeth y distawrwydd yn ôl wrth i Maredudd ystyried.

'Nac oes, decini.'

'Felly be ydi'r broblem?' holodd Theo, gan sylweddoli bod y cwestiwn yn un hurt pan gododd Maredudd ei ael.

O dipyn i beth, chwarddodd y ddau. Addawodd Theo y byddai'n meddwl am ffordd o gael heddwch rhwng y merched.

45

E FALLAI FOD ATEB Theo'n mynd i gostio deg mil ar hugain o bunnau iddo ond roedd o'n bur sicr fod hynny'n bris teg i'w dalu i ddod â chymod i'r plas. Cafodd syrfëwr i ddod i gnocio waliau a dweud pa rai fyddai'n iawn i'w taro i lawr ac yna cafodd ddyn ceginau diwydiannol i ddod yno gyda'i dâp mesur, ei bensil, a'i gatalog.

Roedd wedi penderfynu y bydden nhw'n chwalu'r ddrysfa o stafelloedd bach a ffurfiai gegin a sgylyri a bwtri a stafelloedd storio bwyd, a chreu un gegin broffesiynol o ddur di-staen. Byddai ynddi le pwrpasol i Gwenllian wneud y bwyd beunyddiol (gyda Rayburn, wrth gwrs – nid peiriannau coginio modern, sydyn), a lle helaeth i Gaia wneud y cetwadau a'r peis a'r teisennau a phopeth arall a werthid dan frand Cefn Mathedrig. Gofalodd Theo fod lle yn y gegin i fwy o gogyddion hefyd pe bai angen ehangu ryw dro.

Doedd gwario £30k yn ddim byd o'i gymharu â'r her roedden nhw'n ei hwynebu a doedd dim siawns iddyn nhw wneud dimai o elw os oedd hi'n rhyfel oer yn y gegin.

Ond roedd y gwaith yn mynd i olygu na fyddai ganddyn nhw gegin am wythnos dda, ac felly na allen nhw gynhyrchu dim. Roedd Theo a Gaia ill dau'n barod am seibiant erbyn hynny beth bynnag, er bod Gaia'n poeni am golli momentwm yr hyn roedden nhw newydd ei gychwyn. Roedd oglau nionod a finag ar fysedd Theo, a'i holl ddillad yn drewi o fwyd. Doedd o byth eisiau blasu'r un cetwad arall.

Ond roedd gan Theo syniad sut bydden nhw'n gallu llenwi ambell ddiwrnod o'r bwlch yn y cynhyrchu. Dywedodd wrth

Gaia baratoi i gysgu mewn carafán efo Gwyn ('Ond ti'n casáu carafáns, Theo') a phacio'i welingtons; a dywedodd fod Gwyn, o'r hyn ddeallodd Gaia, yn beirniadu rhyw fath o gystadleuaeth gwaith coed.

∽

Daeth Gwyn i'w gyfarfod ger mynedfa maes parcio'r Brifwyl. Doedd y noson cynt ddim cweit ar ben iddo yn ôl ei olwg. Doedd Gwyn ddim yn gyrru, felly rhoddodd ei sticer car 'Beirniad' i Theo i'w alluogi i barcio mewn lle manteisiol, wrth ochr y llwybr am y Maes.

Ar ôl parcio agorwyd y bŵt i ddatgelu cannoedd o jariau jam a chetwad, pentyrrau tyn o borc peis a bocsys bisgedi, a basgedi o afalau.

'Mae o fatha ceir gangiau cyffuriau yn Miami sy wedi'u pacio'n dynn efo wads o gash a chocên,' meddai Gwyn. 'Rhaid i mi fynd i gael fy nghyfweld gan y BBC. Pob lwc.'

Cafodd borc pei dan ei ddant.

Buan y cawson nhw gwsmeriaid: roedd oglau'r peis yn denu pobl, harddwch Gaia'n helpu i berswadio'r gwŷr, a phris y cynnyrch o'i gymharu â phrynu cinio ar y Maes yn agor pyrsiau'r gwragedd. Câi pawb daflen wrth brynu: 'Sawrwch ein traddodiad yn ein cetwadau... Barddoniaeth mewn briwsion bisgedi... Afalau melys Llŷn.' Doedd dim angen sôn mai cynhwysion siop oedd ym mhopeth. Wrth i fwy o eisteddfodwyr gyrraedd, gwagio wnaeth y car. Gwnaed hanner canpunt mewn pum munud pan gyrhaeddodd côr meibion. Ymhen ychydig, roedd pobl yn dod allan o'r Maes i brynu – rhai am yr ail neu'r drydedd waith.

Daeth stiward atynt, a'i wasgod loyw'n sgleinio at y ffeit.

'Does gynnoch chi ddim hawl i werthu'ch pethau yn fan hyn.'

'Ydach chi, Mr Stiward, ar bwyllgor unrhyw gymdeithas, neuadd, neu eisteddfod sy'n cael nawdd gan Ymddiriedolaeth Mathedrig?' holodd Theo'n ddiniwed.

'Ydw. Tair.'

'Ffoc off 'ta.'

'Dwi ddim am dderbyn iaith fel'na.'

'A dwi ddim am dderbyn unrhyw gerydd yn y Steddfod heblaw o enau Elfed ei hun.'

Aeth y stiward ymaith a rhoddodd Theo fersiwn diniwed o'r sgwrs i Gaia.

Erbyn i Elfed gyrraedd roedd bŵt helaeth yr XC90 bron yn wag.

'Porc pei, Elfed?'

'Diolch iti.'

'Pot o getwad cartra?'

'Diolch.'

'Bocs bisgets grawn Cymreig?'

'Diolch. Fyddan nhw'n tsiampion i Monty'r ci,' meddai Elfed ac ysgwyd llaw â Theo. 'Gyda llaw, paid â meddwl bod hyn yn mynd i'n stopio ni rhag d'anfonebu di am y safle gwerthu.'

46

'Pam ydw i'n dallt pob dim yma?' holodd Gaia wrth iddyn nhw grwydro'r Maes.

'Hm?'

'Sgen i ddim llawer iawn o Gymraeg eto ond dwi'n tsiampion yma. Mae pob dim yn ddwyieithog: arwyddion, taflenni, stondina. Pam mae pob dim yn Saesneg?'

'I groesawu inffidels fel ti.'

'Ond angen cael fy nhrochi sy arna i. I be yr a' i ati i ddysgu Cymraeg a phopeth i'w gael yn Saesneg?'

'Ddim popeth. Awn ni i'r Babell Lên. Mae'r Ymryson mewn munud.'

'Lle a be?'

Ac yno yr aethon nhw. Roedd y drysau ynghau ond mynnodd Theo'u bod yn cael eu hagor. Doedd dim seddi'n rhydd ond dywedodd wrth Gaia am stwffio'i bol allan fel pe bai'n disgwyl, a chawsant sedd dda.

Daeth y timau i'r llwyfan. Winciodd Gwyn wrth eu gweld. Doedd Theo ddim wedi bwriadu dod â Gaia yma, a chadwodd lygad arni am ei fod braidd yn bryderus y byddai'n brofiad diflas iddi. Ond dim o'r fath beth. Roedd hi'n crafangu am bob gair, yn sawru pob llinell. Ymunai â'r 'O', a phan ffrwydrai'r babell â chwerthin gwnâi hithau'r un peth.

'Mae'r rhein yn ffantastig,' sibrydodd.

'Dwyt ti'n dallt dim arnyn nhw.'

'Dim ots!'

Cododd Gwyn i ddarllen ei englyn, gan ddatgelu'i fod

wedi'i gofnodi ar gefn un o daflenni cynnyrch Cefn Mathedrig. Bonllefodd Gaia.

'Paid â dathlu'n rhy fuan. Drïith o godi ffi arnat ti am hysbysebu.'

Colli wnaeth tîm Gwyn. Roedd Gaia'n gandryll pan ddywedodd Theo'r canlyniad wrthi.

'Mae'r peth yn warth. Allwch chi fynd drwy broses apêl neu rwbath?' holodd Gaia Gwyn gan roi gwg ffiaidd i'r Meuryn.

'Dim. Does dim cyfiawnder yn y byd.'

'Peint?'

Gwrthododd Gwyn y cynnig; roedd rhaid iddo fynd i'r Pafiliwn ar gyfer y Cadeirio.

Aeth Theo a Gaia i'r bar, lle roedd torfeydd blinedig yn mwydro yn yr haul. Gan fod Gaia'n cael blas ar y bandiau a oedd yn canu yno, thrafferthon nhw ddim mynd i'r Cadeirio, dim ond dweud wrth Gwyn wedyn iddo draddodi'n gaboledig.

Am i Gaia fynnu, a hithau wedi gwirioni ar y bandiau a'r cae a'r awyrgylch, mi fuon nhw'n dawnsio o flaen y llwyfan ymysg y plantos a redai o'u cwmpas yn chwarae pêl. Roedd y nos yn dal yn fwyn wrth i'r machlud gyrraedd, ac wyneb Gaia'n dal yr haul yn dlws wrth iddi hongian ar ei ddwylo a'i gwallt yn flêr.

Tywyllodd y nos heb i'w hysbryd ddiffodd. I'r dre: peintiau. Damio'r ffermwyr ifanc a laniodd yn y tafarndai cyn gìg Bryn Fôn ym Maes B. Ffraeo â Phrifeirdd. Dysgu emynau a rhegfeydd Cymraeg i Gaia.

Ar ôl bownsio dwyawr yn gìg Jarman a llyncu cebáb, roedd Gaia'n benderfynol o ddysgu Cymraeg ond hefyd yn barod am y ciando.

'Mae'r noson yn ifanc!' protestiodd Gwyn gan geisio galw tacsi. Roedd o am fynd i Maes B.

'Dydan ni ddim yn ifanc, beth bynnag amdanat ti. Ty'd â goriad dy garafán i mi os wyt ti'n benderfynol o wadu dy henaint.'

'Dim angen goriad. Dydi'r giari byth yn cau. Peidiwch â chysgu'n dawel!'

Ar ôl mynd i'r adlen anghywir ddwywaith, daethant i garafán Gwyn a setlo yn y gwely, ymysg tystiolaeth o drythyllwch y nosweithiau a fu. Roedd y ddau'n cysgu pan ddychwelodd Gwyn tua thri yng nghwmni cryn hanner dwsin o ferched ifanc Neuadd Pantycelyn. Wrth i'r rheiny ddarganfod y stash siampên, a dechrau tynnu'u dillad a chanu emynau, penderfynodd Theo a Gaia fynd i gysgu yn y car.

47

'Bore da.' Anadl cebáb.

'Mae'r car yn rhyfeddol o gyfforddus,' meddai Gaia.

Doedd arnyn nhw ddim awydd eisteddfota heddiw; cytunodd y ddau mai ei thorri yn ei blas fyddai orau. Cynigiodd Theo, gan nad oedd Caer ymhell, y gallen nhw fynd yno i siopa.

'Dwi'm isio mynd i Gaer ei hun,' meddai Gaia gan bwyllo. 'Ond, gan ein bod ni'n agos… ym…'

Edrychodd Theo i'w llygaid.

'Allan ag o.'

''Swn i'm yn meindio mynd ad—… i lle ro'n i'n byw o'r blaen. Mynd i godi'r post, y teip yna o beth.'

'Iawn.' Allai o ddim gwadu bod ganddi hen fywyd, debyg.

Cyfarwyddodd Gaia o drwy olau traffig a rowndabowts Caer ac Ellesmere Port, nes dod i bentre bach tlws. Aethant drwy hwnnw hefyd, i faestref afrosgo, ddiflas.

'I'r chwith ddwywaith ac mi fyddwn ni yno,' meddai Gaia.

Brathodd Theo ei dafod. Er cymaint oedd y demtasiwn i sbeitio diflastod unffurf y tai, wnaeth o ddim cega am y lle. Roedd gan bawb ei gartref. Pan gyrhaeddon nhw un *cul-de-sac* mwy ecsglwsif na'r rhelyw dywedodd Gaia wrtho barcio ar y pafin. Llygadodd hi'r drws ffrynt, ac am unwaith roedd hi'n edrych fel hogan fach ofnus.

Cynigiodd Theo fynd i mewn gyda hi, gan dynhau ei ddyrnau. Doedd o ddim yn un am gwffio ond…

'Fasat ti'n meindio peidio?'

Eisteddodd yn y car, felly, wrth iddi gerdded at y drws a mynd i'w bag i chwilio am y goriad, cyn ailystyried a chnocio.

Daeth Rich i'r drws a synnu o'i gweld. Dirmygodd Theo ef yn syth: fo a'i grys pinc a'r jaen aur afiach am ei wddw, ei BMW a'i fol cyri-ar-dripiau-busnes. Cyfarfu eu llygaid am ysbaid hyll ond caeodd Rich y drws ar ei ôl o a Gaia, gan gynnig hanner crechwen awgrymog i Theo wrth ei ddilyn i mewn i'r tŷ.

Edrychodd Theo o'i gwmpas. Dyma fo: ei hen fyd hi. Rhesi o dai mawr crand boring brics coch ac Audis ar y dreifs. *Cul-de-sac* hir ohonynt, a gerddi gwyrddion sgwâr y tu blaen iddynt; cymerai Theo'n ganiataol fod gerddi yr un mor ddiflas yn y cefn, ac ynddynt drampolîns a barbeciws. Roedd o'n ysu am gael mynd i'r tŷ a sniffian o gwmpas y bastad moel o ŵr. Ond aros oedd raid, a phob munud yn artaith gan na allai o stopio dychmygu Gaia'n agor ei choesau iddo a griddfan wrth i'w wefusau garw, barus gusanu ei gwddw.

Agorodd drws y tŷ. Daeth Gaia allan a daeth Rich i'r drws gan bledio arni. Paratôdd Theo i fynd allan i sgwario at Rich ond roedd Gaia yn y car yn barod. Cyneuodd Theo yr injan a sbarduno oddi yno.

'Ti'n iawn? Wnaeth o rwbath iti? Achos os gwnaeth o…'

'Dwi wedi dweud wrtho fo fod arna i isio ysgariad.'

Gwasgodd ei llaw. Gwasgodd hi ei law yntau, gwenu, a sychu deigryn unig oddi ar ei boch.

48

ROEDD CAEL CEGIN fawr, broffesiynol yn gwneud bywyd dipyn yn haws – roedd yno ddigon o le pwrpasol i fodloni Gaia a Gwenllian, a'u galluogi i gadw'u pellter pan fyddai angen. Yn fuan, daeth cynhyrchu'r nwyddau arferol yn broses ddyddiol. Roedd gan Gaia restr o archebion sefydlog gan siopau'r ardal cyn pen dim o dro, a chytundeb ffafriol tu hwnt â Jim Chwain.

Defnyddiai Jim ei fan i gludo amrywiol nwyddau hwnt ac yma rhwng siopau a chyflenwyr ar y penrhyn ac roedd yn ymddangos yn hoff iawn o Gaia. Roedd Theo'n berffaith fodlon i Gaia anadlu'i hud dros Jim gan fod hynny'n cadw'i brisiau'n isel.

Roedd popeth yn gweithio fel wats ac yn syndod o broffidiol. Ond doedd hynny ddim yn ddigon i Gaia. Gwyddai y gallai wneud mwy o'r cyfleusterau oedd ganddi yn y gegin a dechreuodd ysfa gyniwair ynddi i fentro mwy.

'Lle te bach?' Ailadroddodd Theo'r awgrym yn anghrediniol, fel pe bai'n gysyniad sordid. 'Caffi *ye olde worlde*? *Toasted teacakes* a lliain bwrdd wedi'i staenio?'

Gwenodd Gaia'n amyneddgar. Gwyddai erbyn hyn mai'r ffordd o berswadio Theo ynghylch unrhyw syniad oedd anwybyddu ei farn a bwrw rhagddi gan adael iddo rwgnach; wedi i'r syniad lwyddo chymerai hi ddim yn hir i Theo honni mai ei syniad o oedd o i gychwyn.

'Wyt ti'n disgwyl i mi wisgo ffedog a gweini – taenu menyn ar fara brith a gwneud tebotiau o de? 'Ta fydd pob Tom, Dic, a Harri'n cael gwasanaeth y bwtler?' holodd Theo wedyn.

Esboniodd Gaia y byddai'n rhaid iddyn nhw recriwtio staff

– ambell hogan ysgol o'r pentre – ar gyfer adegau prysurach na'i gilydd. Mater bach fyddai hynny. Efallai y dylen nhw gynnal ffair gyflogi – gwahodd pawb a oedd â'i fryd ar swydd draw i'r plas i roi cyfri amdano'i hun. Gyda hynny, dechreuodd chwilfrydedd Theo gyniwair – dyna'r math o weithgaredd uchelwrol y byddai'n werth chweil i'r plas ei gynnal. Ar ôl mwmial y byddai'n rhaid i'r plas ddechrau gwneud pres ar ôl yr holl wario, nodiodd ei ben.

49

Syniad Theo o broses recriwtio gall oedd gosod yr ymgeiswyr ymhonnus yr ochr arall i'w ddesg i grynu a cheisio'u cyfiawnhau eu hunain. Ond ar fore'r ffair, a phosteri a hysbysebion lliwgar Gaia wedi denu cryn ddwsin o hogiau a genod, daeth yn amlwg fod gan Gaia syniadau gwahanol.

Roedd y plant ysgol yn sefyll yn y cyntedd mawr mewn grwpiau chwilfrydig o ddau neu dri, yn edrych ar Gaia'n rhoi trefn ar hwla-hŵps, côns lliwgar, a bagiau ffa.

'Be'n union sy'n digwydd?' holodd Theo hi dan ei wynt.

'Gêmau,' meddai hithau, 'i ni gael gweld sut rai ydyn nhw go iawn – sut maen nhw'n dygymod dan bwysau, fedran nhw feddwl drostynt eu hunain, ydyn nhw'n gwneud yn dda efo pobl eraill, a phob math o bethau.'

'Rhyngot ti a dy bethau,' meddai Theo a mynd i eistedd ar y grisiau wrth i Gaia glapio'i dwylo, ymddiheuro na allai hi arwain pethau yn Gymraeg, a chychwyn ar yr asesu. Gorchmynnodd i'r ymgeiswyr eu trefnu eu hunain mewn rhes o'r talaf i'r byrraf heb siarad gair â'i gilydd. Yna, gwnaeth i barau ohonynt roi ffon o sbageti heb ei goginio yn eu cegau, a throsglwyddo Polo mint o'r naill i'r llall. Wedyn, cystadleuaeth jyglo. Gwyliai Theo lygaid barcud Gaia'n asesu'r plant. Roedd yn ddigon hawdd dweud, erbyn gweld, pa rai fyddai orau fel gweithwyr. Os oedden nhw'n gollwng bagiau ffa, fe fydden nhw'n saff o ollwng plât; os oedden nhw'n gwylltio wrth i weddill y grŵp anghytuno â'u dull o ddatrys problem, neu'n sefyll yno'n llywaeth wrth i rywun luchio ffrisbi atynt, fydden nhw'n dda i ddim mewn cegin brysur.

Erbyn amser cinio roedd Gaia wedi cynnig swydd i dair o'r genod. Synnodd Theo wrth iddo sylweddoli y byddai o'i hun wedi dewis yr un tair.

50

Y BROBLEM NESAF oedd sut i gael cwsmeriaid. Roedd un o'r parlyrau ger y gegin wedi ei drawsnewid yn gaffi, gyda byrddau bach sgwâr yn rhesi. Roedd Gaia wedi ysgrifennu bwydlenni, a'r rheiny'n ddwyieithog ac wedi'u dylunio'n smart. Ac roedd Glesni, Mared, a Iola yn ddigon o sioe mewn dillad morynion, ac yn dysgu'n gyflym. Ond doedd hynny ddim yn newid y ffaith na wyddai fawr neb am fodolaeth y caffi.

Cafodd Theo saer o'r pentre i wneud arwydd, a gosododd hwnnw yng ngheg y lôn; cysylltodd â'r papur bro i drefnu cael hysbyseb ar y dudalen flaen. Doedd o ddim eisiau i Gaia ei gyhuddo o ddal pethau'n ôl. Dyna pam na ddechreuodd fytheirio pan gynigiodd Gaia syniad arall.

'Be am ddiwrnod agored?'

Gwnaeth Theo sŵn gyddfol nad oedd yn gadarnhaol nac yn nacaol.

'Cyfle i bobl ddod yma, gweld y lle, blasu'r cynnyrch, mwynhau – ac wedyn mynd o 'ma a sôn wrth eu ffrindiau, a dod yn ôl yma – gan dalu'r tro nesa.'

Gwnaeth Theo'r un sŵn eto.

'Fe awn ni â gwahoddiadau i'r capeli a'r ysgolion, a'u rhoi drwy bob drws ymhob pentre a maes carafannau o fewn saith milltir i'r plas. Gei di ddweud hanes Cefn Mathedrig. Ga innau ddweud hanes y bwyd. Fe gawn ni'r lle i sgleinio.'

Mwmialodd Theo ynghylch y gost a'r ffaith nad oedd yn hoffi meddwl am adael i yrr o bobl leol fusnesu yn y plas, gan gerdded ar y carpedi a byseddu'r trysorau. Ond beth oedd pwynt ymladd brwydr nad oedd mo'i hennill, a Gaia wedi rhoi ei bryd ar wneud hyn?

51

DOEDD GANDDYN NHW ddim llawer o amser cyn y diwrnod agored, felly bwriodd pawb ati i gymhennu'r plas.

Y gerddi oedd cyfrifoldeb Theo. Yn un peth, roedden nhw'n ddiawchedig o flêr. Yn ail, roedd Theo wedi gwrthwynebu cynnal y diwrnod agored ar y sail y dôi pawb i wybod nad cynnyrch y plas a ddefnyddid yn y bwyd ond nwyddau wedi eu prynu i mewn.

Felly, dyna lle bu Theo a Robat, hogyn o'r pentre a ddaeth i'r ffair gyflogi gan honni bod ei nain yn dweud ei fod yn ddisgynnydd i Jasper Oriental, yn sbriwsio – gwneud i'r lle edrych yn dwt, prysur, a chynhyrchiol. Barbiwyd mynedfa gall drwy'r labyrinth dail ('Hen ffansi wirion pobl efo gormod o amser'), ac agor y gwelyau blodau er mwyn plannu pob math o geriach: tatws, nionod, cennin. Prynodd Theo dŷ gwydr drutaf ac ehangaf B&Q, a rhegi drwy'r prynhawn wrth ei osod; plannwyd tsilis a phlanhigion tomato go aeddfed. O'r siediau aeth i nôl Alfa Romeo estêt hynafol ei fam a'i barcio yng nghanol y patsh, a'i ddrysau'n agored, yn gartref i'r deunaw iâr a ddaethai mewn fan.

Bu Gwenllian yn polisio a sgleinio, Maredudd yn peintio a hwfro, a Gaia'n coginio fel slecs ac yn prynu bynting ciwt i'w roi ymhobman.

'Dwi'n nacyrd,' cwynodd Theo wrth suddo i soffa nos Wener.

'Tyff,' meddai Gaia. 'Mae angen gosod y byrdda.'

'Ti'n gwybod na ddaw neb, on'd wyt?' ceisiodd ddweud wrthi wrth ei helpu i lusgo byrddau i'w lle.

'Gawn ni weld,' meddai hithau wrth roi lliain drostynt a hongian bynting.

'Ac os daw pobl, yma i fusnesu fyddan nhw ac yn rhy deit i wario.'

'Dwed di.'

'Dwyt ti ddim yn nabod pobl ffordd hyn.'

'Dwi'n trio dod i'w nabod nhw.'

'Waeth iti heb.'

Gwenodd y ddau ar ei gilydd er mwyn dod â'r cecru i ben. Cydiodd Theo ym mreichiau Gaia, ei chusanu, a dweud nad oedd y neuadd wedi edrych cystal ers tro byd. Doedd y lle ddim yn teimlo fel marwolaeth araf erbyn hyn.

'Dyna welliant,' meddai hithau. 'Tria fod yn glên efo pobl fory hefyd, bendith tad.'

52

CADWODD THEO EI ben yn styfnig yn ei bapur cyhyd ag y gallai, ond allai o ddim anwybyddu clegar yr hen wragedd yn hwy. Aeth i ben y grisiau a gweld Gaia a Maredudd yn croesawu'r bobl drwy'r drws mawr – ac roedd llawer ohonyn nhw. Safodd yno'n edrych ar Gaia. Roedd hi'n tynnu pobl ati, rywsut, yn dod â golau i'w hwynebau gwledig, a Maredudd wedyn yn eu harwain at y byrddau gwerthu. Sylwodd Theo fod pobl yn cymryd cipolwg sydyn arno fo cyn edrych i rywle arall. Aeth i sefyll efo Gaia a chael sioc o'i chlywed yn cyfarch y bobl yn Gymraeg.

'"U", Gaia.'

'Hm?' meddai hithau, a pharhau i wenu ac ysgwyd llaw.

'"Suda-chi",' pwysleisiodd Theo wrthi, 'nid "Sida-chi" fatha rhyw blydi hwntw.'

'Chwara teg iddi am drio, ddweda i,' hisiodd Maredudd arno.

Aeth i'r neuadd â'i ben yn brifo yn y sŵn siarad a'r clecian cwpan-a-soser. Distawodd y lle pan aeth i mewn, fel pe baen nhw'n ofni iddo ddweud rhywbeth. Ond buan y cododd sŵn y sgyrsiau eto, a'r bobl yn pwyntio at ganwyllbrennau a ffenestri lliw. Roedd ciws hir at y byrddau, lle cynigiai'r morynion newydd a'u ffrindiau o'r pentre ddarnau bisged gyda chetwad a jam arnynt a phytiau bach o beis porc ac afal. Popeth yn plesio.

Clywodd Gaia yn ei alw draw.

'Wyt ti'n nabod Gwilym a Nerys? O ffarm Hendre Arian?' holodd gan gamynganu'r enwau'n llwyr.

''Dan ni wedi dod ar draws ein gilydd, on'd ydan ni, Theo?'
meddai Gwilym yn ei ffordd annioddefol ei hun.

'Do.'

Roedd o'n casáu Gwilym erioed a ddim yn cofio'n union
pam. Rhywbeth ynglŷn â hogan, rhywbeth ynglŷn â disgo
ysgol gynradd, a rhywbeth ynglŷn â bod Hendre Arian
yn ffarm mor broffidiol nes herio goruchafiaeth Cefn
Mathedrig.

'Roedd Gwilym yn sôn am y farchnad ffermwyr yn y Llan
bob yn ail Sadwrn.'

'Mae gynnon ni stondin yno,' meddai Gwilym â lilt
Seisnigaidd annioddefol. 'Fe wnâi stondin arall les i ni i gyd.
Be amdani?'

'Wyt ti am fynd i ganol yr amaturiaid yma?' gofynnodd
Theo i Gaia heb ostwng ei lais.

'Cwsmeriaid, cystadleuaeth, cymdeithasu... yr union
beth fyddai'n gwneud lles i ni,' meddai hithau'n herfeiddiol.

Distawodd y neuadd wrth i Maredudd glirio'i wddw.

'Ymhen pum munud, mi fydd cyfle i chi gael taith o
gwmpas y plas a'r gerddi, i gael clywed tipyn o'r hanes, hanes
y gwaith rydan ni wedi bod yn ei wneud, a'r cynlluniau at
y dyfodol. Taith Gymraeg yng nghwmni Theo, gŵr y plas,
ac un Saesneg yng nghwmni Gaia, ei... ym... ym... ffrind
arbennig.'

Pan ddaeth yn amser ymgasglu ar gyfer y teithiau, roedd
ochr Gaia o'r plas dipyn yn llawnach nag ochr Theo. A dweud
y gwir, dwy hen wraig yn unig a oedd am ddod ar ei daith o,
tra oedd hanner cant o bobl yn disgwyl yn eiddgar am daith
Gaia. A Chymry oedden nhw i gyd, bron iawn.

Ceisiodd Theo beidio â chymryd y peth yn bersonol. Roedd
Gaia, wedi'r cwbl, yn newydd, yn rhywiol, yn tynnu pobl ati;
roedd pobl yn ei nabod o ers blynyddoedd, neu'n gwybod
amdano, beth bynnag, fel creadur digon sych. Tywysodd y

ddwy hen wraig at grŵp Gaia a dechrau clirio'r platiau yn y neuadd wrth iddi hi arwain y criw o gwmpas, gan wneud i'w gartref swnio'n ddisglair a hardd unwaith eto.

53

'PWY YDI'R ARTIST?' holodd Gaia gan amneidio ar yr îsl a'r canfas a'r brwsys yng nghornel y parlwr yr oedden nhw'n ceisio'i glirio er mwyn gosod bwrdd pŵl ynddo.

Roedd ambell un o luniau mam Theo'n addurno waliau'r plas, a hwythau ddim yn annhebyg o ran safon i baentiadau'r arlunwyr o fri a oedd ar yr un muriau. Bu am flwyddyn mewn coleg celf yn Llundain cyn newid cwrs i astudio Ffrangeg ac Athroniaeth. Gwerthodd ambell lun ac roedd y gwybodusion yn rhoi gwerth mawr arnynt. Ystyriasai Theo brynu un o'i lluniau'n ôl iddi ar ei phen-blwydd ychydig flynyddoedd cyn iddi farw; aeth i'r ocsiwn, hyd yn oed, ond buan yr aeth y pris y tu hwnt i'w ysfa i blesio. Cafodd ei fam dusw o flodau.

'Fi, debyg.'

Chwarddodd Gaia ac yna ymatal.

'Wn i byth pryd rwyt ti'n dweud celwydd.'

'Byth, siŵr.'

Gollyngodd Gaia'r llyfrau roedd hi'n eu cario ar y llawr yn flêr o amgylch *chaise longue* yng nghanol y stafell. Rhoddodd ei breichiau am wddw Theo a sibrwd yn herfeiddiol,

'Peintia fi.'

Aeth i nôl yr îsl a'r offer a'u gosod yng ngolwg y *chaise*, tra bod Theo'n gwneud ymdrech i edrych fel pe na bai'r her yn ei boeni. Cyfarwyddodd Gaia i eistedd ac i edrych drwy'r ffenest i'r dde ohoni.

'Fi sy'n comisiynu'r llun, felly fi fydd yn penderfynu sut bydda i'n eistedd,' meddai hithau gan agor ei blows. Tynnodd ei bra, ei sgert, a phob dilledyn arall a lled-orwedd ar y *chaise*. 'Rŵan brysia; mae hi'n stafell oer.'

Dywedodd Theo na ellid brysio gwir artist; wrth iddi ddechrau dadlau, gorchmynnodd iddi aros yn berffaith lonydd. Cymerodd arno na chafodd ei gynhyrfu o gwbl.

Gwlychodd ei frws a'i ddipio yn y paent, a oedd wedi sychu a chrebachu rhywfaint, a meddwl sut i ddod allan o'r sefyllfa hon – cafodd ei daflu allan o'r dosbarth yn Eton y tro diwethaf iddo afael mewn brws paent. Edrychodd arni; roedd hi'n berffaith yn ei noethni – ei ffurf, o'i bronnau i'w morddwydydd i'w choesau, yn harddach na dim oll y gellid ei ddarlunio. Allai ei ddwylo trwsgwl ddim ei hail-greu. Bob tro y cyffyrddai'r brws â'r canfas deuai'n amlycach i Theo y byddai ei ddarlun yn fethiant. Hyd yn hyn, roedd wedi troi perffeithrwydd Gaia ar y *chaise* osgeiddig yn rhywbeth tebyg i fanana mewn cas sbectol. Oedodd, a'i dafod yn sticio allan yn artistig drwy gornel ei geg, i ystyried a allai ddirwyn y trywydd abswrdaidd hwnnw ymhellach, a honni bod y darlun yn gynrychioliad symbolaidd o brydferthwch Gaia.

Roedd ar fin estyn am y paent coch pan agorwyd y drws i'r parlwr. Ehangodd llygaid Gaia'n gomig o araf wrth iddi droi'i phen a chuddio'i bronnau. Yn y drws, safai Maredudd a Gwenllian yn gegagored. Rhewodd pawb am bum eiliad hir, cyn i Gwenllian droi ar ei sawdl a'i heglu hi oddi yno, a'i 'Grasusa!' crynedig yn atsain ar y grisiau. Gwenodd Theo wrth i Maredudd gymryd yn hwy nag oedd raid i nodio a chau'r drws yn araf (gan edrych yn edmygus ar y *chaise* a tharo winc ar Theo).

54

A R ÔL DYDDIAU o bobi gwallgof aethant i'r farchnad ffermwyr yn y pentre, a'r Volvo a'r Land Rover yn orlawn. Roedd codi'r stondin (a ganfu Theo yn y seler, wedi'i gadael gan ei fam ar ôl rhyw arddwest neu'i gilydd dros ddegawd yn ôl) yn dipyn o embaras. Doedd gan Theo ddim syniad sut roedd y darnau metal a'r cynfasau a'r darnau pren yn ffitio yn ei gilydd. Yn y diwedd, bu'n rhaid cael help gan Gwilym Hendre Arian.

Roedd hwnnw'r un mor annioddefol ag arfer.

'Fasat ti'n meindio sefyll yn fan'cw'n dal hwnna, Theo, yn rhy bell i fedru gwneud difrod?'

Roedd y stondin ar ei thraed cyn pen dim o dro, ond yn sgil yr embaras o orfod derbyn help Gwilym roedd Theo mewn tempar drwy'r dydd.

Pan gyrhaeddodd y cwsmeriaid tua deg, roedden nhw'n awyddus i brofi'r cynnyrch ac wedi clywed pethau da am y diwrnod agored. Gaia a ddeliai â nhw. Roedd siarad efo hi'n gwneud i bobl wenu. Eisteddai yntau ym mŵt y Volvo'n smalio mynd drwy'r elw wrth chwarae pocer ar ei iPad.

Am ddeuddeg aeth Theo i'r dafarn am ginio heb wahodd Gaia. Ac yno y bu drwy'r pnawn yn pwdu, yn sbio drwy wydr budr ar stondin fawr Hendre Arian, yn sylwi ar y bobl yn addoli Gaia ac yn sgwrsio'n hawdd â hi. Adawodd o mo'r Tŷ Gwyn nes bod Gwilym Hendre Arian wedi helpu Gaia i bacio'r stondin a'i rhoi ar do'r Land Rover.

55

DROS YR WYTHNOSAU wedyn daeth pethau i drefn yn y caffi. Roedd y cwsmeriaid yn dod yn fwyfwy niferus, a phawb yn canmol y bwyd.

Ond un pnawn Sadwrn, roedd pwyllgor y farchnad ffermwyr wedi trefnu trip i weld marchnad lwyddiannus ar Ynys Môn. Cafodd Gaia wahoddiad i ymuno â nhw (soniodd neb ddim byd am Theo, meddai hi). Golygai hynny fod Gaia mewn cyfyng-gyngor.

Doedd arni ddim eisiau peidio ag agor y plas i de yn ei habsenoldeb oherwydd byddai Cefn Mathedrig yn cael enw fel lle annibynadwy, nad oedd yn agor ond pan oedd hynny'n eu siwtio. Ar y llaw arall, braidd yn ddibrofiad oedd y merched – byddai rhedeg y gegin heb oruchwyliaeth yn dipyn o her. Gallai ofyn i Gwenllian wneud y gwaith coginio (gwneud brechdanau a thwymo ambell darten), ond nid i redeg yr holl siabáng. Felly, penderfynodd, yn betrus, ofyn i Theo a allai o gadw llygad ar bethau a gwneud yn siŵr fod popeth yn rhedeg yn esmwyth.

'Medraf, siŵr. Dim isio iti boeni o gwbl. Mi reda i'r lle fel wats. Pa mor anodd fedar o fod?'

Gwnaeth hyder Theo Gaia ychydig yn fwy pryderus. Treuliodd yr wythnos yn sgwennu canllawiau, eu lamineiddio, a'u selotepio o gwmpas y gegin: sut i weithio'r meicrodon, sut i sicrhau nad oedd y dŵr o'r peiriant berwi'n chwilboeth nac yn llugoer; sut roedd y genod gweini i fod i wisgo'u gwalltiau. Fore Sadwrn, gadawodd Gaia Theo â llwyth o gynghorion a gorchmynion yn hedfan o gwmpas ei ben, cyn mynd yn y Volvo am Fôn yn poeni a oedd hi'n gwneud peth call.

Ymdaflodd Theo i'w ddyletswyddau ag awch. Ychydig ar ôl amser cinio gwelodd Nissan bychan yn dod dros y bont. Neidiodd ar ei draed a dweud wrth y merched y byddai o'n bersonol yn croesawu'r cwsmeriaid. Roedd y dyn bychan moel yn y Nissan, a'i wraig, yn edrych fel pe baen nhw ar goll yn hytrach nag yn chwilio am baned, ond arweiniodd Theo nhw gerfydd eu breichiau i'r parlwr, eu gosod ar gadeiriau, a rhoi serfiéts ar liniau'r ddau, cyn dychwelyd efo'i bad papur. Un baned rhyngddynt a archebodd y cwpwl.

'Ydach chi'n siŵr?' holodd Theo.

Ar ôl i'r gŵr gadarnhau'r archeb drwy nodio'n ofnus daeth Theo'n fwyfwy argyhoeddedig mai glanio yno ar ddamwain ddaru nhw. Dim ots. Aeth i'r gegin a dweud wrth Gwenllian am baratoi sgon yr un i'r cwpwl, ac wrth un o'r genod am drio cael dŵr o'r peiriant berwi. Gadawodd i'r merched ddelio â'r gweini a'r clirio platiau, cyn ailymddangos i gymryd yr arian a rhoi jar o getwad yn rhodd i'r ddau. Wrth i Theo godi llaw ar John a Margaret, ciliodd y Nissan dros y bont dipyn yn gyflymach nag y cyrhaeddodd.

Ac wedyn, ddaeth neb. Roedd yn un o'r pnawniau distaw hynny – efallai fod pawb wedi mynd am y traethau. Am chwarter i bedwar doedd Theo ddim yn gweld pwynt aros ar agor yn hwy, ond gwyddai y byddai Gaia'n anghytuno. Anfonodd Gwenllian i roi ei thraed i fyny, gan beidio â gwrando arni'n grwgnach am wastraffu diwrnod yn rhedeg caffi heb gwsmeriaid. Roedd y genod gweini'n giglo yn y gornel ac yn sbio ar eu ffôns. Penderfynodd geisio codi sgwrs â nhw.

Holodd sut roedden nhw'n licio'u gwaith. Atebodd y ddwy'n gwrtais gadarnhaol. Holodd am yr ysgol. Atebodd y ddwy'n gwrtais, â'r diflastod disgwyliedig. Syrthiodd distawrwydd ar y gegin. Chwysodd Theo. Ers pryd roedd o'n rhy hen i siarad efo merched? Roedd ei holl gwestiynau'n drewi o henaint – i ddwy ferch dlws ddeunaw oed, roedd ei sgwrs mor ddiddorol â hen ewythr mewn cadair olwyn. Gofynnodd a oedd rhywbeth difyr yn digwydd ar eu ffôn. Cymerodd y ddwy hynny fel cerydd a chadw'u ffôns yn eu ffedogau.

'Na, na, na,' meddai Theo. 'Sbïwch chi ar eich ffôns. Does dim byd o werth yn digwydd yn y gegin yma.'

O dipyn i beth, esboniodd y ddwy eu bod nhw'n edrych ar fideos o bobl yn neidio yn eu dillad i mewn i ddŵr – y môr, llynnoedd, pyllau nofio. Rhyw fath o her ar Facebook, gyda phawb a neidiai'n enwebu rhywun arall i wneud yr un fath. Roedd yr arfer yn ymddangos braidd yn hurt i Theo ond holodd a oedd y genod wedi cael eu henwebu.

Oedden. Ond doedden nhw ddim wedi gwneud.

'Pam lai?' holodd Theo.

'Wel… mi fasan ni'n gwlychu.'

'Twt,' meddai Theo, wrth i syniad ffurfio. 'Mae gen i lyn yn y cefna 'ma – Pwll Diwaelod maen nhw'n ei alw fo ond dydi o ddim yn ddiwaelod go iawn. Be amdani?'

Er iddyn nhw chwerthin yn anghrediniol i ddechrau a gofyn a ddylai rhywun aros yn y plas rhag ofn i gwsmeriaid gyrraedd, doedd dim llawer o waith perswadio ar y genod. Aeth â nhw at y llyn bach lle bu'n pysgota erstalwm; roedd y jeti'n fwy sigledig a phydredig erbyn hyn, a llond y cwch bach o ddŵr.

Estynnodd Theo'i ffôn wrth i'r merched edrych yn ddrwgdybus ar dywyllwch y llyn; efallai nad oedd o'r pwll glanaf yn y byd, ond her oedd her. Camodd y genod yn ôl a llygadu llwybr i'r llyn. Dechreuodd Theo ffilmio a rhedodd y ddwy law yn llaw cyn llamu'n sblash a ddychrynodd y dŵr llonydd. Llenwodd eu sgrechian a'u chwerthin dawelwch y pnawn gan godi dros y caeau at y Garn. Chwarddai Theo hefyd wrth eu gweld yn tagu a phoeri, yn rhegi'r oerni wrth straffaglu i'w codi eu hunain o'r llyn.

Dringodd y ddwy o'r dŵr â llysnafedd gwyrdd ar hyd eu ffedogau gwynion a'u gwalltiau'n glynu'n wlyb i'w hwynebau.

Diferai dŵr oddi ar y ffrogiau duon trwm. Safodd y ddwy yno'n giglo ac yn edrych ar hurtrwydd ei gilydd cyn cofio bod Theo'n dal i ffilmio.

'Mi ydan ni'n enwebu… Theo Cefn Mathedrig,' meddai'r ddwy ar unwaith drwy eu chwerthin, a rhuthro ato. Gafaelodd y ddwy mewn braich yr un, a'u lapio'u hunain amdano nes bod gwlybaniaeth y pwll yn treiddio drwy'i grys, a'i hanner llusgo, hanner gwthio at yr ymyl. Ac er ei fod yn gwisgo oriawr ei dad, wnaeth Theo ddim gormod o ymdrech i dynnu'n groes. Gollyngodd y ffôn a gweiddi cyn neidio i'w dynged lysnafeddog, wlyb.

Wrth fflapian ei freichiau o'i gwmpas roedd Theo'n teimlo'n fyw. Dringodd o'r dŵr gan feddwl mai gwneud lembo ohono'i hun efo'r genod oedd y sbort gorau gafodd o ers tro byd. Pitïodd am eiliad na chafodd erioed blant.

Wrth i Glesni a Mared eu gwasgu eu hunain ato i dynnu selffi gwlyb, gwelodd Theo'r Volvo'n dychwelyd dros y bont, gan adael i Honda bychan ei basio.

56

Yn y gawod, ceisiodd Theo roi rhywfaint o strwythur ar y rhesymau pam roedd Gaia'n flin. Un o'i gryfderau fel banciwr oedd ei allu i grynhoi a dosbarthu pwyntiau pan fyddai pawb arall yn bregliach a phaldaruo ar draws ei gilydd. Wrth rwbio'r siampŵ i'w ben sylweddolodd fod dau gategori pendant o resymau gan Gaia dros fartsio o'r Volvo a rhoi swadan iddo, cyn mynd i sterics a bloeddio truth hir yn esbonio faint o dwat oedd o, cyn pwdu a chael ei tharo'n fud:

1 Busnes:

   1.1 colli cwsmeriaid (sef y bobl yn yr Honda, tybiai Theo);

   1.2 difetha iwnifforms newydd sbon y staff;

   1.3 peri i staff gweini bwyd ddal annwyd;

   1.4 methu rhedeg y lle am un pnawn, hyd yn oed.

2 Personol:

   2.1 na allai hi ymddiried ynddo, a bod y baich o redeg yr holl sioe yn disgyn arni hi;

   2.2 bod y genod yn ddigon ifanc i Theo fod yn dad iddyn nhw, a'i fod o'n edrych fel pyrfyrt;

   2.3 gwneud iddi hi golli ei limpin a'i hunan-barch o flaen y staff;

   2.4 oedd o'n meddwl bod y genod yn ddelach na hi?;

   2.5 bod Theo'n rhy hen i fod yn chwarae rhyw lol bathetig a bod isio iddo fo gallio.

Roedd Theo wedi gobeithio y byddai rhoi trefn strwythuredig, gall ar deimladau Gaia yn ei alluogi o i ymateb yn well iddi, i'w amddiffyn ei hun, syrthio rhywfaint ar ei fai, a dod â'r ffrae i ben yn sydyn.

Ond ar ôl sychu, mynd i lawr y grisiau, a chynnig paned iddi yn ei lais mwyaf cyfeillgar, daeth yn amlwg i Theo na fyddai ambell air clyfar yn gwneud y tro. Wrth i ddistawrwydd Gaia ddyfnhau aeth tymer Theo'n waeth. Wedi'r cwbl, beth oedd yn bod ar gael mymryn o sbort?

Ac roedd oglau dŵr llonydd, marw'r pwll yn dal yn ei wallt.

57

'PAID Â MYND,' erfyniodd Gaia yn ei chwsg, un bore Mercher ymhen ychydig wythnosau.

'Rhaid i mi.'

'Tyff. Dwi am i ti aros yn gwely efo fi. Mae hi'n gynnas neis.'

Ond am chwarter wedi pump, roedd o yng ngorsaf Bangor, yn rhynnu yn y niwl.

Roedd siâp siarp, anghyfarwydd ei siwt yn gwasgu.

Gallai fod wedi osgoi heddiw. Roedd o'n reit sicr na châi byth weithio yn y banc eto. Ond teimlai fod angen iddo wneud y daith, a'i gwneud hi ar ei ben ei hun.

~

Peth peryg oedd edrych yn y drych yn rhy hir. Roedd y llun a oedd gan Gaia ohoni ei hun yn ei phen yn dadfeilio o flaen ei llygaid: doedd ei harleisiau na'i haeliau na'i thrwyn nac esgyrn ei gruddiau na'i gwefusau na'i gên ddim fel yr oedd hi'n meddwl roedden nhw'n edrych. Roedd edrych arni ei hun fel sbio ar rywun diarth.

Dechreuodd wisgo colur. Gwyddai'n iawn y byddai'n gallach peidio. Byddai'n ddoethach iddi anghofio am hynny, gwisgo'n ffrympi (benthyg rhai o ddillad Gwenllian, efallai), a thrio diffodd y fflamau chwilfrydig a oedd wedi'u cynnau o'i mewn, y tân a oedd yn tynnu ei henaid yn eiddgar ato; roedd hi'n saff o gael ei llosgi'n ulw. Byddai'n ddoethach canslo: dweud nad oedd heddiw'n gyfleus ar gyfer cwrdd i ymryson fflyrtio â'i gilydd a gwthio'i gilydd yn nes at drap chwyslyd breichiau'r naill a'r llall.

Byddai'n saffach anghofio'r sbort a'r sbarc a gyneuodd y chwilfrydedd ysol, ac aros yn ddiwair yn eu tai eu hunain. Ond beth oedd gwerth diogelwch pan oedd dwy galon yn cyflymu wrth i'r ddau ohonynt gwrdd?

Gwisgodd Gaia amdani. Daethai cryd drosti wrth ddychmygu canrifoedd o wynebau'n edrych yn ôl arni drwy'r drych, a hithau'n eistedd yno'n ei bra yn breuddwydio am bethau peryg.

58

ROEDD Y TRI dyn yn siarad efo fo ond doedd o ddim yn gwrando. Roedd o'n sbio drwy'r wal wydr dros y Ddinas: adeiladau llwyd, mwg, traffig, St Paul's. Roedden nhw'n dweud wrtho fod ei ddyfodol yn ddisglair, fod y byd yn ei ddwylo – ond bod y cyfan yn deilchion gan mor ddifrifol oedd ei gamwedd. Roedd Theo'n meddwl am droi'r llaethdai a'r beudai'n unedau gwyliau, ac yn ystyried a oedd hi'n werth gwneud seilej yn rhai o'r caeau eleni. Sylwodd fod ei droed yn gorffwys ar y bwrdd coffi lle roedd danteithion yn mynd yn stêl a'r pot coffi wedi hen oeri.

Roedden nhw bellach yn trafod rhyw asesiad seicometrig ohono. Gadawodd Theo i'w droed lithro a tharodd jwg lefrith i'r llawr. Edrychodd y panel ar ei gilydd. Edrychodd Theo ddim arnyn nhw.

'Mr Guilliam. Pe gallech chi—'

'Dach chi ddim yn teimlo bod eich enaid wedi'i wisgo'n llwyr yn y swyddfeydd yma, lle dach chi'n gwneud dim byd ond chwara efo rhifa…?' dechreuodd Theo holi.

Crechwenodd y pwysigion ar ei gilydd, gan eu bod wedi dod ar draws hyn o'r blaen. Pa achubiaeth oedd hwn wedi'i chanfod – Cristnogaeth? Comiwnyddiaeth? Cariad? Roedd sawl un o'u cyn-gyflogeion wedi canfod pwrpas amgen i'w bywydau ac wedi adweithio'n ffyrnig â bywyd y banc.

Cododd Theo a chylchu'r stafell. Stopiodd mewn cornel lle tyfai palmwydden denau mewn potyn. Rhoddodd ei droed ar ymyl y potyn a thynnu'r planhigyn yn rhydd, y pridd a'r gwreiddiau i gyd. Cariodd y balmwydden at y wal o ffenestri gwydr, gafael ynddi gerfydd y dail, swingio, a waldio'r pridd yn erbyn y ffenest.

Edrychodd y tri gŵr doeth yn nawddoglyd o amyneddgar arno gan fflicio tameidiau o bridd oddi ar y ddesg.

'Ar sail yr hyn rydan ni wedi'i weld heddiw,' meddai'r prif gyfwelydd, 'a chyfweliadau efo cyd-weithwyr, dwi'n credu y gallwn ni ddweud yn o bendant fod gennych chi broblemau iechyd meddwl eitha difrifol, yn ogystal â'r problemau alcohol.'

'Yn sgil hynny, rydan ni'n credu na fasa hi'n deg eich cosbi chi,' parhaodd un arall. 'Yn hytrach, rydan ni am eich rhyddhau chi o'ch dyletswyddau'n syth. Bydd gwahoddiad i chi fynychu therapi a *rehab*. Yn amlwg, fyddwch chi ddim yn gweithio yn y sector yma eto.'

'Ac wrth gwrs, fe gewch chi becyn diswyddo gweddol hael ar sail iechyd i'ch helpu ar eich ffordd, yn ddarostyngedig i rai telerau cyfrinachedd ac ati.'

'Faint?' holodd Theo.

'Deg mil ar hugain.'

Trawyd Theo yn ei dalcen. Roedd wedi disgwyl cyflog blwyddyn, o leiaf, i brynu'i ddistawrwydd. Digon i allu buddsoddi yn y plas fel y byddai ganddo incwm teidi erbyn i'r arian diswyddo ddod i ben.

'Be?'

'Dyna'n hunig gynnig ni. Pensiwn yn 55 hefyd. Ystyriwch eich hun yn lwcus.'

'Shit.'

෴

Roedd y pnawn yn rhydd ganddo. Aeth i grwydro'r ddinas.

Ond wrth gerdded ar hyd y Strand sylweddolodd fod y lle'n mennu arno, y prysurdeb a'r pwysigrwydd yn gwasgu arno. Rhoddodd ei dei yn y bìn. Doedd arno ddim awydd crwydro mwy. Roedd o am fynd adre ond doedd ei drên ddim yn gadael am dipyn.

Prynodd hufen iâ ac eistedd ger yr afon a gadael i'r rhyferthwy brown symud ei feddwl i rywle arall. Ond daeth twr o dwristiaid i sefyll rhyngddo a'r dŵr.

Safodd, ac wrth gymryd cip ar afon Tafwys – ei gip olaf am dipyn – gwelodd swigod. Cododd rhywbeth i frig y dŵr: siâp mwdlyd. Sylweddolodd Theo mai corff oedd o, wedi bod ar waelod yr afon ers cryn amser.

Wnaeth o ddim byd am yr hyn a welodd. Doedd ganddo ddim amser i fynd i siarad efo plismyn di-ddallt. Aeth am beint i Fleet Street a cheisio ymgolli mewn pytiau o sgyrsiau hen ddynion a chyn-newyddiadurwyr. Ond roedd o'n trio'n rhy galed. Doedd arno ddim eisiau bod yma.

Prynodd botel o win coch i fynd efo fo ar y trên. Allai o ddim ymlacio. Roedd ei isymwybod wedi penderfynu uniaethu â'r corff dienw, dihanes yn y dŵr. Efallai mai ei fwrw'i hun i'r afon fyddai ei hanes yntau pe bai wedi aros yn Llundain yn hwy. Neu efallai mai darn ohono'i hun a fu farw, ac a lusgwyd drwy ddyddodion y gwaelod, a bod y gweddill ohono'n fyw.

Roedd ei isymwybod yn rwdlyn creulon, beth bynnag.

59

CYRHAEDDODD FANGOR. ROEDD hi'n bwrw. Daliodd fws drewllyd, tamp gan ddifaru peidio â chael Maredudd i'w nôl.

Aeth y bws heibio'r sbyty gan godi hogan ag wyneb llygoden – *chav* go iawn, a'i dannedd yn ddrwg, ei chroen yn llwm, a thracwisg lwyd amdani. Roedd hi'n drewi o sigaréts rhad a sbyty. Eisteddodd y *chav* y tu ôl iddo, gan ei atgoffa eto pam nad oedd o fel arfer yn defnyddio trafnidiaeth gyhoeddus.

Rhoddai'i hoglau smôcs gur pen iddo.

Roedd angen newid bws yng Nghaernarfon. Roedd mewn pryd i ddal yr un hanner awr wedi saith ond roedd hwnnw wedi mynd yn gynnar. Glaw trymach. Awr a hanner i aros. Eisteddodd y *chav* ar y fainc a'i llygaid gwag yn sbio i nunlla. Doedd Theo ddim am aros yn fama efo hon. Aeth i'r pyb.

Pan ddaeth Theo'n ôl i ddal bws naw, roedd hi'n dal yno'n crynu. Doedd ganddi ddim côt? Cyrhaeddodd y bws. Aeth i eistedd yn y cefn, fel na allai neb sleifio llaw i'w boced.

Daeth hogan arall ar y bws ac eistedd gyferbyn â'r *chav*. Roedd hi'n amlwg yn nabod y *chav* ond ddim yn siŵr a ddylai dorri gair â hi. Roedd llygaid y *chav* yn gwibio'n wenwynllyd o'r naill le i'r llall.

Gwyliodd Theo wrth i'r hogan arall benderfynu codi sgwrs.

'Ti'n iawn?'

'Yndw.'

'I Fangor fuost ti?'

'Ia. Sbyty Gwynedd.'

'O. Rhywun yn sâl?'

'Ca'l babi.'

'W, pwy?'

'Fi.'

Doedd Theo ddim wedi sylwi bod bol arni. Doedd dim gwerth o groen arni.

'Llongyfarchiada!'

'Dwi'm yn ca'l ei gadw fo.'

'Be?'

'Maen nhw'n deud nad ydw i'n ffit. Maen nhw wedi mynd â'r tri arall hefyd, achos maen nhw'n deud na fedra i'm côpio ar ôl i Pete farw. Ond dwi'n fam dda. Dwi yn.'

'Ma hynna'n ofnadwy.'

'Do'n i'm fod i ada'l tan y bora ond o'n i'n methu diodda bod yna.'

'Glywis i am Pete. Ddrwg gen i.'

'Pawb yn deud ma bai fo ydi o, ond pan ti'n adict, sgen ti'm help.'

'Mm,' meddai'r hogan arall yn anghysurus.

'Ac er bod o'n curo fi fyny oedd o'n ocê, 'sti, go iawn. Dim fo oedd hynna, ond y drygs.'

'Mm.'

Daeth stop yr hogan arall. Gadawodd honno, â thipyn o ryddhad.

Sylwodd Theo'i fod o'n crio. Ceisiodd ei ysgwyd ei hun a slapio'i wyneb.

Roedd o'n dal yn teimlo'r dagrau. Roedd y *chav* yn sbio'n wag ar stêm y ffenest ac yna cododd i adael y bws mewn rhyw bentre.

Gafaelodd Theo yn ei braich. Fflachiodd ofn i'w llygaid.

'Ty'd adra efo fi,' meddai, gan ddifaru'i ddewis o eiriau'n syth.

'*Piss off*, no we.'

'Ddim fel'na. Gen i job i ti.'

'*Get off*. Crîp.'

Sodrodd Theo hi'n ei sêt gan sylweddoli ei fod yn feddw.

'Yli. Ti wedi trystio dynion lot gormod yn y gorffennol. Ond trystia fi rŵan, plis.'

'Pwy wyt ti?'

'Gei di waith gen i,' meddai Theo.

'No we.'

'Ddim gwaith doji. Morwyn. To uwch dy ben. Sgen ti nunlla gwell i fynd.'

Edrychodd y ferch i fyw ei lygaid.

'Iawn. Ond os ti'n trio rwbath doji, mi fratha i dy fôls di off.'

Ffoniodd Theo i ofyn i Gwenllian gynhesu stafell a rhoi rhai o ddillad Gaia yno. Roedd Maredudd yn aros amdanynt yng ngorsaf Pwllheli.

'Gen ti shoffyr? Be w'ti, *drug baron*?'

'Mewn â chdi.'

Gwyddai Maredudd na ddylai ofyn.

Cadwodd Theo olwg ar wyneb y ferch ('Kaz') wrth iddynt gyrraedd y plas. Dim. Fel pe bai rhyfeddod wedi'i olchi ohoni.

Roedd Gaia yn y parlwr. Roedd hi'n gwisgo dillad nos rhywiol du i'w groesawu.

'Helo, chdi,' meddai, a'i gusanu a'i gofleidio. Ond wrth ei gofleidio gwelodd Kaz yn sefyll y tu ôl iddo. Rhewodd.

60

C ODODD GAIA'N GYNNAR i ffraeo.
'Be oedd ar dy ben di?'

'Mi glywais i ei hanes hi. Mae hi wedi bod drwy fwy nag y gallwn i ei ddychmygu. 'Dan ni angen help. Pam na ddylai hi gael cyfle?' meddai Theo, a phoen dwfn yn ei ben.

'Ti'n gweld dy hun yn arglwydd holldrugarog. Nid dy le di ydi casglu slags bach coman i drio'u dofi.'

'Ti ddim yn gwybod be rwyt ti'n ei ddweud.'

'Ti'n siarad fel Iesu Grist, hyd'noed. Sut caiff hi gyflog? Ydi hi am gysgu yn y llofft drws nesa?'

'Sortiwn ni rwbath.'

'Ti'n dweud hynna oherwydd ti ddim wedi meddwl am y peth.'

'Naddo, Gaia. Dwi ddim. Wnes i benderfyniad efo 'nghalon, ddim efo 'mhen, ond mi ddyffeia i ti i ddweud 'mod i'n anghywir.'

'Be ydi *sob story* hon 'ta? Teilwng o'r *X Factor*, debyg iawn?' holodd Gaia.

Agorodd Theo'i geg i ateb, ond wnaeth o ddim siarad yn ddigon sydyn.

'Be ydi'r dîl efo hi? Be wyt ti isio'i wneud – ei shagio hi 'ta bod yn dad iddi, 'ta'r ddau?'

'Arglwydd mawr, Gaia. Does gen ti ddim syniad.'

Roedd y ddau ar eu traed, yn gweiddi i wynebau'i gilydd. Roedd Gaia'n hyll pan oedd hi'n flin.

'Roedd hi ar ei ffordd adra i hofel, newydd gael babi a nhwtha wedi mynd ag o oddi arni am fod ei wêstar treisgar hi o gariad wedi ODio ar smac. Os na fedar y plas helpu rhywun fel'na…'

Sylweddolodd Theo fod Gaia'n edrych dros ei ysgwydd. Trodd a gweld Kaz ar ben y grisiau ac un o ffrogiau gorau Gaia yn cyrraedd at ei phen-gliniau, a hwdi dros y ffrog. Roedd hi'n gomig, fel hogan bach yn ffrog ei mam: pymps budr am ei thraed; ei choesau'n drybola o fân datŵs; ei hwyneb llygoden fawr yn wenwynig gan ofn.

'Ty'd i lawr.'

'Ia, dwi'n mynd,' meddai Gaia a'i llais ar dorri. 'Peidiwch â phoeni dim amdana i. Ffrog neis; neu mi oedd hi, beth bynnag.'

Gadawodd Gaia.

Cynigiodd Kaz adael. Dywedodd fod ganddi dŷ i fynd iddo – y byddai hi'n iawn. Doedd arni ddim eisiau achosi trafferth. Ond gwrthododd Theo wrando. Aeth i'r stafell gotiau a nôl Barbour hir Gaia, o ran sbeit yn rhannol.

'Gwisga hon. 'Dan ni'n mynd am dro.'

Aeth â hi drwy'r gerddi newydd, ond tawedog oedd hi. Wyddai o ddim beth i'w ddweud, felly siaradodd am lysiau. Cafodd Kaz ei helpu yntau i nôl yr wyau i fasged. Aethon nhw wedyn i gyfeiriad y Garn a'r traeth.

'Ti'n licio mynd i lan y môr?'

'Oddan ni'n mynd lot lle o'n i'n byw o blaen, cos oedd 'na lefydd da i—'

Torrodd Theo ar ei thraws; doedd arno ddim eisiau gwybod go iawn. Gofynnodd Kaz pam roedd y caeau i gyd yn wag a rhoddodd hynny gyfle i Theo drafod ai tyfu cnydau ynteu cadw anifeiliaid fydden nhw'n ei wneud. Smaliodd Kaz fod ganddi ddiddordeb.

Sylwodd Theo ei bod hi'n esmwytho erbyn hyn, yn ymlacio. Dechreuodd dynnu'i llaw drwy'r gwellt o boptu'r llwybr, a thynnu'r hadau o'r top. Stopiodd hi ddim pan ddaeth at ddail poethion.

'Aw!'

'Be wnest ti? Dail poethion oedd y rheina – be haru ti?'

'Do'n i'm yn gwbod… aw.'

'Ffendia ddail tafol 'ta.'

'E?'

Chwiliodd Theo ymysg y gwair wrth odre'r clawdd a chanfod dail tafol. Gafaelodd yn nwylo oer Kaz a rhwbio'r marciau coch â'r dail. Ddywedodd hi ddim byd.

Aethant yn eu blaenau, a dod at y traeth.

'Nyts 'de?'

'Be?'

'Bod y dail sy'n gwella reit yn ymyl y dail sy'n brifo. Dydi hynna ddim fatha bywyd go iawn o gwbwl, yn nac'di?'

'Beryg,' meddai Theo, gan feddwl fel arall.

Ar ôl eistedd ar garreg dechreuodd Theo sôn am bysgota a syrffio. Rhoddodd Kaz ei llaw ar jîns Theo a dechrau tylino.

Llamodd yntau ar ei draed a gofyn be ddiawl roedd hi'n ei wneud.

'O'n i'n meddwl ma dyna oeddat ti isio.'

'Naci, Kaz! Iesu mawr, naci.'

Oedd hi'n meddwl mai dyna pam roedd o'n cymryd diddordeb ynddi? O ddifri – ai dyna'r argraff roedd o wedi ei rhoi? Edrychodd Kaz i ffwrdd.

'Blydi hel, Kaz. Does arnat ti ddim byd i mi.'

Ac wrth gerdded yn ôl, yn ddistaw, doedd dim byd ar ei feddwl ond: faint mwy roedd hon wedi ei wneud? Faint gwaeth?

61

Doedd Gaia prin yn siarad ag o ond mynnodd ei fod yn dod efo hi i'r dre. Roedd ganddi gyfarfod gyda rheolwr un o'r archfarchnadoedd, a oedd yn ystyried stocio'u cynnyrch ar y silff pethau lleol.

'Tria fihafio, ia?' meddai Gaia wrtho dan ei gwynt wrth frasgamu i lawr y stryd.

Wnaeth Theo ddim mynd i'r drafferth o godi ffrae.

'Wel helô, stalwm iawn,' galwodd llais Brummie o ochr arall y stryd.

Stopiodd Theo na Gaia ddim.

'Gaia!' galwodd un arall pan aeth Theo a Gaia rhagddynt.

Trodd Gaia i edrych a sgrechian yn hapus, cyn croesi'r ffordd at bâr o Saeson tew a'u cofleidio. Safodd Theo'n annifyr y tu ôl iddi wrth i Gaia a'r Brummies fân siarad.

'Rich ddim efo ti?'

'Na. 'Dan ni wedi gwahanu.'

'O diar,' meddai'r wraig.

'Hen dro,' meddai'r gŵr.

'Hen bryd, mae gen i ofn,' meddai Gaia, cyn cofio am bresenoldeb blin ei chariad y tu ôl iddi. 'Dyma Theo. Theo: Keith ac Angela.'

Cynigiodd Theo'i law a gwenu'n gyndyn.

'Sut hwyl?' meddai yn Gymraeg.

Edrychodd Keith ac Angela'n bryderus ar Gaia wrth ysgwyd ei law.

'Fydd rhaid i chi ddod draw am swper,' meddai Angela.

Llyncodd Keith a Theo'u poer.

'Mae gynnon ni garafán newydd rŵan. Rhaid i chi gael ei gweld hi.'

Pesychodd Theo o sioc. Edrychodd Gaia arno.

'Na, na,' meddai Gaia, ac ymlaciodd Theo. 'Rhaid i chi ddod acw, i weld y tŷ a'r busnes.'

A chytunwyd i decstio i drefnu.

⌒

Rhoddodd Theo Kaz dan adain Gwenllian, oherwydd doedd ganddo mo'r syniad lleiaf sut i fod yn forwyn, a go brin y byddai Gaia'n fodlon ei chynnwys gyda Mared, Glesni, a Iola.

'Ella ceith hi'ch helpu chi i wneud y bwyd pan mae'r Wilksys yn dod draw nos Iau, a helpu Maredudd i'w weini fo.'

'Wel ia,' meddai Gwenllian wrth asesu golwg Kaz. 'Gawn ni weld sut eith hi. Gaddo dim.'

62

'MIA' I â chdi adra i nôl dy betha,' cynigiodd Theo i Kaz. 'Mae'n iawn.'

'Twt. Haws i mi fynd â ti yn y car nag i ti straffaglu ar y bws.'

Wysg ei thin y dringodd Kaz i'r Volvo, a thawedog oedd hi ar y daith.

'Sut mae Gwenllian yn dy drin di?'

'Iawn.'

Bu Gwenllian yr un mor gêl pan holodd Theo hithau am gynnydd Kaz.

Daethant i lawr i'r pentre lle roedd Kaz yn arfer byw. Sylwodd Theo arni'n crebachu fymryn yn y sedd.

'Reit 'ta, lle mae'r tŷ?'

Pwyntiodd hithau'r ffordd.

'Hwn ydi o?' Roedd angen torri'r gwellt; papur newydd dros y ffenestri yn lle llenni.

'Gei di aros yn y car,' meddai Kaz yn benderfynol.

'Mi helpa i di,' meddai yntau, o chwilfrydedd troëdig yn gymaint ag o awydd i helpu.

'Paid â cega, iawn? Paid â deud dim byd tra ti yna.'

'Wna i ddim.'

A wnaeth o ddim – dim ond sefyll ar ganol y llawr tra oedd hi'n gwibio o'i gwmpas yn ymddiheuro ac yn symud pethau. Ar lawr roedd caniau gwag, stwmps, a bocsys pitsa; wrth y sinc, llestri budr yn bentyrrau; yn y gornel, bocs mawr o deganau. Roedd basged o ddillad gwlyb wedi bod yn llwydo wrth geg y peiriant ers pythefnos. Roedd Kaz yn rhuthro o gwmpas yn trio edrych yn brysur, heb syniad beth roedd hi'n ei wneud. Dechreuodd bentyrru llestri i'w golchi.

'Gad nhw,' meddai Theo gan roi ei ddwylo ar ysgwyddau Kaz. 'Waeth iti heb â chlirio. Geith y Cyngor wneud hynny cyn gosod y tŷ eto. Hel yr hyn rwyt ti ei angen i ni gael mynd o 'ma.'

Matras ar lawr oedd yn ei llofft hi. Edrychodd Theo ar un o'r lluniau prin a ludwyd ar y wal – un ohoni hi a Pete yn gwenu a smocio. Aeth hi'n syth i nôl y lluniau o genod bach dillad pinc. Stwffiodd hwdis a fests a throwsusau i fag.

Syllodd yntau drwy'r ffenest ar dai llwydion gyferbyn. Roedd y sil ffenest yn pydru. Aeth i biso. Agorodd y drws anghywir ar ben y landin a'i gael ei hun yn stafell y genod. Roedd y lle fel palas. Dau wely gwyn mawr a rhubanau pinc yn do amdanynt. Babi dols. Caeodd y drws.

Pan aeth i lawr y grisiau canfu Theo hi'n pwyso dros y sinc, yn goch ei llygaid, yn sbio i'r ardd lle roedd gwellt yn tyfu drwy ddarnau o dŷ bach twt a oedd ar hanner ei adeiladu. Pan glywodd Kaz ef yn dynesu y tu ôl iddi, trodd ato a lapio'i breichiau tenau'n dynn am ei gorff.

'Awn ni?' meddai yntau ar ôl hanner cusanu ei gwallt.

'Ia.'

Tawedog oedd yntau wedyn.

63

ROEDDEN NHW WEDI'U gwisgo'n barod i groesawu Keith ac Angela, ac yn eistedd yn y lobi. Cododd Theo, croesi'r teils unwaith, ac eistedd yn ei ôl. Cododd Gaia, cerdded at y drws ac yn ôl, ac eistedd.

'Theo?'

'Ia?'

'Tria fod yn neis.'

'Dwi ddim yn neis fel arfer?'

'Ti'n oer. Tria fod yn fwy agored efo pobl. Sgwrsio. Peidio ag ista yna fel—'

'Ond be mae rhywun i fod i'w ddweud wrth bobl sy'n meddwl bod *Downton Abbey*'n well na Shakespeare?'

Ochenaid flin oedd yr unig ateb a gafodd gan Gaia.

Roedd Theo'n casáu cofleidio pobl ddiarth ond pan gyrhaeddodd Keith ac Angela gyda photel o blonc a blodau garej, lapiodd ei freichiau am gefnau blonegog y ddau a'u cusanu. Aethant drwodd i'r stafell fwyta a'r ddau'n edrych yn syn ar fawredd y neuadd a'r parlyrau wrth eu pasio.

Tra oedd Gaia ac Angela'n trafod gwalltiau cafodd Theo ei adael efo Keith. Daeth yn amlwg fod Keith yn ffan o *Cash in the Attic*.

'W, dwi'n licio'r cerflun bach yma. Werth cwpwl o gannoedd yn fan'na ddwedwn i – hm? Hm?' meddai gan estyn merch farmor fronnoeth o'r silff ben tân a'i byseddu.

'Tair mil ar hugain yn ôl y prisiad dwytha ar ddiwedd y nawdegau, felly mae'n debyg fod ei werth o wedi codi tipyn ers hynny,' meddai Theo gan gymryd y ddelw o ddwylo syn Keith.

'Ond os oes gynnoch chi ddiddordeb, dwi'n siŵr y gallwn ni drafod.'

'Ym… na. Na, mae'n iawn.'

'Mae'r cynnig yno.' Cribodd ei ymennydd. Doedd ganddo ddim oll i'w ddweud wrth y dyn. Gallai ofyn mân gwestiynau carafanllyd, ond i be? Keith a dorrodd y distawrwydd.

'Ers pryd dach chi'n byw yma, felly, Theo?'

'Wyth canrif, rhywbeth felly. 'Dan ni'n deulu go newydd.'

Mynnodd Gaia eu bod yn gweini *scotch eggs* a chetwad Cefn Mathedrig i ddechrau, er bod Gwenllian a Theo'n gweld hynny'n gomon braidd.

'O din yr iâr fore heddiw,' cyhoeddodd Theo a chladdu i'w ŵy.

Bu cryn drafod ar blant Keith ac Angela. O'r hyn a ddeallodd Theo, roeddent naill ai ym myd addysg neu ym myd gwaith, ac yn gyfuniad o wrywod a benywod. Roedd o leiaf ddau ohonynt ac roedd ganddynt enwau cwbl anghofiadwy.

'Fyddwn ni'n clywed pitran patran plantos ar hyd y lloriau yma cyn bo hir?' holodd Angela gan wincio.

Roedd Gaia ar ganol gwenu'n wylaidd a dweud na wyddai hi pan dorrodd Theo ar ei thraws a chyhoeddi ei fod yn analluog.

'Da i ddim heblaw piso,' meddai ac edrych yn drist i fyw llygaid Angela.

Bu distawrwydd llethol.

'A! *Coq au vin*,' meddai Theo pan ymddangosodd Maredudd.

'Dwi'n cymryd y byddwch chi'n dweud mai un o'ch ieir chi ydi hon,' mentrodd Angela.

'O ia. Mi es allan fore heddiw, dewis yr iâr dewaf, a throi'i gwddw hi yn y fan a'r lle.'

Cododd Maredudd damaid i bawb cyn bowio a mynd, dan biffian chwerthin.

'Dwi'n clywed dy fod di wedi mynd yn eithafol ar y busnes byw-yn-y-wlad, Gaia, ac wedi dysgu'r lingo.'

'Dwi'n trio.'

'Dwed rywbeth yn Gymraeg,' heriodd Keith.

Trodd Gaia at Theo a gwenu'n nerfus.

'Helo, Theo. Sut wyt ti?' meddai Gaia'n rhyfeddol o daclus.

'Chwarter i wyth,' atebodd Theo gan edrych ar ei wats.

'Plis bydd yn neis. Stopia bod yn wirion.'

'Mi lyfa i dy dits di os lici di.'

'W! Dwi'n meddwl 'mod i wedi dallt un gair yn iawn! Ha ha ha,' meddai Keith.

'Pam ti mor anodd?' holodd Gaia wedyn.

Atebodd Theo mohoni.

Daeth Kaz i nôl eu platiau, a'i hofn yn edrych fel dirmyg. Roedd ei dwylo'n crynu. Dan lygad Maredudd, cododd blât Gaia. Cododd un Keith. Ond wrth blygu at Angela, crynodd ei llaw a llithrodd esgyrn a saws i gôl honno. Baciodd Keith ei gadair gan ebychu'n ddramatig.

'Shitbols,' meddai Kaz, gollwng y platiau, a rhedeg o 'no.

64

DEFFRODD THEO I sŵn cega eto. Roedd Gaia'n eistedd yn y gwely, yn dweud wrtho na wyddai ai fo ynteu Kaz oedd yr embaras mwyaf neithiwr. Roedd hi wedi tecstio Angela i ymddiheuro ond heb gael ateb. Pa hawl oedd ganddo i edrych i lawr ei drwyn ar ei ffrindiau hi? Doedden nhw ddim yn ddigon da iddo? Ac am Kaz… wel. Sut y câi o wared ar honno?

Stwyriodd Theo. Heb agor ei lygaid, dywedodd nad oedd yn bwriadu cael 'madael â hi – heblaw ei bod hi'n ffendio swydd a chartref gwell, yn amlwg.

'Mae pawb arall wedi'i thaflu hi i doman byd cyn ei bod hi'n ugian oed,' rhesymodd gan geisio agor ei lygaid.

'A pam hynny?' brathodd Gaia. 'Wnaeth neb ei gorfodi hi i blanta efo crac-hed. Waeth gen i os wyt ti'n gweld dy hun yn waredwr mawr y trueiniaid, fedri di ddim gwneud gwyrthia efo hogan fel'na.'

'Be ti'n feddwl "hogan fel'na"?'

'Slag a oedd yn rhy wan i wrthod cael ei defnyddio. Mi welodd fod ambell flowjob mewn bỳs-stop yn prynu ffafra gan hogia calad, a chael ei thynnu i'w byd nhw, a chael eu plant nhw.'

'Does gynnon ni ddim syniad, Gaia,' meddai'n wan. Pan oedd Gaia fel hyn deffrai posibilrwydd yn ei ben y gallai, rywdro, ei chasáu.

'Dweda di.'

Ystyriodd ofyn a oedd hi'n siarad o brofiad ond penderfynodd beidio.

'Rho gyfle iddi,' meddai, heb ddisgwyl y byddai Gaia'n ateb ei her.

'Iawn. Geith hi ddod i'n helpu fi fory yn y farchnad – dim ond fel na fedri di weld bai arna i pan fydd dy freuddwyd fawr di'n chwalu.'

Edrychodd Theo'n syn arni a mentro diolch iddi'n betrus. Byddai'n haws yn y farchnad gyda thri ohonyn nhw, meddai, gan geisio swnio'n gadarnhaol.

'Dwyt ti ddim yn dod. Rwyt ti'n dychryn y cwsmeriaid ac yn eu trin nhw fel baw. Gei di aros adra'n chwara efo taenlenni Excel.'

Penderfynodd Theo ddethol ei frwydrau'n ddoeth.

65

G AN FOD GAIA mor ddilornus o'i daenlenni, ar ôl ei helpu
hi a Kaz i bacio'r Land Rover a ffarwelio â nhw, aeth Theo
i orwedd ar soffa a sodro'i ben mewn papur, gyda choffi ar y
bwrdd. O'r blaen, byddai'r haul yn bŵl ar y ffenestri a llwch
yn y pelydrau ond roedd y lle bellach yn lân. Cafodd gyntun
a deffro'n sydyn pan ganodd y gloch. Wrth fynd am y drws
gwelodd dacsi'n mynd yn ei ôl am Goed Lleinar.

Agorodd y drws.

'Oes nawdd a nodded yma i fardd tlawd a dirmygedig?'
meddai ei gyfaill yn y drws.

'Gwyn! Syrpréis, achan. Be sy'n dod â ti i le fel hyn?'
Amneidiodd arno i ddod i mewn.

'Erledigaeth a gwarth,' meddai Gwyn wrth ddod dros y
trothwy, gan dynnu siwtces ar ei ôl.

Dywedodd Theo nad oedd hynny'n beth newydd i Gwyn, os
oedd ei gwyno arferol yn wir. Stopiodd Gwyn yn stond a dweud
â'i law ar ei galon fod y tro hwn yn waeth o lawer na dim a fu
o'r blaen.

'Wyt ti'n aros?' holodd Theo gan nodio ar y cês.

''Sa'n braf gallu gwneud. Ond dwn i'm am ba hyd y medra i
fforddio peidio codi pac.'

Tywalltodd Theo goffi. Dywedodd Gwyn ei stori. Roedd nos
Wener yr Eisteddfod wedi bod yn fythgofiadwy. ('Wn i. Gysgodd
Gaia a finna yn y car ar dy gownt di.') Cafodd lond ei garafán
o ferched diwylliedig, nwydus, a chymysgedd o adrenalin a
chwrw'r Eisteddfod yn awen iddynt. Phrofodd o erioed mo'r

fath werthfawrogiad orgasmig o'i farddoniaeth. ('Dwi'm yn gwybod a ydw i'n sâl 'ta'n cenfigennu 'ta'n crinjo.')

Ond trodd y profiad yn sur. Roedd un o'r merched yn ffilmio ac yn tynnu lluniau ar ei ffôn. Dros yr wythnosau ar ôl y Brifwyl, ymddangosodd y lluniau a'r fideos ar Facebook a Twitter a YouTube a Google+. ('Pwy yn y byd mawr sy'n defnyddio Google+?') Rhannwyd nhw'n eang a chafodd Gwyn bob math o e-byst a galwadau bygythiol. Ond aeth pethau'n waeth ddydd Iau diwethaf.

Tynnodd gopi o *Golwg* o'i gôt a'i osod ar y bwrdd. Ar ôl eiliad o dawelwch chwarddodd Theo nes chwythu coffi drwy'i drwyn.

Ar y clawr roedd llun o Gwyn yn noeth (heblaw am ei sanau), yn sefyll yn falch yn ei garafán, a'i goron, a oedd yn mynd gydag ef i bobman rhag ofn lladron, yn cuddio'i wyleidd-dra. Safai dwy ferch ifanc (a'u hwynebau a'u bronnau wedi'u sensro) yn gwasgu eu cyrff arno, a'u dwylo'n dal y goron yn ei lle. Y pennawd oedd 'Ni fu Cynan yma.'

'Mae'r pennawd yn reit ffraeth,' cynigiodd Theo. 'Am *Golwg.*'

'Wel, ydi. Ond nid dyna'r pwynt, Theo.'

''Dan ni'n curo ar ddrws y deugain oed, cofia. 'Sa'r rhan fwya o ddynion ein hoed ni'n falch o gael eu gweld rhwng dwy—'

Tawodd Theo wrth i Gwyn godi'i law a gwneud ei wyneb mwyaf hunandosturiol.

'Mae ellyllon moralistig y fall ar f'ôl i, Theo. Bytheiaid yr Orsedd a'r wasg a'r capeli a'r gyfundrefn addysg i gyd am fy ngwaed i. Mae o'n symptom o'n mursendod ni fel cenedl, Theo – y lol wirion o gwmpas noethni a rhyw. Hen hangofyr Brad y Llyfrau Gleision – yr awydd i fod yn wlad y menig gwynion. Dwi'n dioddef oherwydd ansicrwydd Cymru o'i hunaniaeth.'

Cuddiodd Theo'i wyneb y tu ôl i'w fyg coffi.

'Wela i,' meddai gan anadlu'n ddwfn i reoli ei chwerthin. 'Pa mor ddifrifol ydi hyn go iawn?'

'Fe allai ladd fy ngyrfa i. Yn Lloegr, yn America, dydi merched yn ferched i neb. Maen nhw'n annibynnol. Ond yng Nghymru maen nhw'n ferched i brifathrawon, gwleidyddion, prif weithredwyr, cyfryngis: y bobl mewn siwtiau sy'n rhoi grantiau i feirdd. Maen nhw i gyd am fy ngwaed i. Weithia i byth yng Nghymru eto. Mae'r holl sgandal yn wrth-ffeminyddol.'

'E?'

'Dydyn nhw – y sefydliad gwrywaidd siofinistaidd mursennaidd – ddim yn parchu hawl merched i gael rhyw efo bardd deugain oed mewn carafán os dyna ddymuniad y ferch.'

'Mm,' oedd ateb Theo. Doedd o ddim am i'r drafodaeth fynd yn fwy cymhleth. Cynigiodd i Gwyn aros yng Nghefn Mathedrig nes byddai'r stori'n tawelu.

'Diolch, Theo. Mêts,' meddai Gwyn gan edrych i'w lygaid. 'A diolch am y banad. Braidd yn Gymreig rydw i'n ei gweld hi.'

Ar ôl cael coffi mwy Gwyddelig dechreuodd Gwyn drafod pethau eraill: canmol golwg y plas wnaeth o i gychwyn, ac wrth i Theo ddisgrifio'r mentrau a'r newidiadau a oedd ganddyn nhw ar droed, dechreuodd fynd i hwyl.

'Dach chi'n perchnogi perchentyaeth!' bloeddiodd.

'Be ddiawl mae hynna'n feddwl?' holodd Theo wrth agor claret.

Edrychodd Gwyn arno fel pe bai'n ddwl.

'Dydach chi ddim yn trin eich etifeddiaeth fel eiddo, ond yn hytrach fel cyfrifoldeb. Dach chi'n buddsoddi ynddo fo, yn ei feithrin o, yn ei wneud o'n newydd sbon.'

Teimlai Gwyn y gallai sgwennu cywydd mawl i Gefn Mathedrig yn y fan a'r lle. Ond, yn gyntaf, roedd arno eisiau rhannu newyddion cyffrous. Bu'n pori'r llawysgrifau, meddai, ac roedd yn argyhoeddedig y gallai brofi, gydag ychydig yn fwy o ymchwil, mai i un o gyndeidiau Theo y canodd Dafydd Nanmor un o'i gywyddau.

'Pa gywydd?'

'Fasat ti ddim yn gyfarwydd ag o. Dydi o ddim yn y blodeugerddi. Ond mae'r oblygiadau i ti yn enfawr. Mi faswn i'n ffrwydro gan falchder tasa Dafydd Nanmor wedi canu cywydd mawl i fy ngor-or-or-or-or-or-a-mwy-hen-daid i.'

Ceisiodd Theo swnio'n frwdfrydig, gan bitïo nad oedd ei dad yn clywed hyn. Roedd Gwyn yn maentumio bod ei ddarganfyddiad yn rhoi sêl bendith y traddodiad barddol ar ymdrechion Theo a Gaia heddiw.

'A ninna'n poeni am gael y banc i goelio'n cynllun busnes,' myfyriodd Theo.

Esboniodd Gwyn fod un peth y gallen nhw'i wneud er mwyn profi'r peth. A oedd gan Theo un o'r trosolion hynny â blaen fel cynffon morthwyl ar gyfer tynnu paneli pren?

'Tynnu be?'

Ochneidiodd Gwyn, ac esbonio, gan dywallt gwydraid arall o glaret i'r ddau ohonynt.

Roedd y cywydd honedig yn cyfeirio at furlun hynod yn y neuadd yng nghartref yr uchelwr dan sylw. Roedd y disgrifiad o'r neuadd, a'r tŷ'n gyffredinol, yn cyfateb â'r darn hŷn, y darn gwreiddiol, o Gefn Mathedrig (ychwanegwyd ambell adain yn ddiweddarach) – hyd yn oed y disgrifiad o drawstiau'r to. Pe bai murlun o'r Forwyn Fair yng nghornel dde-ddwyreiniol y neuadd byddai hynny'n profi'r ddamcaniaeth yn ddigamsyniol. Ond roedd paneli pren yn cuddio'r fan honno.

Heb gael ei argyhoeddi, arweiniodd Theo'r ffordd at y siediau yn y cefn i chwilio am drosol.

⌒〇

A'r trosol yn ei law edrychodd Theo ar y pared: paneli mahogani tywyll, addurniadol. Ceisiodd feddwl yn rhesymegol.

Roedd y paneli'n bur hynafol a gwerthfawr. Ar y llaw arall, dim ond ers canrif a darn roedden nhw yno.

Doedd dim modd rhoi coel ar ddamcaniaethu Gwyn ond roedd y chwilfrydedd yn ei gosi.

Byddai Gaia'n gandryll ag o am wneud llanast wedi'r llnau, a chreu costau drwy ddinistrio'r pared. Ond byddai darganfod murlun chwe chanrif oed yn andros o strocen.

Mewn gwirionedd, roedd o wedi penderfynu'n barod: roedd o wedi casáu'r paneli erioed – hen bethau gormesol, tywyll, digalon oedden nhw. Bachodd y trosol yn y pren.

Daeth y paneli i ffwrdd yn rhwydd a Gwyn yn gwichian gorfoledd wrth iddynt syrthio'n llwch i'r llawr. Ond doedd dim byd odanynt, dim ond plastar plaen.

'Wel drapia.'

'Bôls.'

Roedd Gwyn ar fin mynnu ei fod yn trio cornel arall ('Mae rhywfaint o ansicrwydd yn y cywydd...') pan agorodd drws y neuadd.

Suddodd calon Theo.

Roedd Gaia wedi cau'r drws yn glep ar ei hôl cyn iddo fedru dweud y gallai esbonio.

66

Roedd Theo bron â dechrau pendwmpian â'i draed ar y ddesg pan sgubodd y drws yn agored. Neidiodd ar ei eistedd, rhwbio'i lygaid, a gweld mellt yn llygaid Gaia wrth iddi ddod i mewn, ei gwallt melyn yn dymestl o'i chwmpas. Y tu ôl i Gaia roedd Kaz, a hithau'n edrych fel pe bai'n crebachu.

Trawodd Gaia becyn bach sgwâr o ffoil ar y ddesg ac edrych yn herfeiddiol ar Theo.

'Be sgen ti i'w ddweud i amddiffyn dy slag fach ddrygllyd rŵan, 'ta, y blydi Samariad Trugarog cachu â chdi?'

Oedodd Theo cyn ateb. Yna, a'i lygaid ar y pecyn ffoil, gofynnodd beth oedd yn bod. Ymollyngodd Gaia i lif arall o ddicter: os oedd hon wedi dod â chyffuriau i mewn i'r plas, roedd hynny'n profi mai Gaia oedd yn iawn a bod Theo'n wirion o hunandybus yn meddwl y gallai o dynnu rhywbeth fel hon o'i hen gastiau; bod ganddyn nhw fusnes parchus i'w gynnal ac na allen nhw fforddio cael drygis yn weithwyr; mai yn uffern y myn cyw a fegir yn uffern fod.

Drwy'r cwbl, edrychai Theo ar Kaz, a oedd yn ysgwyd ei phen yn ddieiriau wrth i ddagrau dollti'n afrad dros ei bochau. Pwysai Kaz ar y pared – fel arall, byddai'n swp ar y llawr.

Suddodd calon Theo. Roedd o'n meddwl bod Gaia wedi dechrau meirioli at Kaz ers iddi fynd â hi i'r farchnad. Ceisiodd smalio nad oedd y peth fel dwrn yn ei stumog. Penderfynodd nad oedd dim amdani ond cymryd arno ymarweddiad prifathro ysgol. Gan anadlu'n ddwfn drwy'i ffroenau, estynnodd y ciwbyn ffoil a dechrau'i agor yn garcus.

Edrychodd yn fanwl ar y sylwedd brown a oedd wedi'i

wasgu'n dynn yn y pecyn. Cododd y ffoil at ei drwyn a'i sniffio. Fe'i sniffiodd eto. Gwnaeth sioe o estyn chwyddwydr o'r drôr i astudio'r peth yn iawn. Gwelodd y briwsion a'r syltanas, cyn bwyta'r cwbl mewn un llwnc.

'Bara brith, Gaia,' meddai, a mileindra'n diferu oddi ar ei lais.

Llyncodd hithau ei phoer, cyn ei lyncu eto.

'Sori, sori, sori am ddwyn o,' daeth llais oddi ar y llawr. 'Mae o jyst mor neis a dim ond crystyn ydi o, dwi'n gaddo.'

Wrth i Gaia sgubo allan o'r stafell gan fygu sgrech roedd oglau fymryn yn chwerw ar y whiff o bersawr a gyrhaeddodd ffroenau Theo.

67

DIM OND SŴN llwyau'n taro plisgyn wy a oedd yn tarfu ar dawelwch anghysurus y bwrdd brecwast.

Crafodd cadair Kaz y llawr wrth iddi fynd am y gegin gynted ag y gallai. Edrychai pawb heibio llygaid ei gilydd.

'Mae'r wya'n dda,' cynigiodd Gwyn.

'Ffres o din yr iâr.'

Ddywedodd Gaia ddim byd.

'Ga i rywfaint o gyngor gen ti, Theo?' holodd Gwyn. Roedden nhw'n dal yn siarad Saesneg rhag i Gaia feddwl eu bod yn siarad amdani.

'Am be?'

'Mae gen i gyhoeddiad nos Sadwrn nesa efo llond bws o Americanwyr sy yng Nghymru'n hel eu hachau. Maen nhw'n aros yn y Celt ac yn treulio'u dyddiau'n crwydro mynwentydd a chribo'r archifau, a'r nosweithia'n cael bwyd a dysgu am hanes yr ardal.'

'Ia…'

'Dwi i fod i gynnal noson o farddoniaeth a sôn am hanes beirdd. Ond dwi'm yn meddwl ei bod hi'n beth call imi fynd i Gaernarfon. Fydd y protestwyr yno, a thadau isio'n leinio fi. Wneith y Celt ddim gadael imi fynd dros y trothwy rhag ofn difrod.'

'Bydd yn rhaid iti ganslo.'

Roedd Gaia wedi meirioli erbyn hyn ac yn gwrando ar y sgwrs.

'Fedra i ddim canslo,' meddai Gwyn. 'Mae'r pres yn wych. A weithia i byth yng Nghymru eto, fel ti'n gwybod.'

'Be arall fedri di'i wneud?'

'Mae hi'n gwbl amlwg be mae o isio i ti ei gynnig, Theo,' meddai Gaia, gan ddweud bod Gwyn yn erfyn arno â chynildeb brws llawr. Trodd at Gwyn a dweud y câi o ddod â'r Americanwyr i Gefn Mathedrig. Fe aen nhw'r holl ffordd: gwneud gwledd ganoloesol a'r cwbl iddyn nhw.

'Sut?' ebychodd Theo.

'Hawdd. Gawn ni ddillad hen-ffasiwn o rywle a gwisgo amdanom, gwneud dawnsio gwerin, bwyd canoloesol...'

'Ti'n gwybod be roeddan nhw'n ei fwyta yn y canoloesoedd?' holodd Theo.

'*Cottage pie*?' gofynnodd Gaia gan edrych ar Gwyn.

'Dwi'n siŵr medra i "ffendio" cywydd yn profi mai fersiwn cyntefig o *cottage pie* oedd bwyd hynafiaid yr Iancs yma yng Nghymru. Rho gennin ynddo fo.'

'Rown ni blonc mewn bwcedi pren a dweud mai gwin Cymreig traddodiadol ydi o.'

Roedd Theo'n gegrwth.

'Theo, mae gen ti athrylith busnes yn fan hyn. Dwi'n sôn o hyd am dwristiaeth ddiwylliannol – y dylen ni werthu'n treftadaeth a'n hanes fel atyniad i ymwelwyr. Ond er mwyn i hynny weithio mae angen pobl efo gweledigaeth ynghylch sut i odro pob ceiniog o Americanwyr cyfoethog – pobl fel Gaia.'

'Ti'n gwneud i mi wrido,' meddai hithau.

Cynigiodd Theo fynd o'r stafell er mwyn iddyn nhw gael llyfu tinau ei gilydd mor drwyadl ag y mynnent. Ond cydiodd Gaia yn llaw Gwyn a'i arwain i fyny i'w swyddfa: roedd ganddyn nhw blaniau i'w gwneud.

68

CAFODD THEO WYTHNOS ddiflas. Ble bynnag y trôi, roedd Gwyn a Gaia yno'n cynllunio: yn gosod byrddau hir yn y neuadd, yn hongian cynfasau gwyn a blodau'r maes o gwmpas drysau, yn ymarfer sgetsys, yn blasu mins mewn grefi oddi ar lwyau'i gilydd, yn sgwennu cywydd. Wnaeth o ddim byd heblaw delio â'r saer a oedd yno'n codi crocbris am adfer y paneli ar fyrder.

Unwaith, aeth i mewn i'r llyfrgell a gweld Gwyn mewn gwisg morwyn a wìg pigtels, a Gaia'n glanna chwerthin.

'Ro'n i'n meddwl mai gwledd ganoloesol oedd eich sioe chi, nid porno Swedaidd droëdig.'

'Dwyt ti ddim yn ei weld o'n ciwt?'

'Mae gen i ffansi tynnu llun a'i anfon o i *Golwg.*'

Trodd ar ei sawdl ond galwodd Gaia o'n ei ôl.

'Ti angen trio dy wisg.'

'Dim ffiars.'

'Rhaid iti gael gwisg er mwyn mynd i dy gymeriad.'

'A be ydi hwnnw?'

'Y ffŵl.'

Gwrthododd Theo'n blaen. Roedd gwisgo *leotard* y tu hwnt i bob rheswm. Ond erfyniodd Gaia arno gan ddweud mai dyna'i gosb am beidio â gwneud dim ymdrech arall ar gyfer y wledd.

'Fedra i ddim jyglo. Cha i ddim jyst bod yn uchelwr blin?'

'Fasa hynny ddim yn gredadwy. Mi fasa pawb yn meddwl ei bod hi'n ormod o stereoteip cael uchelwr pantomeim mor surbwch â chdi.'

'Rhy stereoteipiol i Americans?'

'Os ydi hyn yn llwyddiant, bydd Americans yn talu am drwsio'r to cyn i ti fedru dweud "Madison Square Garden". Felly llai o'r stereoteips.'

$\backsim$

Ar ôl edmygu ei gorff yn y *leotard* penderfynodd Theo wneud rhywbeth cynhyrchiol â'i amser a mynd i lawr i'r gegin.

Roedd Kaz yno'n tylino toes.

'Wyddwn i ddim dy fod di'n gallu gwneud pestri.'

'Na finna chwaith.'

'Ma hi'n gwneud pestri da,' cyfrannodd Gwenllian. 'Fis yn ôl, wyddai hi ddim beth oedd lard.'

'Unwaith y byddi di wedi darfod, tyrd i fyny i'r stafell gardia.'

Aeth i fyny i baratoi. Pan ddaeth Kaz drwy'r drws, rhoddodd gwpan a soser ar ei phen.

'Reit 'ta. Cadw dy gorff yn syth a dy ben yn llonydd, neu mi fydd llestri gora Nain yn ei cha'l hi.'

Torsythodd Kaz ac anadlu'n ddwfn.

'Dyna welliant. Rŵan dilyn fi.'

Cerddodd yn syth ac araf at y ffenest, gyda Kaz o'i ôl, yna troi a chyflymu. Cyrhaeddodd Kaz y ffenest ond trodd yn rhy sydyn ac aeth y cwpan a soser yn deilchion.

'Paid â phoeni. Roedd gynnon ni ormod beth bynnag.'

A dyna lle buon nhw'n chwarae gêmau: Kaz yn ffendio pethau o gwmpas y stafell a'u cario ar ei phen gyda thebot yn ei dwy law, yn cario stacs mawr o lestri, yn nôl plât oddi ar y ddesg o flaen Theo heb gyffwrdd â Theo o gwbl. Erbyn diwedd y pnawn roedd Kaz yn edrych ddwy fodfedd yn dalach, a'r gwaith wedi rhoi gwrid ar ei bochau.

'Fyddi di'n tsiampion nos fory,' meddai Theo wrthi. 'Fydd tips yr Iancs yn ffrydio o dy glustia di.'

69

WRTH I'R AMERICANWYR wadlo oddi ar y bws ac estyn eu camerâu i dynnu llun o'r plas, sylweddolodd Theo nad oedd yn cofio gweld y tŷ am y tro cyntaf. Yn raddol drwy flynyddoedd ei blentyndod y daeth o i amgyffred ei faint, ei gadernid, a'i harddwch. Roedd yr olygfa'n llethu pobl eraill, yn eu goresgyn. Parhaodd rhyfeddod y bobl sandals-a-sanau a'r fflachiadau camera di-baid wrth iddyn nhw ddod i mewn drwy'r neuadd fach ac i'r parlwr, lle roedd y gwin Cymreig traddodiadol yn eu haros.

'Iechyd da!' hyfforddwyd pawb i weiddi.

Roedd Gwyn yn ei elfen, a hanes y plas naill ai ar flaenau'i fysedd neu'n llifo'n rhwydd o'i ddychymyg. Roedd y gynulleidfa'n gŵn bach eiddgar o'i flaen wrth iddo ganu clodydd uchelwyr y lle hwn, a dweud ei bod yn bur debygol fod yr Americanwyr i gyd yn ddisgynyddion iddyn nhw, neu i bobl eraill yr un mor fonheddig.

Welodd Theo erioed bobl yn sawru cymaint ar *cottage pie*.

Ei unig gyfraniad o at y noson oedd sefyll yn edrych yn flin mewn *leotard* a phenwisg ffŵl, a gwneud llanast o jyglo mewn rhyw fath o sgets gymhleth gyda gwraig y plas, y bardd, a'r bwtler.

Ond roedd y noson yn llwyddiant ysgubol.

∽

Y bore wedyn roedd Gwyn ar ei draed yn anarferol o gynnar ac yn ymddangos ar bigau'r drain wrth i Theo wneud coffi iddo.

'Be sy'n dy boeni di, hogyn?' holodd Theo.

Eglurodd Gwyn i arweinydd taith yr Americanwyr ddweud wrtho fod un o'r teithwyr wedi marw o drawiad ar y galon yn ystod y daith, pan oedden nhw'n aros yng nghyffiniau Aberhonddu. Roedd hwnnw eisoes wedi dychwelyd i Chicago mewn bocs.

Golygai hynny fod sedd wag ganddyn nhw ar yr awyren yn ôl.

'Awydd mynd ar dy wyliau sy gen ti?' gofynnodd Theo wedyn.

'O fath,' meddai Gwyn. 'Gwyliau parhaol, efallai. Bywyd newydd dros y dŵr, ymhell o ragfarn ac erledigaeth Cymru, nid yn annhebyg i'r Crynwyr erstalwm.'

Awgrymodd Theo'n garedig fod Gwyn yn gor-ddweud. Tybed nad oedd o'n gweld ei sefyllfa'n dduach nag yr oedd hi go iawn?

'Dim o'r fath beth,' meddai Gwyn. Roedd pob un o deimlyddion yr octopws sefydliadol – y byd addysg, y capeli, y cyfryngau, y gwragedd tŷ – yn benderfynol o lapio am ei wddw. Allai o ddim gweld dyfodol iddo'i hun yng Nghymru bellach, dim ond fel esgymun gwrthodedig, yn byw ar ffo.

Ac felly aeth Theo a Gaia â Gwyn i Gaernarfon i gwrdd â'r Americanwyr wrth i'w bws gychwyn am Heathrow. Er iddo fynnu gwisgo sbectol haul a benthyg cap Ffrengig a chôt fawr gan Gaia fel na fyddai neb yn ei adnabod, mynnodd Gwyn hefyd gael mynd i'r Blac am un peintyn olaf yn yr hen wlad. Cadw at y gornel wnaeth o, serch hynny – rhag ofn i dad un o'r merched ddigwydd cerdded i mewn a rhoi celpan iddo.

Ar ôl y llymaid anghysurus fe aethon nhw at y bws.

Tynnodd Gwyn y cap a'r gôt, gan eu rhoi'n ôl i Gaia a diolch yn llaes iddi. Gwasgodd hithau law Gwyn a gofyn iddo gadw'r fflam ynghyn. Cusanodd Gwyn Gaia a chodi llaw arnynt wrth ddringo grisiau'r bws.

Wrth iddyn nhw eistedd yn y car, yn edrych ar y bws yn ffarwelio, sylwodd Theo fod dagrau'n powlio i lawr gruddiau Gaia.

'Pam wyt ti'n crio?' gofynnodd Theo. 'Dwyt ti prin yn nabod y diawl. Beth bynnag, mi fydd o'n ôl cyn pen dim – a fi fydd yn gorfod talu am ei hediad o adra.'

70

'WNEI DI FY helpu i efo'r rhain?' holodd Gaia gan ollwng twr o bapurau ar lin Theo a pheri iddo neidio.

Edrychodd ar y papurau: roedd eu llond o ymarferion iaith tebyg i'r hyn roedden nhw'n ei gael mewn ysgol gynradd. Comic Sans ymhobman, ambell gartŵn dwl, a geiriau â llythrennau ar goll.

Eglurodd Gaia ei bod yn cael trafferth â gwaith cartref ei gwersi Cymraeg; roedden nhw i fod i weithio ar eu treigladau'r wythnos honno.

'Wn i mai "cacen" ydi hwnna,' meddai gan bwyntio at y llun cartŵn. 'Ond be ddylwn i ddweud – "fy gacen"?'

Roedd y geiriau Cymraeg yn swnio'n od ar wefusau Gaia. Am ryw reswm, doedd Theo ddim yn hoffi'r datblygiad hwn. Roedd Gaia'n iawn fel roedd hi. Saesnes oedd hi ac roedd y ffaith ei bod mor ddiarth a newydd yn niflastod Cymraeg cefn gwlad yn un o'r pethau amdani a oedd yn cyffroi Theo.

Grwgnachodd 'ngh' a throi'n ôl at ei iPad ond roedd Gaia'n benderfynol o gael ei sylw.

'Ai "dy mowlen" ydi o? 'Ta "dy fowlen"?'

'Be ydi'r ots?'

Dywedodd Gaia fod arni eisiau cael popeth yn iawn. Roedd hi'n genfigennus o sut y rhedai'r iaith yn rhugl oddi ar wefusau pobl yr ardal, fel pe bai eu tafodau wedi eu creu'n wahanol er mwyn dygymod â'r Gymraeg. Hyd yn oed ar ôl wythnosau o wersi, a hithau'n medru cynnal sgyrsiau syml yn y dosbarth, dim ond iddi fynd i'r siop byddai rhaeadr rywiog geiriau pobl y pentre'n sgubo'i hyder i ffwrdd.

'Mae dy Saesneg di'n iawn. Ac maen nhwtha'n dallt Saesneg. Mae Maredudd a Gwenllian yn dy ddallt ti erbyn hyn, hyd yn oed. Dwn i'm pam ti'n trafferthu.'

'Dwi wedi gofyn iddyn nhw siarad Cymraeg efo fi,' meddai Gaia. 'Ac roedden nhw ar ben eu digon. Mi liciwn i tasat ti'n gwneud yr un fath.'

Doedd Theo ddim yn deall pam. Beth oedd pwrpas straffaglu efo iaith ddiarth pan allen nhw gyfathrebu'n rhwydd? Pam na allai Gaia ddeall bod ei Seisnigrwydd yn rhinwedd – yn arwydd o'i newydd-deb ffres, diatal? Mae'n debyg y byddai ei dad wedi cymeradwyo ymdrechion Gaia a sôn am burdeb y winllan, ond doedd Theo'n gweld y peth yn fawr mwy na sentimentaliaeth. Ceisiodd Gaia ddadlau y byddai eu cwsmeriaid nhw'n Gymry, ond mynnai Theo mai ymwelwyr a phobl efo pres fyddai'r gynulleidfa darged ar gyfer yr hyn roedden nhw'n ei gynnig. Cododd Theo, taro ei phapurau gwaith cartref ar y bwrdd, a mynd o 'no i gael llonydd.

71

ROEDD GAIA WEDI cymhathu'n dda â'r gymdeithas Gymraeg yn yr ystyr ei bod hi allan o'r tŷ bob munud am gyfarfod; prin y câi Theo ymlacio am noson yn ei chwmni. Er ei bod yn hwyr arni'n dod adre o'i phwyllgor (rhywbeth yn ymwneud â'r gwersi Cymraeg, meddai Gaia – holodd Theo ddim mwy), a Theo wedi mynd i'w wely i ddarllen ers meitin, mynnodd Gaia fynd am gawod cyn clwydo. Wrth iddi sychu'i gwallt a gwisgo'i phyjamas, dywedodd iddi bicio i swyddfa Theo y pnawn hwnnw i nôl papurau anfoneb.

'A dyfala pwy welais i yno, wrth dy ddesg di…' meddai.

Roedd gan Theo syniad i ble roedd hyn yn arwain; suddodd ei galon, ac ysgydwodd ei ben. Kaz.

'Gwranda, Gaia, sgen i ddim isio mwy o—'

'Na… Mi wylltiais i'n gacwn i ddechrau, wrth gwrs, ac ro'n i ar fin ei chyhuddo hi o ddwyn. Ond wedyn mi sylwais i beth roedd hi'n ei wneud. Doedd hi ddim yn mela efo pres o gwbwl. Roedd hi'n trio sgwennu llythyr.'

'Llythyr?'

'Ia, Theo. Druan. Ddylet ti weld ei sgwennu hi, bechod. Mae o fel llawysgrifen hogan bach saith oed. Dim atalnodi.' Sleifiodd Gaia dan y cynfasau, ond nid i gesail Theo. 'Druan bach â hi. A'r sbelio… dwn i'm.'

'Be oedd y llythyr?'

'At y Cyngor, am gael ei phlant yn ôl. Trio dweud bod ei bywyd hi wedi newid, hyn a'r llall.'

'Be wnest ti?'

'Ista yno a'i helpu hi. Mi orffennodd ei llythyr. Wneith o

ddim gwahaniaeth, yn amlwg, ond mi fedrais i ei helpu hi i roi comas a ffwl stops yn y llefydd iawn. Fy nghariad i.'

'Dy gariad di?' holodd Theo, yn anghrediniol.

'Dydi hi ddim wedi cael fawr o fywyd, yn naddo? Fe ddechreuodd hi sôn am y Dolig wedyn – dweud ei fod yn gwneud ei hiraeth hi'n waeth o lawer, ac na wyddai hi beth fyddai hi'n ei wneud, achos roedd hi'n siŵr y byddai'r ddau ohonon ni am iddi hi fynd o 'ma gan mai peth i'r teulu ydi Dolig, a phob math o betha.'

'Be ddwedaist ti?'

'Dweud wrthi am beidio â bod mor hurt, ac y baswn i'n tynnu cracyr efo hi.'

'Chwara teg i ti,' meddai Theo gan fygu gwên.

'Nos da.'

'Nos da.'

Estynnodd Theo'i law'n obeithiol at ystlys dynn, boeth Gaia, ond trodd hithau i ffwrdd, diffodd ei golau, a dweud ei bod newydd gael cawod. Diffoddodd yntau ei lamp a gorwedd yno'n effro.

72

WEDI I GAIA ddod o gyfarfod ddechrau Rhagfyr (cyfarfod Siambr Fasnach y tro hwn, meddai Gaia, ond erbyn hyn roedd Theo wedi stopio gwrando pan oedd hi'n egluro pwrpas ei gwahanol gyfarfodydd) a chael cawod, eisteddodd y ddau am ginio.

Dywedodd Gaia ei bod wedi newid mymryn ar fwydlen y caffi i gynnwys mins peis a brechdan twrci a stwffin; awgrymodd hefyd y byddai'n syniad iddyn nhw feddwl trimio at y Dolig cyn bo hir.

'Bydd honno'n job ddrud mewn tŷ mor fawr.'

'Paid â bod mor negyddol drwy'r adeg, Theo.'

'Iawn,' meddai yntau. 'Mi ffonia i'r cwmni llifio heddiw, i'w cael nhw i dorri coeden yng Nghoed Lleinar.'

Cnociodd Maredudd a dweud bod Mr Ifans o'r pentre yno i'w gweld, pe baent cyn garediced. Daeth y dyn bach i mewn, tynnu'i gap fflat, a bowio i Gaia. Edrychodd o'i gwmpas mewn rhyfeddod.

'Fûm i ddim i mewn yma ers degawda. Mae gynnoch chi raen da ar y lle.'

'Fasach chi'n meindio siarad Saesneg i Gaia gael dallt?'

'Na, na – dim angen. Dwi'n deall,' meddai hi.

'Ac wedi dysgu'r iaith hefyd? Bendith arnoch chi.' Bowiodd iddi eto.

'Sut alla i helpu?' holodd hithau.

'Ydi'ch organ chi'n dal yn gweithio?'

'Cwestiwn personol iawn,' meddai Theo.

Edrychodd Gaia a Mr Ifans ill dau'n ddichwerthin arno.

'Cario ymlaen, Mr Evans.'

'Mae letrics y capel acw, Rehoboth, wedi'u condemnio,' meddai – yn ara deg, gan symud ei ddwylo i helpu Gaia i ddeall. 'Meddwl roedden ni tybed a fasan ni'n cael cynnal ein gwasanaeth carolau yma, gan fod to'r neuadd yn cael ei ail-wneud.'

'Yn y capel bach?' busnesodd Theo.

'Yn y plas roedden ni wedi meddwl, gan ei bod hi mor oer.'

'Na – fydd hynny ddim yn bosib,' meddai Theo. 'Ond croeso i chi gael y capel.'

'Dwi'n siŵr—' dechreuodd Gaia.

'Capel neu ddim.'

Dywedodd Mr Ifans y byddai'n mynd â'r cynnig hwnnw'n ôl at y pwyllgor.

Aeth Gaia ag o at y drws. Cusanodd ei llaw. Chwifiodd hithau arno o'r drws cyn mynd yn ôl at Theo.

'Wyddwn i ddim fod dy Gymraeg di cystal,' meddai yntau o'r tu ôl i'w bapur.

'Wyddwn i ddim dy fod ditha'n dwat mor annymunol.'

Roedd arno dipyn yn fwy o'i hofn yn Saesneg.

'I be oedd isio iti wrthod?'

'Rho fodfedd iddyn nhw ac mi gymran nhw filltir. Cyn ti droi rownd fe fydd eu sgidia nain nhw'n gwneud sol-ffa ar hyd carpedi'r parlwr.'

'Dyna'r cwbl? Dyna d'unig reswm di? Theo, dwi'n dweud a dweud: os ydi pobl yr ardal yn teimlo perchnogaeth dros y brand, mae hynny'n dda i'r busnes. Os 'dan ni yng nghanol y gymuned, mae hynny'n dda i'n delwedd ni.'

'Fyddan nhw'n pwmpian yn afreolus dros y dodrefn, a'u hen ganu dwy-a-dima nhw dros bob man.'

Dywedodd Gaia wrth Theo fod ganddo obsesiwn â phobl hyd yn oed yn rhechan yn ei dŷ. Cyhoeddodd ei bod yn mynd i ffonio'r hen ddyn, a'i bod yn mynd i wneud mwy na gadael iddyn nhw gael eu gwasanaeth carolau yn y plas – byddai'n hysbysebu'r peth ar eu rhan nhw, yn darparu mins peis a gwin cynnes. Manylodd ar yr hyn y byddai'n ei wneud i ran o gorff Theo pe bai'n ceisio'i rhwystro.

'Iawn,' meddai yntau. 'Ond chei di ddim cwyno pan fyddi di'n chwistrellu'r lle efo Febreze er mwyn cael gwared ar yr ogla hen bobl.'

Dywedodd Gaia wrtho am fihafio fel oedolyn ond atebodd Theo fod trio plesio pobl yr ardal byth a hefyd yn iselhau statws y 'brand' bondigrybwyll roedd hi'n malu awyr amdano.

'Ti'n siarad lol,' meddai Gaia i gau pen y mwdwl. 'Ta waeth: y capel yma. Ydi o'n gapel go iawn?'

'Ydi, siŵr.'

'A fasan ni'n cael gwneud priodasa yno, a'r brecwast yn y plas?'

'Tasan ni isio, ond ma priodasa'n hasl. Llwyth o bobl feddw mewn siwtia gwael a chrysa di-chwaeth, merchaid tew mewn ffrogia tyn, conffeti... na.'

'Maen nhw'n bres, Theo.'

'Gwna be fynni di. Chymeri di ddim sylw ohona i beth bynnag.'

'Druan â ti,' meddai hithau, gan chwalu ei llaw drwy'i gyrls.

73

ROEDD GAIA WEDI mynd i gyfarfod eto fyth y bore hwnnw – pwyllgor y farchnad neu is-bwyllgor marchnata'r farchnad neu ddosbarth Cymraeg neu rywbeth.

Roedd y gegin yn rhedeg yn burion hebddi erbyn hyn. Heddiw oedd diwrnod eisio'r cacennau Dolig ac roedd oglau brandi'n feddw dew yn yr aer. Roedd y byrddau'n drymlwythog: dwsinau o ddisgiau duon yn disgwyl eira. Roedd y rysáit yn gyfaddawd: yr un un ag a ddefnyddiwyd ers dwy ganrif ond bod Gaia wedi mynnu ychwanegu rhyw sbeisys estron.

'Tydi hi'n drychineb meddwl, Theo, fod ein cêcs ni'n mynd i bobl ry ddiog a di-glem i wneud eu cacan eu hunain?' meddai Gwenllian yn ffrwcslyd wrth dylino marsipán.

'Doedd hynny ddim wedi 'nharo i, Gwenllian,' cyfaddefodd Theo. 'Sut mae'n mynd?'

'Rydan ni ar ei hôl hi. Mae Maredudd wedi mynd i swnian ar y dyn basgedi gwiail ym Mwlchtocyn inni gael gwneud mwy o hampyrs. Ac mae Karen wedi diflannu i rwla. Mae hi'n gaffaeliad pan mae hi o gwmpas ei phetha.'

'A' i i chwilio amdani.'

Aeth am ei llofft a chnocio.

'Be tisio?' meddai llais pigog o'r tu draw i'r drws.

Aeth i mewn. Roedd hi'n crio ar y gwely, yn gafael yn ei choesau fel pe baen nhw'n drysor. Eisteddodd Theo ar y gwely.

'Be sy?' meddai, a'i lais mor feddal ag y gallai fod.

'Ges i hwn.'

Dangosodd lythyr iddo, a hoel ei dyrnau tyn a'i dagrau ar y papur. Sganiodd Theo drwyddo. Llythyr gan y Gwasanaethau

Cymdeithasol oedd o, yn ateb gohebiaeth Kaz yn erfyn am ei phlant yn ôl. Roedden nhw'n teimlo'i bod yn gynamserol adolygu'r sefyllfa bla bla bla. Edrych eto mewn chwe mis.

'Ddrwg gen i.'

'Dim dy fai di ydi o.'

'Ffonia i i'w damio nhw. Sgwennith Gaia a finna atyn nhw.'

''Sa'm pwynt.'

'Ella ddim.'

'Wela i mohonyn nhw byth eto.'

'Hei, llai o hynna,' caledodd Theo ei dôn a rhoi ei law ar benglin Kaz. 'Gweithia'n galad. Dysga'r cwbwl fedri di gan Gwenllian a Gaia. Gei di fynd i goleg gen i y flwyddyn nesa, i ddysgu crefft a'i dysgu hi'n dda. Os medri di ddangos bod dy amgylchiadau di'n newid, bod dy fywyd di'n gwella, fe gei di'u gweld nhw eto.'

Criodd Kaz. Mwythodd Theo'i chefn, cyn mynd oddi yno am na wyddai o beth i'w ddweud.

74

Noswyl Nadolig. Celyn ymhobman.

Dim ond picio i'r dre ddywedodd Gaia – nôl manion fel cracyrs ac uchelwydd – ond roedd hi wedi tywyllu ers awran a dim golwg ohoni. Pan welodd Theo olau car yn bownsio i fyny ac i lawr y gelltydd am y tŷ, cymerodd mai Gaia oedd yno ac aeth at y drws i'w chroesawu.

Ond pan ddaeth y car i'r iard gwelodd mai tacsi oedd yno. Ysgydwodd ei ben. Oedd Gwyn wedi cael ei erlid o America hefyd, ac wedi croesi'r Iwerydd i Gefn Mathedrig am ei ginio Dolig? Agorodd y drws i ysgwyd ei law.

Ond o'r tacsi daeth llanc sbotiog, a'i wallt du bitsh yn cuddio dan gap *baseball* rhy fawr. Roedd ei drôns yn uwch na'i jîns, a'r rheiny'n dyllog.

'Ma Dad wedi deutha i am ddod yma dros Dolig.'

'O.' Safodd Theo'n gegrwth stond.

'Dwi'n ca'l dod i mewn 'ta be?'

'Wyt. Wyt, tad. Mewn â chdi.'

Anadlodd Theo'n ddwfn. Ble ddiawl roedd Gaia? Roedd ar fin dilyn Kevin i'r tŷ pan besychodd gyrrwr y tacsi arno.

'Canpunt a hanner, gan ei bod hi'n Ddolig,' meddai.

'Dim peryg. Gei di gant,' meddai Theo ac estyn ei waled.

Aeth i mewn. Roedd Kevin a'i draed i fyny a'i drwyn yn ei ffôn.

'Sut wyt ti 'ta, Kevin?'

'Galwa fi'n K, plis.'

'K?'

'K.'

'Ocê. 'Sat ti'n licio swper?'

'Iawn.'

'Be fasat ti'n licio i'w fyta?'

'Motsh.'

'Ti'n licio porc peis?'

'Na.'

'Gamon?'

'Na.'

'Pot Noodle?'

'Dibynnu.'

'Cyri? Bîff a thomato?'

'Na.'

'Rustler Burger?'

'Iawn.'

Aeth i'r gegin, lle roedd Gwenllian a Maredudd yn pendwmpian.

'Gwestai annisgwyl,' meddai Theo a neidiodd y ddau. 'Allwch chi baratoi hen lofft Gwyn, plis? Ac mae o isio Rustler Burger i swper.'

'Rustler Burger? Dim ffiars,' meddai Gwenllian gan rwbio'i llygaid, estyn mins ac ŵy, a chynnau'r stof.

'Pwy ydi'r newydd-ddyfodiad?' holodd Maredudd.

'Mab Gaia.'

'O.' Roedd gan Maredudd y ddawn o allu gwneud i 'O' olygu beth bynnag fynnech chi.

'Kevin ydi'i enw fo,' eglurodd Theo. 'Ond mae'n well gynno fo gael ei alw'n K.'

'K?'

'Peidiwch â gofyn.'

Pan aeth yn ôl, roedd K yn archwilio'r silffoedd llyfrau yn y parlwr bach. Holodd, yn ei lais diddiddordeb, pam nad oedd o'n deall dim byd. Eglurodd Theo y gallai o beidio â deall y llyfrau am y gallen nhw fod yn Gymraeg, yn Lladin, yn Ffrangeg, neu yn Almaeneg.

'Naci. Nid y llyfra dwi ddim yn ddallt, ond popeth. Pam mae bywyd mor annheg ac anodd ei ddallt? Pam mae pawb yn cuddio petha rhagdda i?'

'Dw inna wedi bod yn meddwl yr un fath.'

'Lle ma Mam?'

Eglurodd Theo fod Gaia wedi picio i'r dre ers teirawr.

Eisteddodd y ddau ar y soffa. Difarodd Theo eistedd mor agos ato ond doedd arno ddim eisiau symud rhag rhoi'r neges anghywir. Edrychodd y ddau ar eu ffôns.

'Lle ma bwyd?'

'Dydi'r cwc ddim yn cytuno â meicrowefio.'

'Sgynnoch chi gwc? Ti mor posh â hynna?'

Atebodd Theo ddim. Roedd yn anodd diffinio moeth a chyfoeth; doedd rhoi darlith i K am asedau hylifol a chostau byw ddim yn apelio. Gadawodd i ddistawrwydd ddychwelyd. Am be allai o holi'r hogyn?

'Sut oedd Awstralia?'

'Grêt.'

'Da iawn.' Distawrwydd. 'Fuost ti yn Sydney?'

'Do.'

'Da iawn.' Distawrwydd. 'Fûm i erioed yno.'

Daeth Theo'n argyhoeddedig fod y cloc mawr yn tician fymryn yn araf.

Hwn oedd mab Gaia: cnawd ei chnawd hi. Ac eto, roedd o'n hollol ddiarth i Theo, yn rhywbeth na allai ei ddeall.

Cyrhaeddodd Maredudd â byrgyr cartre i K. Pigodd hwnnw ar y sglodion a mymryn o'r cig.

Yna cyrhaeddodd Gaia. Brysiodd drwy'r drws a llond ei hafflau o fagiau siopa gan ddweud 'Sori, sori, sori' cyn sbio i gyfeiriad Theo a K a gollwng y bagiau.

'Be ti'n da yma?' holodd cyn cael cyfle i feddwl.

'Lyfli dy weld ditha hefyd,' meddai K gan ddipio un o'r sglodion mewn cetwad. Ond doedd o ddim yn rhy blês pan ddaeth Gaia dros ei sioc a'i gofleidio a'i gusanu chwaith.

'Ond go iawn, be wyt ti'n da yma? Pryd ddest ti'n ôl?'

'Ddoe. Ond mi oedd Dad ar ei ffordd i Ibiza…'

'Wrth gwrs.'

'… so ddwedodd o wrtha i am ddod yma.'

'Mae'n braf iawn dy weld di.'

Safai Theo'n anesmwyth ar ben arall y bwrdd.

'Mae o'n rhoi hwn i chdi,' meddai K gan estyn amlen wedi'i gwasgu a'i phlygu'n fychan fach o'i boced.

Agorodd Gaia'r amlen.

'Mae o wedi… seinio.' Wyddai hi ddim wrth bwy i ddweud ei bod hi'n fenyw rydd: oedd hi i fod i ymddiheuro wrth K yntau ddathlu efo Theo? Ddywedodd yr un ohonyn nhw ddim byd. Yna lluchiodd K ei fforc ar y bwrdd a mynd drwodd i'r neuadd.

Clywodd Theo a Gaia oglau baco drwy'r drws.

'Diawl bach.' Aeth Gaia drwodd a'i gael o'n eistedd yn y gornel yng ngwyll y neuadd wag. 'Dwyt ti ddim i smocio yn y tŷ. Dwyt ti ddim i smocio yn nunlla, byth, tasa hi'n dod i hynny.'

'Gad lonydd, Mam.'

Aeth Gaia i rywle arall gan daflu ei breichiau at y nenfwd.

Oedodd Theo ac edrych ar K, a oedd yn ei anwybyddu.

'Tyrd hefo fi. Os wyt ti'n benderfynol o smocio, gei di smocio rhywbeth gwell na dy sigaréts rhad, drewllyd di.'

Aeth Theo a K i fyny'r grisiau mawr ac i'r stafell gardiau. Suddodd K i un o'r soffas; paratôdd Theo sigâr yr un iddynt.

'Ti'n chwara cardia?'

'Na.'

Eisteddodd y ddau yno'n sugno'u sigârs.

'Dwi'n gwybod sut ti'n teimlo.'

'Pam – wnaeth dy fam a dy dad di ddechra casáu'i gilydd a shagio pobl eraill?'

'Na. Dwi ddim yn meddwl, beth bynnag. Dwi jyst wedi teimlo'n crap ambell dro, dyna i gyd.'

'O.'

75

Fore dydd Nadolig, aeth Theo i nôl Modryb o'i hapartment.

Bob tro y gwelai Modryb roedd o'n difaru peidio â mynd i'w gweld yn amlach – ond doedd mynd i'w gweld yn gwneud dim ond drysu'r ddynes. Gwrthododd hithau ddod i lawr i ddechrau: roedd hi'n teimlo bod gormod o sŵn a symud yn y plas, ac mai bai'r harlot oedd y cwbl. Ond unwaith y cyrhaeddodd hi waelod y grisiau, gwasgodd ei law a dweud mor braf oedd cael tipyn o brysurdeb yma eto: gwaith, llafur, sglein, codi'r hen le'n ei ôl, hoel dynes benderfynol.

Dechreuodd amser cinio'n bur anesmwyth, a phawb yn aros yn dawedog am y bwyd. Daeth Maredudd drwodd i ymddiheuro bod y tatws rhost yn cymryd yn hir i frownio.

Tynnwyd cracyrs. Doedden nhw ddim yn rhai gwych.

Roedd Modryb yn dawel heblaw pan ofynnodd i Theo sawl gwaith, yn uchel, pwy oedd Kaz a K. Ond yna, heb ddweud dim, cododd a mynd at y piano. Cododd y clawr a brwsio'r bysellau. Yna dechrau chwarae, a'i chrydcymalau'n ildio digon iddi adeiladu tiwn a chordiau. Canodd. Canodd 'Ar hyd y nos', a'i halto'n ddyfnach oherwydd ei hoed, yn gyfoethog. Syllodd pawb arni'n ddistaw. Criodd Gaia. A Kaz. A Theo. A K. Pan ddarfu, aeth Theo ati a'i chofleidio.

Wedi hynny, daeth y twrci: wompyn euraid o beth.

Wedi hynny, sbarciodd chwerthin wrth iddyn nhw rannu llwyau, pasio sbrowts a phupur, ffraeo dros weddill y stwffin, sythu hetiau, chwarae â llyffantod cracyr, a llacio'u beltiau, a thorri gwynt.

Wedi hynny, roedd hi'n Ddolig fel 'stalwm.

Ar ôl pwdin, gafaelodd Theo mewn uchelwydd a chusanu Gaia.

Yn chwithig, gwnaeth Maredudd a Gwenllian yr un fath, a'i lygaid o'n sgleinio'n fachgennaidd a hithau'n gwrido.

Gafaelodd K, o gydwybod a llygedyn o obaith, mewn sbrigyn o uchelwydd a'i ddal uwchben Kaz. Bu ennyd o dawelwch, cyn i bawb ffrwydro chwerthin o weld yr olwg ar ei hwyneb wrth iddi droi'i thrwyn. Trodd K wedyn at Modryb a gwneud yr un fath iddi hithau. Cafodd sws binc am ei drafferth.

Dyna pryd y dechreuodd Modryb chwythu, chwysu, a gafael yn ei brest.

Eisteddai Theo a Gaia ar fainc anghyfforddus yn syllu ar bosteri iechyd. Grwniodd peiriant llnau llawr heibio.

'Does neb yn y siop i werthu papur a grêps. Dim ond tri doctor sy'n gweithio drwy'r holl sbyty. Ac eto, mae'r dyn hwfyr yn gorfod gweithio.'

'Wneith winjo ddim helpu,' meddai Gaia'n dawel.

Eisteddodd y ddau mewn distawrwydd. Doedd dim pwynt aros wrth wely Modryb; roedd hi'n sefydlog, ond roedd yn well peidio â'i styrbio.

Tapiodd Theo'i draed ar y llawr gan fynd ar ei nerfau ei hun.

'Be ti'n feddwl o Kevin?' holodd Gaia.

'Mae o'n… hogyn yn ei arddegau. Ond mewn gwell siâp nag yr o'n i pan o'n i'r un oed ag o.'

'Chymerodd o mo'r ysgariad yn grêt.'

'Dydi hynny ddim yn dy wneud di'n fethiant o fam, os mai dyna sy'n dy boeni di. Paid â phoeni amdano fo. Sut wyt ti'n teimlo, beth bynnag? Wyt ti'n iawn?'

'Mae o'n rhyddhad. Ond dydw i ddim yn teimlo'n rhydd.'

Dychwelodd grŵn y glanhawr llawr.

'Wyt ti byth yn meddwl sut rai fasa'n plant ni?' gofynnodd Gaia.

'Dwi'n sbio arnat ti ac yn meddwl y basan nhw'n wyrthia bach. Wedyn, dwi'n sbio yn y drych ac yn meddwl… na.'

Am ryw reswm, rhoddodd ei fraich am ei hysgwyddau. Gwasgodd hithau ei chorff i'w gesail.

'Theo?'

'Hm?'

'Nadolig llawen.'

76

SNIFFIODD THEO'R PLATIAD o gig twrci oer. Doedd o ddim yn cofio'n iawn sut oglau oedd i fod ar dwrci wedi'i goginio. Doedd y platiad ddim yn hollol ddymunol ei oglau, ond gwnâi ginio iawn. Cyneuodd y stof a mynd ati i chwilio am bast a iogwrt i wneud cyri.

Roedd hi'n wythnos gyntaf Ionawr erbyn hyn. Chawson nhw fawr o seibiant dros yr ŵyl – bu Gaia wrthi'n pobi rhwng y Nadolig a'r Calan rhag iddyn nhw fod ar ei hôl hi, a Theo'n gorfod helpu gan fod Gwenllian a Maredudd ar eu gwyliau. Diflannodd K pan sylweddolodd y byddai gofyn iddo dorchi ei lewys os oedd am aros yng Nghefn Mathedrig.

Roedd mwy o waith nag arfer gan eu bod yn mynd â chynnyrch i ffair fasnach yn gynnar yn y flwyddyn newydd. Er hynny, ac er nad oedd yn gorfod dychwelyd o ddiogi ei fflat i undonedd y swyddfa eleni, roedd yr wythnos dywyll, lawog yn dannod ei diflastod i Theo ymhobman.

Roedd Modryb yn dal yn y sbyty. Aethai Theo a Gaia â siwtces o'i dillad a'i charthenni ei hun iddi ar Ŵyl San Steffan ond doedden nhw ddim wedi bod yn ei gweld ers hynny. Rhesymai Theo na allen nhw wneud dim byd i helpu. Fyddai hi ddim yn eu nabod, ac fe allai gweld rhywun hanner-cyfarwydd ddrysu Modryb yn lân a gwneud gwaith y nyrsys yn fwy anodd. Byddai Theo'n ffonio bob bore a chael gwybod bod Modryb yn fyglyd ac yn gysglyd ond yn sefydlog; teimlai fod ei chyflwr yn cyfiawnhau ei benderfyniad.

Roedd Theo ar fin taflu'r twrci i'r ffrimpan pan ddaeth Gaia i'r gegin, mewn hwyliau da.

'Blwyddyn newydd dda i ni!' meddai.

'Ydi hi?' holodd Theo.

Roedd Gaia newydd fod yn dangos y capel a'r plas i gwpwl ifanc a oedd yn chwilio am le i briodi. Gwirionodd y ddau ar y lle a thalu'r blaendal yn syth. Golygai hynny fod gan Gefn Mathedrig eu bwcin priodas cyntaf.

Roedd Theo'n ddrwgdybus. Dywedodd fod parodrwydd y ddau i archebu'n syth yn awgrymu bod Gaia wedi rhoi pris rhy isel ar y pecyn. Wfftiodd Gaia. Holodd Theo wedyn am hanes y pâr ifanc, gan roi'r twrci yn y badell, a dangosodd Gaia'r enwau a'r cyfeiriad ar y ffurflen archebu. Tagodd Theo.

'Wyddost ti fod fan'na'n un o stadau tai cyngor gwaetha'r gogledd-orllewin?' gofynnodd. 'Mae yna rai gwaeth yn Sir Fôn, ond…'

'Dydyn nhw ddim yn uchelwyr, nac ydyn – o bell ffordd,' meddai Gaia'n amyneddgar. 'Ond mae eu harian nhw cystal ag arian pawb arall.'

Parhau i wneud synau petrus wnaeth Theo wrth gymysgu'r saws cyri â'r cig yn y badell: fydden nhw'n talu, fydden nhw'n malu'r lle, fydden nhw'n rhoi'r ddelwedd anghywir; a phob math o gwestiynau ynghylch paratoi'r plas ar gyfer priodas mewn cwta ddeufis. Atebodd Gaia bob pwynt yn ddi-wg.

Rhoddodd Theo'r reis i ferwi gan geisio meddwl am fwy o bryderon. Llenwodd Gaia'r distawrwydd â chwestiwn.

'Wyt ti'n meddwl y basa'n syniad i ni fynd i weld Modryb cyn bo hir?'

'Waeth inni heb,' meddai Theo heb oedi i feddwl am y peth, a pharatoi i restru ei resymau eto fyth.

'Dwi'n meddwl y byddai'n braf iddi glywed lleisiau cyfarwydd, teimlo rhywun yn gafael yn ei llaw hi,' meddai Gaia cyn i Theo gael cyfle i siarad. 'Fedri di feddwl pa mor ddryslyd ac ofnus mae hi'n teimlo? Mae arnat ti hynny iddi, siawns? Chwarter awr o siarad yn feddal a gafael yn gynnes amdani?'

'Paid â thrio chwarae efo 'nheimladau i.'

'Pam lai? Difaru wnei di. Be am inni alw yn y sbyty fory, ar y ffordd i'r sioe yn Birmingham?'

'Drwy'r Bala rwyt ti'n mynd i Birmingham, nid drwy Fangor,' saethodd Theo ati.

'Fawr o wahaniaeth yn ôl yr AA na Google Maps,' saethodd hithau'n ôl.

'Iawn,' meddai yntau'n flin. 'Helpa dy hun i gyri a reis. Dwi ddim isio peth.'

Ac aeth Theo, yn llwglyd, i bacio'r Volvo â phalets o gynnyrch yn barod ar gyfer y ffair fasnach drannoeth.

77

P AN AETH THEO i frwsio'i ddannedd y noson honno, sylwodd fod y stafell molchi'n drewi mwy nag arfer, a bod dwy rôl o bapur tŷ bach wedi eu defnyddio. Doedd hynny ddim fel Gaia. Roedd hi yn ei gwely, yn llwydaidd ac yn cwyno bod ganddi boen yn ei bol. Feddyliodd Theo ddim mwy am y peth ac aeth i gysgu: roedd ganddyn nhw daith hir o'u blaenau yn y bore.

Gan fod parlwr bychan yn gwahanu'r stafell molchi a'r stafell wely yn adain Theo a Gaia o'r plas, chlywodd Theo mo'r sŵn na'r oglau yn ystod y nos. Ond pan gododd y bore wedyn doedd Gaia ddim wrth ei ymyl. Dilynodd Theo'i drwyn a'i chael ar y tŷ bach â bowlen o'i blaen, a golwg y fall arni.

'Ti'n iawn?' holodd Theo, er bod Gaia'n welw a thenau, a'i llygaid yn flinedig.

'Cyri blydi twrci,' oedd ei hateb hithau. 'Doedd o'm ffit.'

Nodiodd Theo. Doedd dim pwrpas iddo geisio gwadu bod gwawr go annymunol ar y cig ac iddo fod braidd yn ddiamynedd wrth ei aildwymo.

Bu Gaia yn y fan a'r lle ers hanner awr wedi un y bore. Ceisiodd godi ambell waith ond bu'n rhaid iddi ddychwelyd bob tro. Gwnaeth Theo ddiod o ddŵr iddi a mwytho'i gwallt.

Roedd hi'n amlwg na fyddai Gaia'n ddigon da i fynd i Birmingham. Peidio â mynd i'r sioe fwyd oedd awgrym Theo ond wnâi Gaia ddim ystyried hynny. Mynnodd fod Theo'n rhoi ei ffôn iddi. Cyn pen pum munud roedd Glesni a Mared, y morynion, wedi cytuno i bacio'u ffrogiau a'u ffedogau Cymreig traddodiadol a mynd gyda Theo i arena'r NEC.

Dim ond dros dro roedd antics Theo, Mared, a Glesni yn neidio i'r llyn wedi torri'r iâ rhyngddynt. O dipyn i beth, aeth y pnawn hwnnw o wallgofrwydd yn embaras nas trafodid. Roedd Gaia'n dal yn ddrwgdybus o'r berthynas rhwng y tri, er na wyddai Theo pwy oedd yn arwain pwy ar gyfeiliorn yn ôl pryderon Gaia.

Tameidiog oedd y sgwrs nes iddyn nhw gyrraedd y Bala (anghofiodd Theo bopeth am ei addewid i fynd drwy Fangor er mwyn gweld Modryb). Unwaith eto, teimlai Theo na allai drafod pethau call efo nhw rhag ymddangos fel hen ewythr diflas, ac allai o ddim dangos ei hun na gwneud iddyn nhw chwerthin rhag ymddangos fel hen ewythr gwirion neu aflednais.

Ac ar ôl mynd drwy'r Bala, pallodd y sgwrs yn llwyr. Chwaraeai'r genod â'u ffôns yn y cefn, gan sibrwd a giglan mewn modd a oedd yn argyhoeddi Theo eu bod yn gwneud hwyl am ei ben. Daeth yn ymwybodol iawn o'r modd roedd ei fol yn dechrau bochio dros ei drowsus, ac o'r ffaith ei fod yn peswch yn gysetlyd bob hyn a hyn ac yn mwytho gormod ar lyw'r Volvo.

Roedd yn falch o gyrraedd Birmingham. Ar ôl hynny, gallai orchymyn i'r genod ei helpu i ganfod yr arena, a'u cyfarwyddo i'w helpu i ddadlwytho'r cynnyrch o'r car a gosod y stondin erbyn y diwrnod wedyn. Erbyn iddynt orffen roedd hi'n tynnu at bedwar.

Aeth â nhw i'r gwesty wedyn. Rhewodd wrth gofio mai dim ond un stafell – iddo ef a Gaia – a archebwyd. Aeth i waeth panig wrth gofio iddo ffonio'r gwesty cyn y Dolig – pan oedd yn teimlo'n harti ac yn hael – i drefnu bod petalau cochion yn cael eu taenu ar y gwely, siocledi moethus yn cael eu gosod ar y gobennydd, a chanhwyllau'n cael eu cynnau yn y llofft. Diolch i'r drefn, doedd prynu stafell ychwanegol i'r genod ddim yn anodd. Rhoddodd ugain punt yr un i'r ddwy, dweud wrthynt fynd i ffendio swper a sinema, a'i heglu am ei stafell gan ddiolch am gael gwared ar ddwy a wnâi iddo deimlo mor hen ac annigonol.

Aeth i ganol y ddinas am dro, gan grwydro'r bariau – un lle â phum can math gwahanol o wisgi, lle arall a fragai ei gwrw'i hun – yn fodlon o feddw. Aeth o'r tu arall heibio pan basiodd Nandos a gweld Mared a Glesni'n smocio y tu allan ac yn fflyrtio â llanciau mewn dillad hip-hop.

78

PENDERFYNODD THEO MAI'R peth diwethaf roedd ar ferched dioddefus ei angen ar ôl noson hegar oedd cael rhywun yn dweud wrthynt eu bod yn gywilydd i'w gweld. Roedd yn ddigon iddo fod y genod wedi cyrraedd yn ôl i'r gwesty ac nad oedd llanciau Brummie i'w gweld yn unman. Felly gwnaeth yn siŵr fod Mared a Glesni'n cael brecwast call ac yn yfed digon o ddŵr, a chau ei geg.

Unwaith y cyrhaeddon nhw'r ffair fwyd doedd dim amser i'r genod feddwl am eu pennau mawr. Dim ond newydd orffen gosod y pasteiod a'r jariau, y cyflaith a'r cêcs ar y bwrdd roedden nhw pan agorwyd y drysau a gadael i'r mynychwyr lifo i mewn. Bu Mared a Glesni am y gorau'n denu pobl i gymryd darn bach o rywbeth am ddim, dim ond i gael ei flas o, a'u ffrogiau traddodiadol yn tynnu mwy o sylw na dillad corfforaethol y cwmnïau eraill. Wedi i'r mynychwyr lyncu'r abwyd a chanmol blas y gacen neu'r pei, a fflyrtio mymryn efo'r genod, byddai Theo'n barod i gamu ymlaen a cheisio gwerthu'r cynnyrch.

Nid pobl gyffredin oedd yma, ond pobl y fasnach. Nid gwerthu ambell becyn oedd y bwriad ond cyfarfod pobl a allai roi archebion mawr, sefydlog, neu agor drysau iddyn nhw: adolygwyr o'r papurau newydd, prynwyr o'r siopau mawr, cogyddion gwestai blaenllaw, a blaswyr proffesiynol a oedd yn gwybod am beth roedden nhw'n chwilio. Pobl fusnes oedden nhw, a gwyddai Theo'n iawn sut i'w plesio. Ond ar ben ei siarad swyddogol am gapasiti, adnoddau, a sicrwydd ansawdd, clywai Theo'i hun yn gwerthu stori arall, stori nad oedd o'n ymwybodol ei fod yn ei choleddu.

'Flwyddyn yn ôl, ro'n i'n fancar llwyddiannus yn Llundain, ar gyflog aruthrol o anferth a'r farchnad ar flaenau 'mysedd i. Roedd gen i fflat anhygoel, y Lotus gorau gewch chi, llond wardrob o grysau gwerth dau gan punt yr un… A rŵan dwi'n gwneud hyn: yn ôl yn fy nghartref genedigol, efo fy nghariad, yn gwneud bwyd ffres o'r safon ucha. Ydw i'n difaru gadael yr hen fywyd moethus? Ddim o gwbl.'

Nid celwydd oedd hynny, fel y cyfryw, dim ond camliwio'r gwir. Fe weithiodd, beth bynnag. Chawson nhw ddim archeb bendant ond cafodd Theo sawl sgwrs addawol.

Distawodd yr arena erbyn diwedd y pnawn a chafodd Theo gyfle i grwydro'r arddangosfa. Doedd o ddim wedi cael cinio, felly helpodd ei hun i ddarnau am ddim o beth bynnag a gynigid iddo: pitsas ffwrn goed, byrgars byffalo, siocled fegan. Gwnâi'n siŵr ei fod yn osgoi sbîl marchnata'r gwerthwyr bob tro.

Sicrhaodd hefyd ei fod yn profi pob math o ddiod gadarn oedd ar gael yno: cwrw o Swydd Gaerhirfryn, wisgi o Sir Fynwy, seidar o Dorset, gwirod hufen o Gernyw, a mwy a mwy o gwrw o bob rhan o'r wlad. Ar y stondinau hyn, gwrandawai ar y sbîl a chrybwyll y posibilrwydd o ddefnyddio'r ddiod yng nghynnyrch Cefn Mathedrig, fel bod y gwerthwyr yn ail-lenwi ei wydr.

Roedd yn sigledig o hapus wrth gyrraedd yn ôl at y stondin. Wrth weld mor galed roedd Mared a Glesni'n dal i weithio, ac mor ddel roedden nhw'n edrych yn eu ffrogiau Cymreig, trawyd Theo gan ennyd o haelioni. Dywedodd wrth y merched fynd yn ôl i'r gwesty i baratoi. Byddai yntau'n pacio gweddill y cynnyrch a'i roi yn y car, ac yna byddai'n mynd â nhw am bryd arbennig o fwyd.

⌒

Wnaeth Theo ddim dewis ei fwyty'n dda iawn. Chwiliodd ar y we am le drud a ffasiynol yr olwg – y math o le a fyddai'n creu argraff ar ferched eangfrydig deunaw oed o Ben Llŷn. Canlyniad hynny oedd bod y tri'n eistedd yn anghyfforddus ar stolion lledr, yn cael trafferth gweld y fwydlen am fod y golau mor wan, ac yn methu sgwrsio am fod y gerddoriaeth mor uchel.

Gofynnodd Theo i'r gweinydd dawelu rhywfaint ar y gerddoriaeth; ufuddhaodd hwnnw ar ôl cael pumpunt yn ei law. Hyd yn oed wedyn, doedd fawr o sgwrs rhwng y tri. Bòs y merched oedd Theo, wedi'r cwbl, nid ffrind iddyn nhw. Troelli'r Prosecco yn y gwydrau wnâi'r tri, gan syllu ar y swigod, a'r merched yn ysu am gael nôl eu ffôns o'u bagiau.

Aeth Theo i'r tŷ bach.

Pan ddaeth yn ôl at y bwrdd digwyddodd roi cip ar y sgriniau mawr uwchlaw'r bar, a'i weld ei hun arnynt. Fo, yn union ar ôl cael ei wthio i'r pwll diwaelod gan Mared a Glesni, yn bregliach ac yn sblasio wrth geisio dringo allan o'r dŵr, a glafoer y pwll yn stremps dros ei grys. Beth yn y byd? Safodd yno'n stond am dipyn, yn gwylio'r clip drosodd a throsodd.

'Dach chi wedi gweld hyn? Be sy haru nhw?'

Roedd y genod yn glanna chwerthin wrth ei weld yn gwylltio ac yn cochi.

'Welson ni daflen ar y bwrdd,' meddai Glesni, a'i dangos i Theo – 'Send us your fun clips and get a free drink.'

'A hwnna oedd y clip doniolaf ar ein ffôns ni.'

'Rhag eich cywilydd chi, y ddwy g—'

Ataliodd Theo'i hun rhag rhegi. Oedodd, edrych arnyn nhw'n ceisio stopio chwerthin, ac yna dechrau chwerthin efo nhw.

Wnaeth y chwerthin ddim stopio wedyn. Daeth y bwyd, a'r diodydd am ddim, a bu'r tri'n tynnu coes ei gilydd drwy'r pryd – y genod yn galw Theo'n flin, Theo'n dannod iddynt hwythau eu llygaid duon a'r hoel brathu ar eu gyddfau... a'r tri ohonyn nhw'n meiddio cyfeirio'n wamal at ddisgyblaeth haearnaidd Gaia. Teimlai Theo braidd yn euog am gega amdani yn ei chefn, ond os oedd ei sbeitio hi'n gwneud i'r genod chwerthin ac yn gadael iddynt ollwng stêm, beth oedd ots?

Wrth yfed mwy o'r Prosecco, trodd y sgwrs at bethau eraill: gobeithion y genod am goleg a gyrfa, oedran Maredudd, dillad eu cyd-fwytawyr, acen a gwallt y gweinydd – a'r cwbl yn cael ei gario ar lif hwyliog o chwerthin.

Roedd Theo ar fin anfon y fideo o Mared a Glesni'n neidio i'r pwll at y bwyty, a hwythau'n mrengian drosto yn ceisio dwyn ei ffôn a'i rwystro, pan ganodd ei ffôn. Dihangodd Theo rhag breichiau'r genod ac edrych ar y sgrin. Gaia. Gwell iddo'i hateb. Rhedodd allan o'r bwyty i gael tawelwch.

'Gaia!' chwarddodd i lawr y ffôn. 'Sut mae'r shits?'

'Mae Modryb wedi marw, Theo.'

Llyncodd Theo'i boer.

'Yn dawel yn y diwedd, yn ei chwsg. Ro'n i yno hefo hi,' aeth Gaia rhagddi, ond erbyn hynny roedd Theo wedi gollwng ei ffôn ar lawr, gan falu'r sgrin yn siwrwd.

79

ROEDD OGLAU STÊL ar apartment Modryb, a dim ond awgrym o oglau ei sent i'w glywed ar ei dodrefn blinedig. Edrychodd Theo ar y lluniau ar y silff ben tân: fyntau'n hogyn, ei fam a'i dad, ewythredd iddo, ei daid a'i nain… doedd o'n nabod neb ohonyn nhw, ddim hyd yn oed fo'i hun. Roedden nhw i gyd yn sepia-statig-ddiarth.

Bodiodd drwy feinyls ei bocs recordiau a rhoi un i chwarae. Walts. Safodd yn dalsyth ar ganol y llawr a gosod ei freichiau fel pe bai rhywun yno i ddawnsio efo fo. A dawnsiodd: ei draed yn heini dros y pren a'i freichiau'n cynnal ei fodryb er nad oedd hi yno. Y prynhawn hwn roedd hi eto'n iach, yn hardd, yn chwareus: yn ei geryddu a'i ddysgu, ei arwain a'i ryddhau, yn bictiwr o hyder a chwerthin.

Yn rhith yn ei ddagrau, gwelai hi'n sgerbydog yn y sbyty, ei llygaid yn ddwfn yn ei chroen melyn, ei thafod yn sych a'i gwallt yn frau: ei llygaid lluddedig yn chwilio'n wyllt am wyneb roedd hi'n ei nabod. Ac yntau ddim yno.

⌒

'Roeddat ti yno hefo hi,' meddai Theo gan syllu i lygaid Gaia drwy ei ddagrau ei hun.

Yn amyneddgar, dywedodd Gaia wrtho mai dyna'r seithfed tro iddo ddweud yr un peth wrthi yn yr wythnos ers marwolaeth Modryb.

'Mae o'n wir,' meddai yntau. 'Dwyt ti ddim yn perthyn gwaed

iddi, prin yn ei nabod hi, ond fe ddangosaist ti fwy o gariad ati na fi.'

'Hisht, rŵan. Gwisga dy dei.'

Aeth Theo rhagddo am ei euogrwydd: sut y dylai fod wedi gwrando ar Gaia a mynd i weld Modryb a sut roedd o, wrth drio cysgu bob nos, yn methu stopio meddwl amdani'n gorwedd mewn gwely diarth, glanwaith, lle nad oedd hi'n nabod neb nac yn gwybod beth oedd yn digwydd iddi.

'Stopia fflangellu dy hun,' meddai Gaia wrth sythu'i dei ddu ac eistedd ar ei lin. 'Achos os wyt ti'n cario ymlaen i wafflo'n ddioddefus fel hyn, fydd neb isio dod at dy wely angau di rhag ofn cael eu diflasu.'

'Ond…'

'Cau dy geg.'

Cusanodd Theo hi'n hir.

'Dyna welliant,' meddai Gaia.

'Reit,' meddai Theo. 'Tyrd i gladdu Modryb.'

Wrth ei dilyn i lawr y grisiau mawr, edmygodd Theo dro godidog mynwes Gaia yn ei ffrog fach ddu.

Nodiodd Theo ar yr ymgymerwr a oedd yn sefyll uwchlaw'r arch yn y cyntedd. Agorwyd drysau'r plas a phowliwyd yr arch allan, cyn i'r dynion ei chodi oddi ar y troli i ben cert ceffyl du.

Wrth ddilyn y cert i lawr y lôn, dros y bont, ac i'r capel bach, a'r tarth yn oeraidd ar y caeau, law yn llaw â Gaia, a'u camau'n dynwared sŵn trist, terfynol pedolau'r ceffyl, sibrydodd yn ei chlust fod dillad angladd yn ei siwtio.

Cyn camu i mewn i'r capel, pesychodd Theo – llacio'i wddw'n barod i ganu emynau nes dileu marwolaeth Modryb, a'i farwolaeth ei hun, a'r holl gwestiynau hyll yr oedd marwolaeth yn eu gofyn.

80

Roedd breuddwyd Theo'n llawn lorïau'n chwyrnu, bîpian, gêrs yn sgrechian, dynion yn gweiddi, haearn yn taro haearn. Deffrodd. Roedd y sŵn yn dal yno. Ceisiodd afael am Gaia ond doedd hi ddim yno.

Cododd at y ffenest a'i gweld yn ei gŵn gwisgo tenau yn trafod â fforman wrth i hwnnw gyfeirio'i lorïau o gwmpas. Wrth gwrs. Llyncodd Theo dipyn o ddŵr. Heddiw roedd y gwaith o atgyweirio'r to yn cychwyn: yr hyn y buon nhw'n gweithio tuag ato ers misoedd. Ond doedd o ddim wedi disgwyl cymaint o sŵn cweit mor gynnar yn y bore. Aeth allan.

'Fel hyn rwyt ti'n edrach yn dy bijamas, ia?' gwatwarodd dyn mewn het galed a oedd yn siarad â Gaia.

Geraint oedd y fforman – roedd o yn yr ysgol bach efo Theo.

'Wyt ti am fod yma mor gynnar â hyn bob bore?'

'Wyt ti isio i mi orffan y job cyn dechra Mawrth?'

'Dydi dy hogia di ddim i gymryd mantais ar Gwenllian a'r genod yn y gegin, iawn? Maen nhw i ddod â'u cinio'u hunain.'

'Iawn, bòs,' meddai Geraint a sylwodd Theo arno ef a Gaia'n rhannu gwên.

'A dim gwaith ar ddydd Sul. Mae hynny yng ngweithredoedd y lle.'

'Dechra Mawrth yn dod, Theo.'

'Tyff. Llai o baneidia a malu awyr a fyddwch chi o 'ma'n reit handi.'

Rhoddodd ei fraich am Gaia ac aeth y ddau am y tŷ.

''Sa well i ti wisgo mwy pan ti'n mynd allan at y rheina,' cegodd arni dan ei wynt. 'Yn enwedig a hitha'n ganol Ionawr.'

'Ddangosa i faint fynna i o fy nghoesa, diolch. Ac mae'n fore braf.'

Pasiodd Gwenllian a Maredudd nhw wrth iddyn nhw fynd i mewn, yn cario hambyrddau o rôls bacwn a choffi i'r gweithwyr.

'Ddim am dy goesa di ro'n i'n poeni.'

⌇

'Dwyt ti ddim yn ei weld o'n wastraffus? Gwario tri chan mil ar do yn union fel yr un sgynnon ni?'

Roedd Theo'n flin ac yn yfed mygeidiau o goffi du. Roedd y syniad newydd ei daro iddi fod yn ofer ymdrechu i sicrhau benthyciad banc er mwyn trwsio'r to. Beth oedd pwynt gwario cannoedd o filoedd a threulio blynyddoedd o waith yn talu'r arian yn ôl os mai'r cwbwl fyddai ganddyn nhw ar y diwedd fyddai to yn union fel yr hen un? Lle roedd y datblygiad yn hynny?

'Mi fydda i'n falch o gael to sy'n dal dŵr ac yn annhebygol o ddisgyn am ein pennau ni,' atebodd Gaia. 'Be ydi dy syniad di, beth bynnag?'

'Cael pensaer mentrus i godi estyniad modern ar y to: dur, gwydr, teip yna o beth. A phwll nofio ynddo fo, *gym*, *sauna…*'

Atgoffodd Gaia ef am fodolaeth Cadw a diffyg arian.

'Lle mae dy uchelgais di?' saethodd ati.

'Mewn petha y galla i eu gwneud.'

'Dim ond wrth ddychmygu'r amhosib y mae llwyddo,' honnodd Theo wedyn.

'Bolycs. Ty'd i helpu fi i blygu bocsys bisgits.'

81

U<small>N NOSON YM</small> mis Mawrth, roedd hi'n ddau o'r gloch y
bore arnyn nhw'n cyrraedd y gwely. Doedd dim digon o
oriau yn y dydd i Gaia deimlo'i bod hi wedi paratoi'n ddigon
trylwyr at y briodas y dydd Sadwrn canlynol. Bob dydd, byddai'r
briodferch yn ffonio gyda chais newydd neu gwestiwn. Roedd y
bwyd wedi cyrraedd a phob paratoi posib wedi'i wneud; roedd y
byrddau wedi'u gosod yn y neuadd fawr, a thasg Theo drannoeth
fyddai rhoi'r gorchuddion ar y cadeiriau.

Hyfforddiant oedd heddiw. Yn ogystal â'r genod arferol,
roedd Gaia wedi recriwtio hanner dwsin arall o ferched yr
ardal i wneud y gwaith gweini. Bu Theo'n gwylio drwy ddrws
y neuadd wrth i Gaia geisio cael trefn arnynt – sicrhau eu bod
i gyd yn gwybod eu tasgau, beth fyddai'n digwydd pryd ddydd
Sadwrn, a beth i'w wneud pryd. Roedd Gaia wedi dyfeisio
system go gymhleth i hyfforddi'r morynion, yn llawn codau lliw
ac amserlenni ac ymarferion. Ond y noson honno, cyn diffodd y
lampau, roedd hi'n anobeithio.

'Wsti be? Er mai coleg, coleg, coleg ydi pob dim y dyddia
yma, faint o iws ydi o? Dwi'n siŵr fod y rhain yn genod clyfar,
efo'u Lefel A a phob dim, ond maen nhw'n boenus o ddisymud.
Dydyn nhw'm yn gweld gwaith. Mi wnân nhw'r hyn ofynni di,
a'i wneud o'n iawn. Ond does dim hyblygrwydd na dychymyg
yn yr un ohonyn nhw. A dyna iti Kaz: hogan clàs clai, prin yn
medru sgwennu, ond fe allai hi redeg y plas ei hun dim ond
iddi gael rhywfaint o anogaeth. Mae ganddi lygad i weld pryd
nad ydi rhywbeth yn gweithio a sut gallwn ni newid; mae hi'n

gallu cyfarwyddo pobl mewn chydig eiriau a gwneud saith tasg ar hugain ar yr un pryd.'

Wnaeth Theo ddim torri ar draws, dim ond ymestyn yn fodlon yn y gwely. Gallai fod wedi gofyn yn hunanfodlon pwy oedd yn iawn, ond gwyddai na ddylai watwar Gaia am fod yn barod i newid ei meddwl.

Felly gafaelodd yn llaw Gaia cyn cysgu.

82

ROEDD MWSOG A gwlybaniaeth y capel bach yn cuddio dan rubanau a blodau pinc, ac un rhuban mawr yn lapio'r adeilad fel parsel. O boptu i'r drws, safai pobl hagr yn smocio: merched canol oed mewn ffrogiau byr, hogiau yn eu siwtiau cwrt yn drachtio Smirnoff Ice. Ffoniodd Theo i fyny i'r plas.

'Maredudd? Ewch â'r Constable – ia, y llun anferth y tu ôl i'r grisiau – i'r seler. Ac unrhyw beth arall gwerth dros bum can punt fyddai o fewn cyrraedd yr epaod yma.'

Cyrhaeddodd Glyn Ceffyl yn ei drol, a'r cesyg gwynion yn gweryru.

'Sgen ti ryw ffordd o stopio'r rhein rhag cachu dros y dreif?' arthiodd Theo.

'Gei di o gen i am ddim, yli – gwrtaith i dy domatos di. Organics,' meddai Glyn a chwerthin nes gwelai Theo'i ddannedd duon i gyd.

'Yn y plas mae'r briodferch a'i morynion. Hen bryd i ti fynd i'w nôl nhw.'

∽

Roedd tri o blant mân o gylch traed y briodferch, a honno'n loyw gan ffêc-tan a blysher glitrog.

'Plant ei chwaer?' gofynnodd i Gaia.

'Ei phlant hi.'

Tagodd ar ei Fint Imperial. 'O.'

'Mae gynnon ni i gyd ein pechoda.'

'Mm.'

'Ond gesia be? Mae'r tadau yma. Y tri ohonyn nhw. Un yn was.'

Gadawodd Theo i gymhlethdod y sefyllfa suddo i'w ymennydd, gan feddwl bod y dryswch ynghylch Jasper Oriental, ei hen ewythr, a'i ddisgynyddion niferus yn syml o'i gymharu.

'Dwi wedi dweud wrth Maredudd am gadw'r petha gwerthfawr i gyd rhag ofn y bydd trwbwl,' meddai, a'i ryddhad yn amlwg. 'Sgen i ddim isio gweld hwdlyms yn waldio'i gilydd efo hen ganhwyllbren bres fy nain.'

'Ti'n siŵr? Dwi wedi bod yn meddwl trefnu noson thema Cluedo.'

Dechreuodd y ddau biffian chwerthin wrth i'r gweinidog geisio tawelu'r gynulleidfa.

⁓

Roedd y morynion wedi'u hyfforddi'n dda, a llestri gwyn Cefn Mathedrig yn sgleinio yn eu dwylo.

Chwarddodd Theo wrth weld Kaz fel pe bai'n hedfan o gylch y byrddau, yn anfon y genod iau i'r llefydd iawn: ei hansicrwydd chwithig wedi diflannu'n llwyr. Distawodd y neuadd yn sydyn pan ddaeth y bwyd. Wrth weld y gwahoddedigion i gyd yn claddu, aeth Theo at Gwenllian i ganmol.

'Dim ond pryd solet o fwyd sy isio arnyn nhw, rwbath gwell na'r petha meicrowef melltigedig 'ma,' oedd ei barn hunanfoddhaus hi. 'Y trueiniaid.'

⁓

Roedd y DJ wrthi ers awr ac wedi agor y llifddorau i garioci. Cerddodd Theo'n betrus dros lawr y neuadd fawr, lle roedd plant a hen ddynion yn cysgu a phlant eraill yn sgrialu o gwmpas y cyrff. Roedd golau disgo'n crwydro dros y nenfwd gywrain gan beri i'r siandelîr sgleinio â lliwiau newydd.

Roedd y parti wedi ymledu a meddiannu'r parlwr bach hefyd: ar y soffas Chesterfield coch roedd lodesi cluniog a'u traed i fyny a'u coesau'n agored, a'u plant yn ceisio dringo'r llenni. Aeth Theo drwodd wedyn i'r neuadd fach ger y drws ffrynt, lle arweiniai grisiau troi eang i fyny at y llofftydd. Yng nghysgod y grisiau roedd dau yn eu harddegau'n snogio'n nwydwyllt, a dwylo'r hogyn yn trio ffendio'u ffordd i nicyrs y ferch.

Dringodd Theo'r grisiau i gael ychydig o dawelwch. Trodd at y darlun olew o'i hen daid ar y pared.

'Be wnaech chi o hyn, tybed? Anwariaid meddw'n dawnsio ac yn snogio yn eich plas chi?'

Ddywedodd ei hen daid ar y pared ddim byd.

'Twt, mae'n debyg y basach chi'n teimlo'n ddigon cartrefol.'

⁓

Roedd darnau o getwad gorau Gaia yn y chwd a fopiai Theo o lawr y tai bach, a hwnnw'n gymysg â gwaed ar ôl ffeit fyrhoedlog.

Roedd yn cadw'i fop yn y cwpwrdd yn y neuadd fach pan redodd Kaz drwy'r drws.

'Mae rhywun ar frys.'

Gwthiodd hi ef o'r neilltu a mynd am dai bach y merched.

'Gofalus!'

Clustfeiniodd wrth y drws. Clywodd hi'n chwydu ac yna'n igian crio. Aeth i mewn a churo ar ddrws y ciwbicl.

'Kaz? Ti'n iawn?'

'Dos o 'ma. Dwi'n ocê.'

'Nac wyt ddim. Be sy?'

'Dim.'

Crio eto.

'Ti'n meddwl 'mod i'n ddwl?' holodd Theo.

'Stopia fusnesu.'

'Os dwi'n gorfod cicio'r drws, mae'r gost yn dod allan o dy gyflog di.'

Dadfolltiodd Kaz y drws a sefyll yno. Doedd hi ddim yn bwriadu dweud dim byd heb ei chymell. Ofynnodd Theo ddim byd iddi, gan y byddai ei 'Be sy?' yn swnio'n annigonol. Dechreuodd Kaz grio'n waeth a cheisio cuddio y tu ôl i ddrws y ciwbicl. Deallodd Theo drwy'r igian fod rhai o'r gwahoddedigion yn nabod Kaz ers 'o'r blaen'.

'Ddwedon nhw rwbath?' holodd Theo. 'Wnaethon nhw rwbath i ti? Dwed pwy ac mi leinia i nhw ne'u lluchio nhw allan.'

'Nathan nhw'm byd. Do'dd dim angan. Dydi pobl byth yn anghofio. Ma fatha bo fi efo tatŵ ar fy ngwynab. Slag a drygi oedd yn fam mor shit nes colli ei blydi plant.'

'Dos i dy wely,' meddai Theo. Allai o ddim dechrau smalio deall hen fywyd Kaz, ond fe allai ei chysuro hi rŵan.

'Na—'

'Kaz, ti'n well na nhw. A does dim cwilydd yn y byd sy'n werth wastio dy fywyd ar ei gownt.'

Wnaethon nhw ddim cofleidio cyn i Kaz fynd i fyny'r grisiau.

⌒つ

Roedd hi'n dri y bore erbyn i Theo a Gaia gael gwared ar y dathlwyr olaf, naill ai i dacsis neu i faniau plismyn.

Setlodd y ddau yn y gwely.

'Dyna hynna.'

'Ia. Rwbath braf mewn priodas, does? Cyfamodi o flaen tystion y byddan nhw'n ffyddlon i'w gilydd am byth.'

'Ti wedi gwylio gormod o *chick flicks*,' cyhuddodd Theo'n chwareus. 'Wyt ti'n meddwl y gwnân nhw bara?'

'Nid yn ôl sut roedd hi'n necio'r gwas y tu ôl i'r cyrtans.'

'O wel.'

'Nos da.'

Sws.

83

Cododd Theo'n weddol gynnar y bore wedyn, ond gan fod ganddo bethau i'w gwneud roedd yn bur hwyr erbyn iddo eistedd efo'i bapur Sul. Ymesmwythodd ar y soffa Chesterfield gan obeithio nad oedd angen ei llnau ar ôl y parti neithiwr.

Pan oedd ar fin mynd yn ôl i gysgu daeth Gaia i'r parlwr ato.

'A! Bore da,' meddai wrthi. 'Gwisga sgidia call a chôt – ro'n i'n meddwl y basan ni'n mynd am dro i'r traeth.'

'Newydd godi ydw i.'

'Fydd tro bach yn help i glirio dy ben di.'

Drwy'r caeau â nhw, ar hyd y lôn rhwng y cloddiau a'r gwellt yn ei goresgyn. Roedd y gwanwyn yn dod o'r diwedd a blodau mân yn deffro yn y gwrychoedd; yr adar yn ddistaw fore heddiw a'r awyr yn glir. Ceisiodd Gaia wneud cadwyn o flodau ond roedd coesau'r blodau'n rhy wantan a'i dwylo'n rhy grynedig.

Roedd yr aer yn halltu wrth iddynt nesáu at y môr, a'r llwybr o dan eu traed yn fwy tywodlyd. Eisteddodd y ddau ar garreg fawr ar y traeth a gwylio'r tonnau'n ymosod ar y bae bach, yn brigo'n ewynnog ar eu ffordd.

'Wnes i fwynhau ddoe,' meddai Theo.

'Hyd yn oed llnau chwd ac atal pobl rhag shagio ar y soffas?'

'Do. Fe gest ti'r lle i edrych yn odidog.'

Dechreuodd y ddau drafod cymryd mwy o briodasau. Er eu bod nhw'n waith caled, roedd yr arian yn dda a byddai modd iddyn nhw godi crocbris am briodi mewn lle mor odidog unwaith y gallen nhw redeg y digwyddiadau'n fwy proffesiynol.

Dechreuodd Gaia ddychmygu'r holl atyniadau y gallen nhw'u cynnig yn y pecyn – barbeciws ar y traeth gyda'r nos, llety efallai…

'Pam wyt ti'n meddwl mae pobl yn priodi?' holodd Theo'n sydyn ar ei thraws.

'I gael parêdio'u cariad o flaen pobl… i ddatgan eu bod nhw'n aeddfed a pharod… i gael plant… i gael gwisgo amdanyn… i wneud ewyllysiau'n haws… am mai dyna mae pawb yn disgwyl iddyn nhw'i wneud, neu am nad oedd neb yn disgwyl y basan nhw'n setlo ar un person…'

'A ti'n dweud mai fi ydi'r sinig,' chwarddodd Theo. 'Be am gariad?'

Edrychodd Gaia dros ei hysgwydd cyn gallu ateb oherwydd clywodd sŵn injan yn dynesu. Cyrhaeddodd Maredudd yn y Land Rover ac estyn blancedi, byrddau bach, basgedi bwyd, a gwydrau a gwin iddynt o'r cefn.

'Ro'n i'n meddwl y basan ni'n cael gweddillion bwffe neithiwr yn bicnic,' esboniodd Theo.

'Bore da, Maredudd,' meddai Gaia. 'Taswn i'n gwybod eich bod chi'n dod hefyd, mi faswn wedi aros a chael lifft gynnoch chi.'

'Bore da, madám,' meddai yntau.

Wrth i Maredudd osod y pryd aeth Theo a Gaia at y môr.

'Fedri di weld llambedyddiols yn fan hyn.'

'Hm?'

'Pethau tebyg i ddolffins.'

'Medri?' holodd Gaia, gan ymestyn ei gwddw a chraffu.

'Wel… yn yr haf. Os ydi hi wedi bod yn weddol gynnes. Gyda'r nos. Os ydi'r ceryntau a'r llanw'n iawn. Os wyt ti'n lwcus.'

'O.'

Aethant i fwyta.

'*Scotch egg*?'

'Diolch.'

Rhoddodd un ar ei phlât.

Ymhen dau gegiad roedd Gaia'n bwchdagu ac wedi poeri tipyn o ŵy a selsig yn ôl ar ei phlât.

'Ach, mae rwbath caled yn hwnna wedi malu 'nannedd i.'

'Ti'n gwamalu.'

'Dwi'n deuthat ti.'

Aeth Theo ati i chwilio drwy'r gweddillion.

'Mae Gwenllian yn ei cholli hi. Pryd gafodd hi brofi ei llygaid ddwytha?'

Daeth Theo o hyd i'r broblem.

'Hm, hwn oedd y drwg, beryg.'

Edrychodd Gaia'n nes. 'Be ydi o?'

'Modrwy. Modrwy ddyweddïo'n hen nain i. Fydd angen ei llnau hi, ond…'

'O.'

'Wnei di ei chymryd hi?'

'Ti'n gofyn i mi dy briodi di?'

'Ym… ydw.'

Heb gyffroi, heb unrhyw emosiwn yn ei llais ond diffyg amynedd, meddai Gaia: 'Tyrd yn dy flaen, 'ta. Rho'r fodrwy ar fy mys i.'

'Dwyt ti ddim yn hapus?'

'Oes ots? Mae'n amlwg dy fod di wedi penderfynu be ddylen ni ei wneud.'

'Gofyn i ti wnes i.'

'A dyma dy ateb di.'

'Ond ti ddim yn hapus am y peth?'

'Hapus? Tria feddwl. Ti'n gofyn i mi fy nghlymu'n hun i'r horwth plas yna, y maen melin ag ydi o. Ti'n gofyn imi ymroi am byth i ti. Dwi'n cymryd bod hyn yn fy ngwneud i'n rhwym o gario etifedd Cefn Mathedrig yn fy nghroth. Y cwbwl mewn blydi *scotch egg*.'

'Dwi'n gwybod ei fod o'n gwestiwn mawr. A wna i byth roi syrpréis i ti eto. Ond Gaia: ti ydi'r un i mi.'

'Dwi angen amser.'

'Cymer dy amser.'

Sychodd Gaia ei llygaid a brasgamu ar hyd y traeth, dros y cerrig llyfnion, a dechrau dringo'r graig a'r trwyn bach a estynnai i'r môr. Eisteddai Theo ar y flanced dartan yn llnau'r selsig o gonglau'r fodrwy, a cheisiodd sgleinio'r aur plethedig a'r diemwnt ar ei drowsus. Edrychodd ar Gaia, ei gwallt yn chwifio'n aur ar ben y graig, a phenderfynu ei bod wedi cael digon o amser.

Roedd y gwynt yn golygu na chlywodd hi mo Theo'n dringo'r graig y tu ôl iddi ac yn penlinio. Roedd yntau bron â chyffio yno erbyn iddi droi. Pan drodd roedd haul cynnar Mawrth yn cuddio'i hwyneb rhagddo.

'Gest ti ddigon o amser?'

'Gofyn yn iawn i mi. Yn Gymraeg.'

Anadlodd Theo.

'Gaia, wnei di fy mhriodi fi?'

'Gwnaf. Dim ond am fy mod i'n dy garu di,' meddai Gaia'n ofalus, cyn troi'n ôl i'r Saesneg. 'A phaid â meddwl bod hyn yn golygu y cei di gymryd libyrtis.'

Cusanodd y ddau. Dechreuodd Theo agor ei blows ond slapiodd Gaia ei law.

''Dan ni ddim yn cael secs ar ben clogwyn, dyweddïo neu ddim.'

'Mynd i nofio ydan ni.'

'Callia.'

Ond gorffennodd Theo ddatod ei blows a gwthio'i chôt i'r llawr. Tynnodd hithau'i jîns. Ymddihatrodd yntau.

Ac yn noeth, gafaelodd y ddau yn nwylo'i gilydd a neidio o ben y clogwyn i ddŵr rhynllyd Mawrth.

84

DERBYNIODD THEO E-BOST, un diwrnod, gan gynrychiolydd y cwmni ynni gwynt y bu'n ymwneud â nhw. Roedd arnyn nhw eisiau cyfarfod rhag blaen.

Penderfynodd Theo gynnal y cyfarfod yn y dre yn hytrach na gwahodd Dale i'r plas; roedd yn saffach felly. Roedd Gaia'n cymryd arni ei bod wedi anghofio popeth am y bwriad i godi melinau gwynt ar y Garn, felly doedd ar Theo ddim math o awydd cynhyrfu'r dyfroedd.

Sicrhaodd Theo gornel eithaf cudd mewn caffi yn y dre. Roedd arno eisiau cadw pethau'n dawel fel na fyddai sôn am y cyfarfod yn cyrraedd clustiau Gaia. Ond doedd osgoi sylw ddim yn un o dalentau Dale, y cynrychiolydd, a estynnodd ei law iddo gan floeddio'i gyfarchiad fel pe baen nhw'n ffrindiau bore oes. Edrychodd Theo ar Dale wrth iddyn nhw sgwrsio. Roedd yn adnabod y teip yn iawn: un o'r gwerthwyr canol oed a dreuliai ei fywyd ar draffyrdd, yn mynd o un cleient at y nesaf yn parablu am rinweddau ei gynnyrch. Tystiai'r bol a wthiai'n erbyn botymau'r crys streips pinc i gyris hwyr cyn demos mewn ardaloedd anghysbell, a ffieiddiai Theo at unrhyw ddyn a wisgai fodrwy signet ar ei fys bach a chadwyn aur am ei wddw. Er hynny, ysgydwodd ei law'n harti, gan glywed cyfarchiadau a mân siarad annidwyll dynion busnes yn llithro dros ei wefusau eto, fel pe bai Dale yn un o gwsmeriaid yr *hedge fund*.

Arweiniodd ef at fwrdd, gyda Dale yn siarad yn ddi-baid: clegar bydol-ddoeth dynion busnes. Hyd yn oed cyn i Theo archebu'i frechdan sosej a'i de cryf, roedd Dale wedi taenu peth wmbreth o daflenni a dogfennau dros y bwrdd, y cyfan yn lliwgar ac yn llawn graffiau yn mynd i un cyfeiriad yn unig: i fyny, at gynnydd ac elw.

Ar ôl archebu'i frecwast llawn yntau, distawodd Dale yn ddramatig ac edrych yn ddifrifol ar Theo. Roedd y profion ar ochr y Garn yn addawol, meddai – yn addawol tu hwnt. Roedd ganddyn nhw safle penigamp. Gallai codi tyrbeini fod yn broffidiol iawn i'r ddwy ochr. Bron na allai Theo weld glafoer yng nghorneli ceg Dale wrth iddo ddisgrifio potensial tyrbeini ar y Garn i gynhyrchu trydan.

Gwrandawodd Theo gan edrych yn ystyriol. Taflodd ambell gwestiwn i'r pair – pryderon diniwed a wnâi i Dale feddwl bod y cleient hwn yng nghledr ei law, ofnau ariangar a wnâi i Dale feddwl bod Theo a'i fryd ar daro bargen. Gadawodd i Dale siarad nes mynd yn gryg. Addawodd y byddai'n ystyried y ffigurau'n ofalus. Ffarweliodd y ddau â'i gilydd ar y stryd, gan ysgwyd llaw'n hegar a chyfnewid sylwadau anniddorol am rygbi neu ryw rwtsh gwrywaidd cyffelyb.

Ar y ffordd adre, sgidiodd Theo'r Lotus i mewn i le parcio ar ochr y ffordd, neidio allan o'r car, a thaflu'r holl daflenni i'r bìn cyhoeddus. Er nad oedden nhw wedi trafod yn fanwl, roedd Gaia wedi ei argyhoeddi mai camgymeriad fyddai'r melinau – y gallen nhw oroesi drwy ddulliau eraill.

Newidiodd osodiadau'i ffôn er mwyn gwrthod galwadau Dale yn awtomatig. Ac yna aeth rhagddo, yn ôl i Gefn Mathedrig dan chwibanu.

85

OS MAI OSGOI sbloets oedd gobaith Gaia drwy berswadio
Theo y dylen nhw briodi'n fuan – mor gynnar â dechrau
Mai – cafodd ei siomi.

Credai Theo fod deufis yn hen ddigon o amser i drefnu
priodas gofiadwy, dim ond iddo roi trwyn ar y maen – ac felly
rhoddodd ei drwyn yn drwm ar y maen. Ble bynnag y byddai
Gaia'n troi byddai cylchgrawn priodas yno, a'i glawr yn bictiwr
o berffeithrwydd a'i dudalennau'n bloeddio cynghorion. Doedd
Theo'n sôn am ddim byd heblaw'r syniadau dwl a drud a welai
yn y cylchgronau. Nodio a gwenu a wnâi Gaia. Aeth pethau'n
waeth unwaith y canfu Theo fod y we'n drysorfa o syniadau,
lluniau, cyfarwyddiadau, a barn priodferched ar bob agwedd o'r
diwrnod.

Chwilio am ei ffôn roedd Gaia un diwrnod ddiwedd Mawrth
pan aeth i'r ail lyfrgell ar ddamwain – doedd hi'n dal ddim yn
cofio pa stafell oedd y tu ôl i bob drws.

Rhegodd wrth fynd i mewn i'r stafell. Roedd y lle fel stafell
reoli ar gyfer ymchwiliad i lofruddiaeth: y wal yn blastar o
bapurau a lluniau a thoriadau o bob math o gyhoeddiadau.

'Be ddiawl wyt ti'n ei wneud, Theo?'

'Trefnu'n priodas ni! Be arall?'

'Mi wn i hynny. Ond wyt ti'n mynd dros ben llestri? Priodas
fach ddwedson ni…'

Wfftiodd Theo – onid oedd eu cariad nhw'n werth ei
ddathlu? A doedd o ddim yn bwriadu priodi byth eto. Gafaelodd
yn Gaia gerfydd ei breichiau a'i thynnu i edrych yn iawn ar y wal.
Dangosodd iddi'r gwahanol adrannau – y bwyd, y gwasanaeth,

y cludiant, y bar ac yn y blaen, ac amserlen gymhleth ar gyfer holl weithgareddau pawb ar y diwrnod ei hun. Syllodd Gaia ar y cwbl heb ddweud dim. Doedd hi ddim yn credu bod hyn yn digwydd iddi.

Ond wnaeth Theo ddim sylwi. Bwriodd rhagddo a'i thynnu i eistedd wrth y bwrdd. Roedd wedi bod yn chwilio am hen albymau lluniau'r teulu ac wedi sganio'r holl luniau a oedd yn dangos priodasau yn y plas. Agorodd y MacBook a dangos y lluniau iddi.

'Ro'n i wedi gobeithio cael mwy o ysbrydoliaeth o'r rhain, rhaid cyfaddef,' meddai Theo. 'Ond, yn gyffredinol, maen nhw'n dangos pobl yn gwgu mewn dillad smart – dim ond yn y cefndir mae'r plas.'

Syllodd Gaia ar ei darpar berthnasau yng nghyfraith yn eistedd yn stiff a barfog o flaen y ffotograffydd, yn ffurfiol o ddilawenydd. Aeth Theo rhagddo.

'Rŵan 'ta, dwi wedi trefnu cyfarfod efo cwmni o addurnwyr proffesiynol o Landudno – pobl â phrofiad o setiau ffilm ac ati. Mae hynny ddydd Mawrth – croeso i ti ddod. Dwi hefyd wedi cael amcan bris gan gwmni o Gilgwri am ffownten siampên wedi'i gwneud o iâ. Mae honno'n reit ddrud ond dim ond pum cant ychwanegol fyddai eu cael nhw i gerfio'r rhew yn siâp teigar, fel yr un ar arfbais y plas. Be ti'n feddwl?'

'Theo,' meddai Gaia'n araf, 'os nad wyt ti'n gadael i mi wneud holl drefniadau'r briodas o hyn allan, fydd yna ddim priodas.'

Nodiodd Theo, gan sicrhau ei fod yn ymddangos yn anfoddog i gytuno.

A dweud y gwir, roedd yn synnu ei bod wedi cymryd cymaint o ymdrech i gael Gaia i gymryd y cyfrifoldeb am drefnu.

86

'BLE TI'N MYND am dy stag?' holodd Gaia.

'Dwn i ddim a wna i drafferthu,' meddai Theo.

'Dydi gwrthod sesh efo'r hogia ddim fel chdi. Be sy'n bod?'

Wyddai Theo ddim. Wedi'r cwbl, byddai'n gyfle iddo gael unrhyw wallgofrwydd allan o'i system cyn priodi. Ond doedd o prin wedi siarad efo'r hogiau ers Ibiza, a'r ffraeo yn y fan honno'n dal i wneud iddo deimlo'n anesmwyth. Roedd Gwyn yn America. Efo pwy fyddai o'n gallu mynd – Maredudd? Gwilym Hendre Arian?

'Dim awydd,' oedd yr unig ateb a roddodd.

'Twt lol,' meddai Gaia. 'Rhaid i ti gael stag. Gei di fenthyg goriad y fila yn Ibiza os lici di – 'swn i'n licio mynd o dan groen Rich. Neu dos i Lundain am benwythnos a gwneud crôl y Circle Line fel roeddet ti'n sôn…'

Doedd dim un o'r syniadau'n tycio.

Cyhoeddodd Gaia mai ei dathliad iâr hi fyddai mynd i ogledd yr Eidal am wyliau sba efo un neu ddwy o'i ffrindiau – ddywedodd hi ddim pwy, a doedd gan Theo ddim diddordeb – a gadawyd y peth ar hynny.

⁓

'Ble aethoch chi ar eich stag, Maredudd?' holodd Theo y pnawn hwnnw.

'Paid â siarad yn wirion,' oedd yr unig gymorth a gynigiodd y pen-gwas.

'Tasach chi yn fy sefyllfa i, lle fasach chi'n mynd?'

'Maen nhw'n dweud bod y Bermo'n lle go wyllt ar nos Sadwrn, ac mi gaet drên adra i Bwllheli'n weddol hwyr. Neu mae Blackpool, on'd ydi?'

'Dwi'm isio bod fel Tony ac Aloma,' atebodd Theo.

Myfyriodd Maredudd ynghylch hynny, cyn meiddio cynnig ateb.

'Mae'n well gen inna Iona ac Andy.'

87

A R Y PENWYTHNOS pan aeth Gaia ar ei phenwythnos iâr yn yr Eidal, doedd Theo ddim yn siŵr iawn beth i'w wneud efo fo'i hun. Roedd o wedi addo peidio ag ymyrryd â threfniadau'r briodas, wedi'r cwbl.

Roedd marchnad y Llan wedi ailgychwyn ers rhai wythnosau a doedd Theo ddim am i Gefn Mathedrig golli'u lle na cholli busnes, felly penderfynodd yr âi o i lawr i'r farchnad a gosod y stondin ei hun – nid bod ganddo glem sut roedd gwneud. Llwythodd y fan â chrateidiau o jam a chetwad, bocsys o fadarch y maes, cannoedd o wyau, a hynny o fisgits y gallai eu ffendio. Doedd dim peis ffres yn sbâr.

Pan gyrhaeddodd y pentre roedd sawl un o'r stondinwyr wedi cyrraedd yn barod, a'u llysiau a'u cigoedd yn llenwi'r byrddau bach o'u blaenau. Roedd bwlch go fawr ar y sgwâr gan nad oedd stondin fawr Hendre Arian yno am ryw reswm. Mwy o fusnes iddo yntau, felly.

'Gwraig y plas ddim efo ti heddiw?' meddai dyn bychan o'r stondin nesaf ato.

'Nac ydi, Ned. Wedi mynd i ochra Fenis i gael rhoi crîm ar ei hwyneb,' meddai Theo gan edrych i lawr ar y pum troedfedd bochgoch o ffarmwr.

'Rho wybod os ti isio help i godi dy stondin. Yr hen beth Hendre Arian hwnnw fydd yn rhoi hand iddi fel arfer.'

Duodd llygaid Theo o genfigen afresymol.

'Mi fydda i'n iawn, diolch. Lle mae'r llo hwnnw, beth bynnag?'

'Dwn i'm,' atebodd Ned. 'Mi wnawn ni'n dau fwy o fusnes gan nad ydi o yma, beth bynnag.'

Aeth Theo ati i godi'r stondin. Roedd y polion heglog yn dal yn gwrthod ffitio'n daclus yn ei gilydd. Roedden nhw'n mynd y ffordd hyn a'r ffordd draw, yn gawdel direol. Bryd hynny y dechreuodd hi fwrw.

'Ty'd â hwnna yma,' gorchmynnodd Ned wrth gamu draw o gysgod ei fan a'i law'n estyn am un o'r polion. 'Mae hi'n job i ddau.'

Digon pethma fu'r gwerthiant drwy'r bore. Roedd digon o ias ar ôl yn yr awel i wneud ei ddwylo'n rhew a doedd dim cysur yn y te polystyren gwan a gludai Lora, gwraig Ned, ato bob hyn a hyn. A doedd dim pobl o gwmpas: dim ond ambell un o drigolion y tai haf yn picio i lawr i nôl llefrith a'r *Mail* o'r siop. Sychodd ei drwyn.

Wrth ddawnsio ar flaenau'i draed i gadw'n gynnes, teimlodd frath o edmygedd at Gaia am wneud hyn bob dydd Sadwrn.

Aeth adre amser cinio gan ddangos nad oedd arno angen help Hendre Arian na Ned i ddatgymalu'r stondin.

88

B U THEO FEL ci hiraethus tan ddydd Mawrth, pan oedd
Gaia i fod i gyrraedd yn ôl: bu'n edrych drwy ffenestri, yn
cychwyn ar ddarn o waith, yn colli mynadd, yn diflasu ar fod yn
segur ond heb egni i wneud dim byd chwaith. Dim ond i ddrws
glepian neu i astell wichian byddai'n codi ei ben yn syth ac yn ei
chychwyn am y drws i groesawu Gaia; a dydd Llun oedd hynny.

Ddydd Mawrth penderfynodd nad oedd dihoeni am fenyw fel
hyn yn stad addas i ddyn fod ynddi. Aeth i godi tatws a manion
lysiau o'r patsh a holi Gwenllian pa gigoedd oedd ganddi. Doedd
dim yn yr oergell yn plesio, felly aeth am y dre.

'Sgen ti isio i mi ei gwcio fo i chdi pan fyddi di wedi ffendio
rhwbath i dy blesio?' gofynnodd Gwenllian, gan gymryd yn
ganiataol na fyddai ar Theo awydd gwneud y gwaith caled
drosto'i hun.

'Nac oes – rhowch chi'ch traed i fyny heno.'

'Prynu ci a chyfarth dy hun ydi peth fel'na. Ond mi fyddi di
am i mi olchi'r llestri, mwn.'

Roedd y Lotus yn ei elfen ar fore oer o wanwyn, y lôn yn
damp dan wlith a'r aer mor siarp â gwydr, yr un mor glir; roedd
troadau'r ffordd yn gyfarwydd dan y teiars, y traffig araf yn y lle
iawn i Theo allu pasio, a'r mwg yn wyn o'i ôl.

Anniddigrwydd parhaus fu ei hwyl ers ei arddegau – gwingo'i
ffordd drwy'r byd heb fodloni'n llwyr ar ddim. Ond bellach,
heb sylwi, daeth yn fodlon. Daeth i dderbyn ei le yn y byd:
yng Nghefn Mathedrig efo Gaia. Roedd o'n dyheu am boeri'r
diddigrwydd melys hwn o'i ben a blasu rhywbeth chwerw.

Roedd yn fater o egwyddor gan Theo na ddylai fod yn hapus ynghylch hapusrwydd.

Ond wedyn, roedd hyn yn deimlad braf. Byddai'n coginio stecen orau cigydd gorau Pwllheli i'w ddyweddi heno; wedyn caent botel o win; wedyn byddent yn caru; ymhen ychydig wedyn, byddai o a Gaia'n priodi; wedyn byddent yn fodlon ac, efallai, yn planta; wedyn, efallai y prynent garafán a mynd ar eu gwyliau ynddi fel y dosbarth canol is.

89

ROEDD Y TATWS a'r llysiau'n coginio'n hamddenol yn y Rayburn ers rhai oriau; doedd ar y *jus* gwin coch ond angen ei ailgynhesu; roedd y stêcs wedi'u waldio â mwrthwl, yn barod i'w taro ar badell boeth yr eiliad y gwelai o dacsi Gaia'n dod drwy'r bwlch yng Nghoed Lleinar.

Gosododd Maredudd y bwrdd ond bu Theo'n sgleinio'r cyllyll a'r ffyrc. Bu Maredudd hefyd yn clirio'i bapurau newydd a'i ganiau a bocs pitsa o stafelloedd Theo a Gaia fel na fyddai gan Gaia unrhyw reswm i gega pan ddôi'n ôl.

A dyma'r tacsi'n dod: fel march gwyn yn carlamu i lawr yr elltydd olaf am y tŷ. Rhoddodd Theo'r *jus* i gynhesu, taro padell ar y gwres, a rhoi mymryn o fenyn ac olew ynddi. Rhuthrodd allan, cymryd y bagiau gan ddyn y tacsi, a rhoi tip hael iddo. Ceisiodd gofleidio Gaia ond roedd ei holl osgo hi'n ei wrthod: roedd ei hesgyrn hardd wedi mynd i'w gilydd; edrychai'n fach, yn hen.

Wrth gamu i'r neuadd, cysgododd ei llygaid rhag y golau fel pe bai'r lle'n ei dychryn.

'Tyrd drwodd i gael bwyd,' meddai Theo gan wrthod gadael i'w frwdfrydedd ballu. 'Dwi wedi gwneud swper i ti! Sut oedd y genod – gawsoch chi amser da?'

'Iawn.'

Estynnodd ei chadair iddi a gosod lliain ar ei gliniau; edrychodd hi ddim arno. Ceisiodd dollti gwin o'r *carafe*; rhoddodd hithau'i llaw dros geg y gwydryn.

'Ti'n edrach yn flinedig! Ymlacia. Fydda i ddim dau funud yn gorffen paratoi popeth.'

Lluchiodd y stêcs ar y gwres a mynd ati i osod y llysiau'n gelfydd ar y plât. Allai o ddim disgwyl i'r cig orffwys yn hir.

'Dyma ni, madám. Wneith hwn les i ti.'

'Diolch.'

'Tyrd â'r hanas, 'ta. Gawsoch chi hwyl?'

'Does dim llawar i'w ddweud. Dim byd fasa o ddiddordeb.' Roedd hi'n gwthio'r bwyd o gylch ei phlât, yn bwyta ambell hanner asbaragws o gwrteisi, heb gyffwrdd â'r cig.

Pan nad oedd arni hi eisiau siarad, roedd ceisio cynnal sgwrs â hi fel bod dan glo mewn oergell.

Ceisiodd Theo feddwl am bethau i'w dweud; rhywbeth i'w datgloi, i gychwyn sgwrs. Roedd distawrwydd Gaia'n ei ladd. Roedd rhywbeth yn bod ond wyddai o ddim beth.

'Be sy'n bod?'

'Dim.'

'Wel mae rhywbeth yn bod, yn amlwg, neu fasat ti ddim fel hyn.'

'Fel be?'

'Fel hyn.'

'Dwi ddim. Fasat ti'n meindio taswn i'n mynd i'r gwely?'

Cydiodd yn y platiau a mynd â nhw i'r gegin; fe'u lluchiodd i'r sinc. Gadawodd ddigon o amser iddi glirio o'r neuadd fwyta, cyn mynd i wylio ailddarllediadau o *Inspector Morse* yn y parlwr tan ddau y bore efo hanner potel o wisgi.

''Swn i'n gwerthfawrogi tasat ti'n peidio ymyrryd â'r stoc.'

Unwaith eto, roedd hi'n cega arno cyn iddo ddeffro. Stwyriodd Theo.

'Es i lawr i'r farchnad ddydd Sadwrn,' meddai gan ddylyfu gên.

'Doedd dim angen i ti fynd.'

'Roedd arna i ofn colli cwsmeriaid a cholli'n lle.'

'Doedd dim cwsmeriaid ac roedd digon o le,' nododd Gaia.

'Ti'n iawn, ond…'

'Cadw dy drwyn allan o bethau, yn lle gwneud llanast. Mae'r jam a'r cetwad ar chwâl rŵan a dwn i'm be wyt ti wedi ei wneud efo'r bisgits. Ac rwyt ti wedi llenwi'r llyfr yn hollol anghywir. Ddim bod digon o werthiant i gyfiawnhau'r pres petrol, hyd yn oed.'

Cododd Theo a gwisgo. Aeth allan i'r caeau a chrwydro'n ddiamcan gan sythu ambell ffens a chicio giatiau; unrhyw beth i gael dianc o'r tŷ. Dechreuodd fwrw glaw.

90

ROEDD THEO WEDI hen anghofio am unrhyw blaniau i gynnal stag erbyn y bore pan welodd limosîn mawr gwyn yn dod drwy Goed Lleinar am y tŷ.

Aeth i fymryn o banig wrth weld y car yn dynesu, gan feddwl bod haid o ferched wedi penderfynu oedi yng Nghefn Mathedrig am de prynhawn ar eu ffordd o gwmpas tai tafarn Pen Llŷn.

Daeth Gaia, a oedd yn dal yn ddrwg ei hwyl, i lawr y grisiau yn cario siwtces. Aeth Theo i banig pellach, gan feddwl ei bod yn ei adael. Ond rhoddodd hi'r siwtces iddo fo.

'Dyma ti,' meddai, a'i llais yn dal yn ddi-liw. 'Dwi a'r hogiau wedi trefnu stag i ti. Budapest. Mwynha dy hun.'

Torrodd gwên dros wyneb Theo.

'O ddifri?' holodd gan gofleidio Gaia a rhoi sws iddi ar ei thalcen.

'Ia,' meddai hithau heb ei gofleidio'n ôl. 'Dos, rŵan – mae'r car yn costio fesul awr. Mae'r lleill am ddod i faes awyr Birmingham i dy gyfarfod di.'

Gorfododd Theo'i hun i anwybyddu diflastod gofidus Gaia. Allai o ddim poeni amdani; byddai hynny'n suro popeth.

Dringodd i'r limosîn a chael mymryn o sioc o weld bod rhywun arall yno. Yng nghefn y car, y tu ôl i'r polyn dawnsio, y ffrij, a'r bwced siampên, eisteddai merch na allai Theo ddychmygu ei bod yn ddim byd heblaw stripar. Roedd hi'n bwyta mefus mewn dull nwydus.

'Bore da,' meddai Theo, a'i fore'n teimlo'n gynyddol swreal.

'Helô, bigboi,' meddai hithau.

Yn sydyn, cafodd Theo gur yn ei ben. Tywyllwch a golau

llachar y limo oedd y broblem, ynghyd ag oglau polish atgas ar y seti lledr ac oglau diod stêl ar garped y llawr. Roedden nhw ar y lôn fawr erbyn hyn.

'Diwrnod digon braf,' meddai yn Saesneg – hyd yn oed os oedd y stripar yn siarad Cymraeg, byddai hynny'n gwneud y sefyllfa'n fwy chwithig byth.

Cynigiodd y stripar ('Roxxy – a be ydi dy enw di, gorjys?') fefusen i Theo, a derbyniodd, er y byddai'n well ganddo fod wedi cael ei rhoi yn ei geg drosto'i hun.

Closiodd Roxxy ato a dechrau ei holi am bethau cyffredin – amser y ffleit, rhinweddau gwahanol feysydd awyr, atyniadau Budapest – yn y fath lais nes bod Theo'n teimlo'u bod yn siarad yn fudr. Roedd o wedi siarad efo stripars o'r blaen, wrth gwrs, sawl gwaith – ond erioed wedi bod ar ei ben ei hun efo un, nac wedi rhannu sgwrs mor waraidd ag un. Roedd hyn yn llai amhersonol o dipyn, yn annymunol felly. Damiodd yr hogiau am greu'r fath sefyllfa.

Newidiodd Theo'r gerddoriaeth ar iPod y limo o guriadau hip-hop cynhyrfus i Leonard Cohen, yn y gobaith y byddai hynny'n tawelu rhywfaint ar Roxxy. Ceisiodd hithau ddawnsio ar ei lin (er mwyn cael gwell tip, tybiai Theo, yn hytrach nag am ei fod o'n anwrthodadwy o atyniadol). Gwrthododd Theo yn gwrtais, gan roi ugain punt iddi am ei pharodrwydd.

Oerodd pethau wedyn. Dechreuodd Theo holi Roxxy am ei magwraeth ac am ei pherthynas â'i thad, ac yn sgil hynny aeth Roxxy'n emosiynol a dechrau tywallt ei henaid. A hithau'n ddeg y bore, roedd Theo'n fwy cyfforddus â hynny nag â lapddawns.

Wedi i Roxxy (neu Rose, fel roedd ei diweddar dad a'i mam yn ei galw) sychu ei dagrau, gofynnodd a fyddai'n cael defnyddio'r polyn dawnsio.

'Mae'n tynhau'n abs i, a does gen i'm un yn y tŷ. Fedra i'm mynd i'r gampfa i ddefnyddio'r polyn yn fan'no oherwydd mae'r hogiau steroids i gyd yn syllu arna i,' esboniodd.

Doedd gan Theo ddim gwrthwynebiad i hynny a cheisiodd gael mymryn o gwsg cyn anturiaethau'r penwythnos wrth i Roxxy arddangos ei hyblygrwydd. Ond cwsg ci bwtsiar gafodd o, wedi'r cwbl.

91

ROEDD FEL PE bai cynnen Ibiza heb ddigwydd o gwbl. Rhegodd Theo'r hogiau am wneud peth mor wirion â threfnu iddo dreulio tair awr a hanner mewn lle cyfyng efo stripar. Rhegodd yr hogiau Theo am wneud peth mor wirion â phriodi. Ac wedi hynny, bwriodd y pedwar ati i ddathlu diwedd rhyddid Theo. Gloddestwyd ar wystrys yn y maes awyr a dihysbyddu troli'r awyren o ddiod. Gwnaed i Theo wisgo cit pêl-droed Lloegr a het pidlan am ei ben.

Ar ôl cyrraedd, a gweld eu gwesty, meddiannodd y pedwar y strydoedd: cerdded yn dal o far i eglwys i oriel i westy, a'r byd yn plygu o'r neilltu iddynt. Teimlai Theo beth o'r sicrwydd a'r hyder a lifai allan ohono pan oedd yn un o feistri'r bydysawd yn y Ddinas. Roedd y byd yn eiddo iddyn nhw: fe allen nhw gerdded i unrhyw siop neu fwyty a phrynu'r hyn a fynnent, a'u barn yn diasbedain o gerrig y stryd hyd at dyrau Gothig yr eglwysi.

Manteisiodd y pedwar, chwarae teg, ar arlwy diwylliannol y ddinas. Roedd yr amgueddfeydd yn ddifyr, am ryw reswm, a'r hogiau am y gorau'n ceisio creu ystyron i'r gweithiau amwys yn yr orielau celfyddyd fodern.

Bondiodd Dean a Gareth ar lan yr afon wrth sylweddoli iddyn nhw ill dau chwarae 'An der schönen blauen Donau' yng ngherddorfa'r ysgol, a chafodd Gav a Theo fwynhau dehongliad y ddau ohoni wrth foddi eu cegau yn ewyn lager oer yr ardd gwrw ar fin y dŵr.

Roedd Gareth wedi ymchwilio'n drylwyr i fwydydd Hwngari. Aeth â nhw i fwyty go enwog yn ardal Erzsébetváros a gorchymyn iddyn nhw eistedd tra oedd o'n siarad â'r pen-gweinydd. Dechreuodd seigiau gyrraedd: *goulash*, *lángos* seimllyd a *pogácsa*, *halászlé* poeth pysgodlyd, *bécsi szelet* godidog ei grensh, a Gareth yn disgrifio a chanmol y bwydydd am yn ail â theoreiddio am stad cymdeithas yn Hwngari (y drychineb fawr, fel erioed, meddai, oedd bod comiwnyddiaeth wedi dileu crefydd a chlymau cymdeithasol wrth oresgyn a gorthrymu'r wlad).

O'r bwyty, fe aethon nhw drachefn i'r bariau, a'r rheiny'n mynd yn fwyfwy trythyllgar a gwyllt wrth i'r noson fynd rhagddi. Profodd Theo i'r gweddill nad oedd ganddo wrthwynebiad moesol nac egwyddorol cyffredinol i stripars, dim ond bod yna fan a lle pwrpasol iddyn nhw. Gwrthododd y shots tecila a wthiodd Dean i'w law, am nad oedd eisiau cael ei atgoffa o Ibiza.

Roedd Budapest yn wahanol i'r fan honno. Wrth gael ei wynt ato uwch yr iwreinal, ceisiodd Theo feddwl pam. Diod rad, merched rhad, mwynhau eithafol – roedd y cynhwysion yr un fath. Ond hollol ddigyfeiriad oedd ei feddwi a'i fercheta yn Ibiza; doedd ganddo ddim syniad i ba fywyd y byddai o'n dychwelyd – doedd o ddim yn siŵr, hyd yn oed, a oedd o am i'w fywyd barhau. Roedd pethau'n wahanol y tro hwn: ffrwydrad olaf o feddwdod ffri oedd y penwythnos hwn, cyn dychwelyd at oes efo Gaia.

Aeth yn ôl i'r bar a meddwl ei fod yn breuddwydio. Yng nghanol y bar, a'r hogiau a'r stripars yn tyrru o'i gylch, roedd Gwyn, a photel jeroboam o siampên yn ei law chwith a phum gwydr yn ei law dde. Aeth Theo ato a'i gofleidio. Roedd o'n drewi, ond gan ei fod o newydd lanio ar ôl hedfan o Houston, maddeuodd Theo hynny iddo.

Aeth y noson rhagddi tan y bore.

92

BRECWASTODD THEO GYDA Gwyn drannoeth, gan fod hwnnw'n dioddef o jetlag ac yn methu cysgu. Dros *briós, palacsinta*, a choffi du cryf cafodd Theo flas ar ei fywyd yn America: crwydro'r taleithiau o un gymdeithas Gymraeg at un arall – weithiau'n cael paned, bara brith, a hanner can doler am ddarllen ei farddoniaeth, weithiau'n cael dwy fil, swper pum cwrs, a noson yn nhŷ moethus y llywydd. Roedd Cymry alltud America'n falch o deimlo cysylltiad â'r hen wlad ac yn mwynhau talu'n hael am y fraint. Roedd Gwyn wedi cael ambell brofiad gwerth chweil ym motels, *diners*, a bariau Texas a Tennessee, hefyd, ond roedd amser brecwast yn rhy fuan o'r hanner i drafod hynny.

∽

Y noson honno, penderfynodd y pump y bydden nhw'n gwisgo'n smart ac yn hel eu traed am gasino.

Er bod Theo'n mwynhau betio, doedd o ddim yn gamblwr mor fedrus nac mor amyneddgar â Dean a Gavin; roedden nhw'n sownd mewn gêm ar un o fyrddau'r arian mawr. Doedd dim golwg o Gwyn o gwmpas y bwrdd rwlét lle roedd Theo – diflanasai'n fuan ar ôl i ferch â gwallt gwyrdd ddod i eistedd ar ei lin. Roedd Gareth wedi mynd i'r tŷ bach ers tro. Ac yntau wedi colli dau gan punt, ac yn rhannu'r bwrdd â chwaraewyr llawer mwy profiadol, penderfynodd Theo roi'r gorau i golli arian. Cododd, ymesgusodi, a mynd.

Teimlodd boced ei siaced smygu. Roedd ambell sigarilo ar

ôl yno. Aeth i'r lle smocio a gweld golau'n codi rhwng terasau'r ddinas. Eisteddodd wrth fwrdd.

Clywodd sŵn o'r gornel – sŵn dŵr yn rhedeg a rhywun yn dweud 'Shit'. Roedd y gornel yn dywyll ond gwelai siâp pen. Roedd merch yno yn ei chwman ac roedd hi bellach yn bownsio. Cododd y ferch a thynnu'i theits amdani.

'Ym… ddrwg gen i am hynna. Ro'n i'n meddwl 'mod i'n saff.' Albanes oedd hi yn ôl ei hacen, un â chroen brown, dannedd gwyn, a thrwyndlws.

'Sgen ti rywbeth yn erbyn toiledau?' holodd Theo gan wenu.

'Sgen ti ddim syniad mor ddiflas ydi sgyrsiau tŷ bach merched, neu fy ffrindiau i, beth bynnag. Rydan ni mewn dinas odidog, a be sy ar eu meddwl nhw? Eu gwŷr hoples, plant bach athrylithgar, carafáns, *vibrators*, *semi-detacheds*, a'u bloneg, a'r pres yn y banc, DIY, *Loose Women*, y *Daily Mail*. Dyna'u holl sgwrs nhw. Dwi wedi cael digon.'

'Digon teg,' meddai Theo a'i gyflwyno'i hun.

Joanna oedd ei henw ac roedd hi yn Budapest yn dathlu penblwydd un o'i ffrindiau'n ddeugain – penwythnos arteithiol, meddai. Athrawes oedd hi, mewn ardal arw o Fanceinion.

'Fasat ti ddim yn coelio'r tlodi. O ddifri, mae gan y plant dyllau yn eu sgidiau a dwi'n gallu gweld eu bod nhw bron â llwgu yn y dosbarth,' dechreuodd, ac yna soniodd am rywbeth arall, a rhywbeth arall wedyn.

Doedd dim rhaid i Theo ddweud fawr ddim wrthi, dim ond gadael i Joanna barablu, gan daflu ambell goedyn ar dân ei sgwrs weithiau er mwyn ei gweld yn fflamio a mynd drwy'i phethau. Ymhlith y pethau ddaeth dan ei llach roedd Israel, Rwsia, Coca Cola… yn y bôn, holl wladwriaethau a chyfalafiaeth y Gorllewin, a nifer helaeth o ryfeloedd ac ati. Roedd hi'n bwrw i'r cwbl gyda sicrwydd sant, ac er na wyddai Theo beth i'w feddwl o'i barn, allai o ddim peidio â gwirioni ar groywder sicr ei sgwrs.

Roedd hi'n sôn am faterion roedd Theo'n osgoi meddwl

amdanynt yn fwriadol, gan eu bod mor gymhleth nes y byddai cyrraedd safbwynt teg yn mynd â holl egni rhywun. Cyfaddefodd hynny wrthi. Dywedodd hithau mai pobl fel fo oedd y broblem – pobl lwyd yn chwilio am gyfaddawd a darlun cytbwys pan nad oedd dim i'w weld ond anghyfiawnder.

'Rwyt ti'n cymryd dy dwyllo. Dwi ddim yn deall y bobl sy'n coelio pob naratif mae'r sawl sy mewn grym yn ei fwydo iddyn nhw drwy'r cyfryngau. Pam nad oes gan bobl lygaid i weld?'

'Weithiau, mae'n haws coelio'r stori mae rhywun yn ei dweud wrthot ti.'

'Be am sbio ar y gwir a chreu dy stori dy hun?'

'Be os mai stori ydi'r gwir?' heriodd Theo.

'Ti'n malu awyr rŵan,' meddai Joanna a thanio smôc. 'Pwy wyt ti, beth bynnag? Be ti'n ei wneud? Be ydi dy stori fondigrybwyll di?'

'Ym…' meddai Theo a phenderfynu dweud y gwir. 'Ro'n i'n arfer bod yn rheolwr *hedge fund*, a rŵan dwi'n rhedeg stad wledig y teulu.'

Lluchiodd Joanna ei sigarét ar y llawr a rhegi. Penderfynodd Theo nad oedd erioed wedi clywed acen hyfrytach ar gyfer rhegi ynddi.

'Pam ydw i'n siarad efo rhywun sy'n sefyll dros bopeth dwi'n ei gasáu? Mochyn cyfalafol, tirfeddiannol…'

'Ond hen foi iawn yn y bôn.'

'Dweda di.'

Ceisiodd Theo droi'r sgwrs at bethau anwleidyddol. Er bod y ddau'n rhynnu, doedd yr un ohonyn nhw'n dymuno mynd yn ôl i mewn i'r casino. Wrth ymateb i lifeiriant geiriol cyffrous Joanna, honnodd Theo ei fod wedi darllen llawer mwy o nofelau Ewropeaidd nag yr oedd wedi eu darllen go iawn. Cafodd glywed hanes Cymru mewn ffordd nas clywsai erioed gan ei dad na Gwyn – fersiwn a oedd yn llawn solidariti, gorthrwm, brawdgarwch, a moch cyfalafol.

Canfu'r ddau fod y naill a'r llall yn ffan o Bob Dylan, a threulio munudau cyfan yn adrodd dyfyniadau i lygaid ei gilydd. Cyneuodd Theo'r smôc a gododd Joanna at ei cheg, a dweud 'Take me disappearing through the smoke rings of my mind.' Bu'r ddau'n dadlau am bopeth – o Bruce Forsyth i de gwyrdd.

Yna cododd Joanna ar ei thraed.

'Theo, rwyt ti'n fochyn cyfalafol, a dwi ddim isio i ti feddwl 'mod i'n slag…'

'Dwi ddim…'

'Ond fasat ti'n licio dod i 'ngwely i heno? Dwi wedi cael penwythnos shit ac, a bod yn blaen, 'swn i'n licio cysgu efo chdi.'

Roedd o wedi'i chludo i'r gwesty eisoes, yn ei ben. Roedd o wedi teimlo'i chroen brown yn boeth ar ei gnawd, wedi cusanu pob modfedd ohoni, ac wedi cysgu gyda'i gwallt yn flêr dros ei frest.

Ond roedd o hefyd yn cofio cysgu'n unig, mewn gwely oer a thamp, a Chefn Mathedrig yn pydru'n ddistaw-bathetig o'i gwmpas. Roedd o'n cofio sut beth oedd bod heb Gaia.

Gafaelodd yn llaw Joanna.

'Mi hoffwn i ddweud ia.'

Cusanodd hi ar ei boch am yn hwy nag oedd yn ddoeth, gan sawru ei chroen ar ei wefusau, cyn mynd.

93

Aᴇᴛʜ Tʜᴇᴏ'ɴ ôʟ i'r casino a gweld Gareth yn crwydro o gwmpas yn hanner-meddw, a golwg ddiniwed o ddiamcan ar ei wyneb.

Aeth Theo ato. Gwelodd y ddau fod y ddau arall yn dal i fetio'n drwm, ac y bydden nhw wrthi am amser go hir. Roedd Gwyn yn gwbl golledig.

'Be wnawn ni – awn ni?'

Nodiodd Gareth. Wrth ei hanelu hi'n ôl am y gwesty aethant heibio McDonalds. Ac er eu bod nhw wedi cael penwythnos o fwynhau pensaernïaeth, bwyd, a diwylliant unigryw'r ddinas, allen nhw ddim gwrthsefyll tynfa'r bwâu melyn.

Am dri y bore, ar fainc y tu allan i McDonalds, agorodd Theo a Gareth y bagiau papur brown ac anadlu oglau'r saim a'r halen. Daeth y geiriau 'moch cyfalafol' i feddwl Theo wrth iddo frathu ei fyrgyr.

Ar ôl iddo yntau ddadlapio'i fyrgyr, trodd Gareth at Theo.

'Dwi'n ystyried ymuno ag urdd o fynachod,' meddai.

Dechreuodd Theo grio. Doedd ganddo ddim egni ar ôl i chwerthin, a dagrau oedd y ffordd hawsaf o fynegi'r rhyddhad nad oedd neb yn y byd mawr yn hollol hapus – hyd yn oed rhyw greadur bodlon fel Gareth. Rhoddodd Gareth ei fraich amdano i'w gysuro. (Er bod Theo'n gwerthfawrogi'r sentiment, byddai'n well ganddo pe bai Gareth heb wneud hynny.)

Ceisiodd Theo esbonio'i deimladau: iddo adael cyffredinedd Llŷn am ragoriaeth Rhydychen, cyn ffeirio'r llyfrgelloedd llychlyd hynny am farusrwydd moethus y Ddinas; yna taflu'r holl drachwant dienaid hwnnw i ffwrdd am gyfnod byr o fwynhau bywyd yn ddiedifar; ffendio bod hynny'n ei yrru'n wallgof ac yna syrthio mewn cariad a syrthio'n ôl i'w gynefin, ac ymroi i greu cartref safadwy iddo'i hun a'i dduwies o gariad. A rŵan, pan ddylai fod yn hollol fodlon ac yn barod i briodi a threulio'i oes yng Nghefn Mathedrig efo Gaia, roedd o'n gwingo eto, yn ofni'r sefydlogrwydd a'r cyfrifoldeb – yn ofni'r cariad, hyd yn oed.

'Ydi hynna'n gwneud unrhyw fath o synnwyr?' holodd pan ddaeth i ddiwedd ei druth.

Ystyriodd Gareth a nodio, a bwyta ambell beth o'r bag McDonalds cyn mentro agor ei geg.

'Mae gwahanol fathau o gaethiwed yn gwneud i rywun ddeisyfu gwahanol fathau o ryddid,' meddai. 'Ac, wrth gwrs, dydi'r rhyddid mae rhywun yn ei ddeisyfu'n ddim oll heblaw ffurf arall ar gaethiwed.'

Doedd Theo ddim mewn stad i ddeall y gosodiad, heb sôn am anghytuno ag o, felly awgrymodd ei bod hi'n amser cysgu.

Ar y ffordd yn ôl i'r gwesty ar hyd glan yr afon bu bron i Theo â baglu dros gelpiau metal yn y llawr. Rhegodd. Edrychodd yn fanylach ar y darnau dur. Delwau o sgidiau oedden nhw: degau ohonyn nhw'n sefyll mewn rhes ar slabiau cerrig y lan. Eglurodd Gareth ('Wyt ti'n gwybod popeth?') mai cofeb i Iddewon oedden nhw. Fe gafon nhw'u gorchymyn i dynnu eu sgidiau a wynebu'r afon; wedyn, fe'u saethwyd yn eu cefnau i'r dŵr gan filisia'r Natsïaid.

Doedd Theo ddim mewn stad i amgyffred hynny chwaith.

94

CYSGODD THEO DRWY gydol y ffleit. Breuddwydiodd am Joanna'n cael ei saethu i'r afon gan Gaia.

Cyrhaeddodd Maredudd, yn edrych yn hen-ffasiwn a dryslyd yn ehangder Arrivals. Cofleidiodd Theo'r hogiau a ffarwelio tan y briodas.

'Oedd o'n lle gweddol, felly?' gofynnodd Maredudd wrth lywio'r Rolls yn ofalus drwy'r system unffordd.

'Oedd. Penigamp, Maredudd. Amgueddfeydd diddorol iawn,' meddai, a chur yn dechrau drilio yn ei ben. 'Popeth yn iawn acw?'

'Fel erioed. Ond gwranda – oes rhywbeth yn poeni Gaia? Digon tawedog fu hi.'

'Nerfau cyn y briodas, debyg iawn.'

'Ia.' Penderfynodd Maredudd ymatal.

Roedd Theo'n teimlo'n sâl. Roedd arno eisiau gweld Joanna eto. Roedd o bellach yn meddwl mai hi oedd perffeithrwydd. Roedd o'n arfer meddwl mai Gaia oedd yr unig wirionedd yn y byd, ond roedd hi'n teimlo ychydig bach fel celwydd rŵan. Cysgodd.

⁓

Deffrodd yn reddfol pan deimlodd y car yn llithro drwy droadau Coed Lleinar i lawr am y plas. Aeth yn syth i weld Gaia.

Roedd hi'n crio'n grynedig ar y gwely, yn welw ond am ei llygaid cochion. Edrychodd arno fel pe bai arni ei ofn. Roedd hi'n gwisgo un o'i grysau, wedi'i chloi ei hun yn belen a gwasgu ei choesau i mewn i'r crys. Roedd llai o liw ar ei gwallt, hyd yn oed; roedd ei hwyneb yn denau, denau, a'i phrydferthwch wedi malu, wedi blino, yn cuddio.

Dringodd Theo ar y gwely yn ei sgidiau a thaenu'i freichiau amdani. Roedd popeth amdani'n llai nag o'r blaen, yn bitw yn ei goflaid. Rhoddodd sws ar ei phen.

'Dwi wedi bod yn gweld Gwilym Hendre Arian.'

Teimlodd gynddaredd yn pigo fel dŵr poeth yn ei wddw, yna'n suddo'n ddwfn. Tynhaodd ei afael amdani, ei theimlo'n llacio.

Sws arall hir, ar ei thalcen.

'Ti'n dweud "gweld", ond ti'n golygu "shagio", on'd wyt ti?'

Teimlodd hi'n nodio, a theimlo'i dagrau'n gwlychu eu ffordd drwy'i grys.

Aeth allan o'r stafell. Roedd arno angen meddwl.

Gofalodd gau'r drws yn dawel ar ei ôl, rhag ei dychryn.

95

S AFODD YN STOND ar y landin am funud. Drwy'i ddagrau roedd y waliau o'i gwmpas fel pe baen nhw'n toddi.

Ffrwydrodd yn ôl i mewn i'r stafell.

Edrychodd arni.

'Sut gallet ti?'

Llyncodd Gaia ei phoer.

'Sut ddiawl gallet ti, Gaia? Be wyt ti wedi ei ennill?'

'Sgen ti ddim syniad mor unig o'n i. Sgen ti ddim syniad mor anodd ydi landio mewn lle diarth lle does neb yn siarad dy iaith di, heb sôn am rywle sy'n *throwback* i'r bedwaredd ganrif ar bymtheg. A hynny yng nghwmni boi sy'n bihafio fel *borderline manic depressive*. Hyd yn oed un ti'n ei garu'n fwy na'r byd.'

'Est ti i shagio Hendre Arian ar gownt ei Saesneg o? Dydi'r boi prin yn llythrennog mewn unrhyw iaith.'

'Cymraeg oedd o'n siarad efo mi, Theo. Roedd o'n gwneud i mi deimlo 'mod i'n medru siarad heb deimlo'n chwithig – ddim fy nghau i mewn bocs am i mi gael fy ngeni'n Saesnes.'

'Ro'n i'n meddwl ein bod ni'n adeiladu rhywbeth efo'n gilydd.'

'Mi oedden ni. Mi ydan ni.'

Edrychodd Theo'n anghrediniol arni.

'Mi wnawn ni eto,' sibrydodd Gaia'n daer.

'Gest ti'r stad gen i, yn gynfas i dy ddychymyg. Gest ti holl gyfoeth fy nheulu i'n gyllideb. Gest ti hynny o gariad oedd gen i i'w roi. Dwi ddim yn dallt pam, Gaia.'

'Ro'n i'n flinedig. Rwyt ti'n waith caled. Mae adfywio stad yn waith caled. Mae trio dod yn rhan o'r ardal yma'n waith caled. Dwi wedi trio siarad efo ti am y peth ond…'

'Naddo, tad.'

'Do, Theo. Wnest ti ddim cymryd sylw. Ro'n i'n nacyrd ac angen gollyngdod. Roedd Gwilym yno ac yn fodlon gwneud be bynnag ro'n i angen.'

'Ond pam fo? Iasu mawr, dydi'r boi ddim gymaint â hynny'n fwy datblygedig na'i wartheg.'

'Ti'n bod yn stiwpid.'

'Na, go iawn. Chdi a fo… mae o'n agosach i *beastiality* na dim byd arall.'

'Sut, felly, roedd o'n gallu gwneud i mi deimlo mor dda? Roedd o'n fy nallt i.'

'*As if.* Fatha bod gan y bastad yna'r brên i ddweud unrhyw beth 'blaw'r hyn oedd o'n meddwl roeddat ti am ei glywad, er mwyn cael ei hen ddwylo ffarmwr afiach—'

'Fatha bod addysg Eton a Rhydychen yn dysgu teimlada i ti. Do'n i ddim yn disgwyl i ti ddallt. Ti jyst ddim yn sylweddoli. Dwn i'm pam dwi'n teimlo mor edifar. Fy nghorff i ydi o, fy nghalon i. Sgen ti ddim hawl arna i.'

'Taw.'

'Dwi'n difaru go iawn; dwi'n torri 'nghalon i mi fod mor ddwl. Y penwythnos dwytha, efo Gwilym, pan oedden ni'n trafod a oedden ni am ddweud y cwbl wrthat ti a Nerys 'ta be, a finna i fod ar fy mhenwythnos iâr er mwyn dyn, doeddwn i ddim yn gallu esbonio beth oedd wedi dod drosta i. Ond tasat ti'n fy nhrin i fatha dynas, yn meddwl am eiliad be sy'n mynd drwy 'nghalon i—'

'Sori. Fy mai i ydi o. Fy mai i ydi 'i bod hi'n haws i ti shagio blydi ffarmwr cyn-esblygol nag esbonio i mi be ti'n deimlo. Jisys, 'sa Charles Darwin yn troi'n ei fedd.'

Sgrechiodd Theo a rhoi cic uchel i un o bostiau'r gwely newydd. Brysiodd Gaia oddi ar y gwely. Cic arall, y pren yn gwichian; y llenni cotwm yn ysgwyd. Cic arall, a chraciodd y pren. Syrthiodd cornel y gwely golau a gynlluniodd Gaia iddynt. Roedd Gaia wedi'i lapio'i hun am Theo i geisio'i dawelu. Cwympodd y ddau i'r llawr.

'Ro'n i'n meddwl bod gynnon ni ddyfodol yn fan hyn,' meddai Theo drwy higian crio.

Roedd y ddau'n ysgwyd gan ddagrau ar y llawr, y siandelîr a'r plastrwaith addurniadol ar y nenfwd yn gwatwar. Defnyddiodd Theo bob gronyn o ewyllys i'w atal ei hun rhag ei chofleidio.

Aeth i'r trydydd llawr, i fyny'r grisiau at y trapddor, a gwthio hwnnw'n agored. Camodd ar y to. Roedd niwl yn sgubo dros y Garn, a'r awyr laith yn cymysgu â'i ddagrau. Roedd fel pe bai ei holl ymysgaroedd yn troi'n haearn, yn ei dynnu i lawr yn drwm ac yn oer. Roedd fel deffro'r bore ar ôl y sesh efo Gwyn: eisiau gwadu bod dim wedi digwydd, perswadio'i hun fod popeth fel o'r blaen, bod bywyd yn iawn; a realiti'n crafangu amdano fel sombi, yn pigo arno fel deryn corff. Teimlo fel ffŵl. Rhegi'r hyn wnaeth o o'i le: y dyddiau pan ddylai o fod wedi'i chofleidio a'i chefnogi... Ond beth oedd y pwynt?

Roedd o wedi disgyn amdani. Roedd o wedi gwneud llanast. Eto. Wedi gwthio pethau'n rhy bell, wedi meddwl ei fod yn anorchfygol, ac yna...

Camodd at erchwyn y teras i ben y wal fach goncrid. Sbiodd i lawr. Ceisiodd sbio dros y tirlun, o Goed Lleinar, gyda'r afon, am y traeth a'r Garn. Ond roedd hi'n niwl dopyn bellach.

Sadiodd ei hun. Plygodd ei bengliniau'n barod.

Sbiodd eto ar y tarmac odano. Gwelodd ei gorff ei hun yn flêr arno, ei ben yn waedlyd.

Wedyn meddyliodd am Gaia – amdani'n ei gontio am fod mor hunanol â'i ladd ei hun ddim ond i wneud iddi deimlo'n ddrwg. Am Maredudd yn gorfod mopio'r gwaed oddi ar yr iard. Am Gwenllian yn hanner galaru, hanner ceryddu. Am bawb arall yn meddwl mai un gwirion, byrbwyll, hunanol fu o erioed. Am embaras y sgyrsiau yn yr angladd. Am Gwilym Hendre Arian yn hanner balch, yn sniffian o gylch ei gyfle.

Camodd i lawr o'r erchwyn.

96

A ETH I BWLLHELI.
Prynodd botel o jin.

Aeth i siop elusen a phrynu copi ail-law o gerddi Larkin.

Ffendiodd le gwely a brecwast.

Bu yno am ddeuddydd a dwy noson.

Fwytaodd o ddim byd. Roedd arno angen cael popeth allan o'i system.

Aeth allan un waith, i nôl Red Bull a Pro Plus.

Os oedd o'n trio cysgu, roedd o'n gweld Gwilym Hendre Arian: ei fysedd, ei jîns di-grefft, ei freichiau, ei wyneb, ei wallt ffarmwr stiwpid. Ei weld yn y gwely mawr. Ei weld o a Gaia ym mhlygion stondin Hendre Arian yn y farchnad. Gweld llaw Gaia yn cau am law Gwilym a modrwy ei hen nain yn sgleinio ar ei bys.

Cyn mynd adre aeth i weld ei dwrnai.

⁓

Dychwelodd. Arhosodd o ddim yn hir yn y gegin, lle roedd Maredudd a Gwenllian fel pe baen nhw mewn galar. Aeth i'w swyddfa ond roedd yr holl ffigurau, yr anfonebau, y cownts, a'r hysbysebion i gyd yn teimlo fel gwastraff amser. Allai o ddim mynd i ddarllen yn y llyfrgell rhag ofn i Gaia ddod i mewn. Allai o ddim mynd i'w stafelloedd; roedd y syniad o'i gweld yn codi ofn arno. Roedd wedi gofyn i Gwenllian baratoi ei hen stafell iddo.

Aeth i'r caeau ac anelu am ben Garn Fathedrig.

Pan ddaeth at odrau'r Garn cafodd ei oddiweddyd gan Kaz ar gefn beic cwad.

'Oi!'

Cerddodd yn ei flaen. Baglodd dros garreg.

'Oi!' bloeddiodd Kaz eto. 'Be ydi hyn i fod? *Sponsored silence* i godi pres i blant bach yn Affrica?'

'Meddwl ydw i.'

'Wel, stopia. Wneith o ond gwneud petha'n waeth.'

'Mae'n braf clywed bod hynny'n bosib.'

'Ti'n lwcus bo fi'n rhy ryff i gael gwersi ffidil yn yr ysgol neu mi faswn i'n chwara un i chdi.'

Dechreuodd Theo ddringo am ben y Garn er mwyn dianc rhagddi.

Neidiodd Kaz oddi ar y beic. Dringodd y ddau. Roedd y gwynt yn ei gwneud hi'n anodd clywed unrhyw siarad. Wrth gerdded, edrychai Theo ar Kaz yn cerdded yn benderfynol wrth ei ochr. Sylwodd fod ei bochau a'i breichiau'n llawnach nag o'r blaen. Pan ostegodd y gwynt dywedodd wrthi ei bod wedi twchu.

'*Charming.*'

Ond roedd hi'n gwybod beth roedd o'n ei olygu a dywedodd ei bod yn braf byw ar rywbeth heblaw Pot Noodle a chebábs. Oedodd y ddau cyn y codiad tir olaf i fyny am ben y Garn a dechreuodd Kaz siarad yn ddigymell: sôn sut roedd pethau'n siapio iddi a'i bod yn teimlo'i bod yn dysgu pethau newydd, yn gweld gwerth ynddi ei hun am y tro cyntaf ers blynyddoedd – ond bod popeth yn dal i fod yn wag heb y plant.

'Mi ddaw hynny,' addawodd Theo. 'Mae'n braf dy glywed di'n siarad fel'ma – mae o'n gwneud i mi feddwl na fu'r misoedd dwytha'n wastraff i gyd, er bod pethau eraill wedi mynd i lawr y draen.'

Poerodd Kaz ar lawr, rhegi dan ei gwynt, ac anelu am y copa.

Dilynodd Theo hi i fyny a chael trafferth ei dal. Be oedd o wedi'i ddweud?

'Be ddaeth drostat ti?' holodd gan anadlu'n ddwfn a phoenus pan gyrhaeddodd y brig. 'Ddwedais i rwbath?'

'Ti'n ddic-hed dwl, Theo. Tyfa i fyny.' Edrychodd Kaz yn syth i'w lygaid. 'Un tro, pan o'n i lawr grisia yn rhoi bwyd i'r plant, roedd Pete fyny grisia'n gwneud dôp ac yn bangio'r hogan arall 'ma. Dro arall, ro'n i'n ista yn ei gar o am hannar awr tu allan i dŷ hogan arall 'ma yn Maes G yn gwitsiad amdano fo.'

Doedd Theo ddim yn deall.

'Ti'n gwybod faint mae o'n brifo, felly.'

Ysgydwodd Kaz ei phen.

'Dyna ydi'r peth. Mi wyt ti'n brifo. Mae hi'n brifo. Ti'n gwbod be o'n i'n deimlo? Dim, Theo: shit ôl. Oedd fy nghalon i'n galad a gwag. Oedd o wedi curo pob teimlad allan ohona i. Os dach chi'n brifo, mae yna rwbath ar ôl. Fedri di ddim bildio lle fel hyn heb gariad, Theo. A fedar dau mor stiwpid a briliant a pengalad â chdi a Gaia ddim bod mewn cariad heb wneud petha gwirion.'

'Mm.' Hoffai Theo fod wedi meddwl am ateb gwell na 'Mm'.

'Mymia di. Ac os ti'n meddwl bo chi'n gallu chwalu'r lle yma, gei di feddwl eto achos hebddat ti a Gaia a fan hyn, sgen i ddim siawns o ga'l gweld fy mhlant eto. Felly *man up.*'

⌒〜

Y pnawn wedyn aeth Theo i bysgota. Roedd eogiaid go swmpus i'w cael yn y llyn flynyddoedd yn ôl.

Roedd y gwynt yn fain a mymryn o wlybaniaeth ynddo. Tynnodd ei het yn dynnach am ei ben.

Daeth Maredudd â chinio iddo. Daethai â chadair iddo'i hun hefyd. Eisteddodd a gosod paciau brechdanau, fflasgiau (un o gawl, un o goffi), a bara brith menynog mewn ffoil ar hambwrdd, ac yna tawelodd.

Rowliodd Maredudd smôc denau yr un iddyn nhw, fel y gwnaeth ar ben-blwydd Theo'n un ar bymtheg. Ac wrth i wyneb rhychiog, clên Maredudd lyfu'r Rizla a wincio arno, gwnaeth ei benderfyniad.

97

ROEDD POPETH WEDI'I osod fel y cynlluniodd Gaia.
Yr addurn drutaf oedd yr elyrch a logwyd i nofio'n hamddenol yn yr afon. Ar ôl cael rhywfaint o drafferth cynefino roedd y rheiny bellach yn bihafio mor urddasol ag yr addawodd eu perchennog. Ar y ffowntens ar yr iard roedd rhubanau'n chwifio; gwelai Theo bynting ar flaen ei falconi a chymerai felly fod y plas i gyd dan faneri lliw.

Ar ben Garn Fathedrig gwelai siapiau hogiau'r pentre'n cario brigau a theiars a hen stanciau i wneud coelcerth. Doedd pobl y fro ddim yn hoff iawn o'r teulu, ac yn sicr ddim yn hoff o Theo, ond y rhain oedd uchelwyr y fro ac roedd eu parchu a'u dathlu nhw'n rhan o fywyd yr ardal. Byddai gwragedd yr ardal oll yn cyflwyno saig at y byrddau bwyd, am y gorau i adeiladu'r pyramid *vol-au-vents* talaf, y dorth fwyaf cymhleth ei phlethi, neu'r treiffl dyfnaf.

O ddrws Cefn Mathedrig arweiniai carped coch (a gostiodd yn afresymol o ddrud) yr holl ffordd droellog at y capel bach.

Roedd y cwbl yn chwithig, dan yr amgylchiadau – fel gwneud cinio Dolig ganol Awst.

Gwisgodd Theo, gan feddwl am Gwenllian yn chwysu uwch ei photiau a'i stof, ac am Maredudd yn pryderu ac yn sbio ar ei oriawr. Roedd yn rhaid gwneud sioe go lew ohoni er eu mwyn nhw – go brin y caen nhw weld etifedd i Gefn Mathedrig yn priodi byth eto.

Roedd pobl y pentre eisoes yn ymgasglu wrth ddrws y capel a'r gwahoddedigion yn gadael eu ceir yn y cwrt ac yn ymlwybro drwy'r bobl leol. Roedd yn galondid gweld bod mwyafrif y gwesteion wedi parchu'r cod gwisg ac wedi gwisgo'u siwtiau bore – trowsus streip, gwasgod, siaced â chynffon, het, a ffon.

Gwyn oedd y gwas, oherwydd byddent wedi gorfod talu iddo am gywydd fel arall. Gwrthododd Theo ildio ar fater y wisg: roedd y ddau ohonyn nhw i wisgo teis gwyn.

'Ti'n edrych fel pengwin,' meddai Theo wrth i Gwyn ymddangos yn nrws ei stafell efo potel o wisgi.

'Mae'n gas gen i ddweud dy fod dithau'n edrych fel uchelwr clasurol.'

'Diolch.'

'Felly,' mentrodd Gwyn wrth dollti gwydr yr un iddynt. 'Be wyt ti'n ei wneud: maddau? Anghofio? Dileu? Bodloni?'

'Dwn i'm. Dilyn dyletswydd, ella. Dwi'n methu dioddefa'r hyn wnaeth hi. Ond 'sa'n gas gen i weld yr hyn 'dan ni wedi'i gyflawni—'

'Hi.'

'Be?'

'Hi ddaru gyflawni pob dim, Theo. Tasat ti ar dy ben dy hun, mi fasa'r lle 'ma yn nwylo Saeson, yn westy bwtîc, neu'n fflatiau moethus.'

Nodiodd Theo. Roedd hynny'n wir, mae'n debyg. Ceisiodd esbonio'i deimladau.

'Mae priodi heddiw... mae o fatha taswn i wedi bod ar bendar. Pob dim yn chwyrlïo. A dwi isio chwydu ond yn trio cadw urddas. Dwi yn chwydu, ac yn llyncu'r cwbwl yn ôl. Fel'na mae priodi'r slag hyfryd yma'n teimlo.'

'Theo, heblaw bod dy siwt di mor lân a theidi, mi faswn i'n dy leinio di. Dwi erioed wedi clywed y fath shait hunandosturiol. Ti'n dy roi dy hun yn ferthyr dros berchentyaeth yn erbyn godineb... Gwranda arnat ti dy hun, er mwyn y nefoedd.'

Protestiodd Theo iddi dorri ei galon o. Ciciodd y wal.

'Fe chwalodd hi dy falchder di, Theo,' meddai Gwyn yn dawel, gan eistedd yn y gadair ger y ffenest. 'Ac roedd hi'n hen bryd i rywun wneud hynny. Doedd gen ti ddim hawl i'w thrin hi fel genedigaeth-fraint, fel hawl. Fe gest ti dy haeddiant am feddwl ei bod hi'n eiddo diamod iti. Fe allwn i ffendio pymtheg mil o ddynion fasa'n priodi Gaia'n llawen hyd yn oed tasa hi yng ngwely ffarmwr bob nos. Achos mae hi'n angyles.'

'Mae angylion wedi mynd yn betha coman.'

Anghofiodd Gwyn ei barch at drwsiad y siwt, llamu o'r gadair freichiau, gafael yn llabedi Theo, a'i hyrddio'n erbyn y wal.

'Does mo'r fath beth â pherffeithrwydd yn y byd yma, Theo. A does gen ti, o bawb, ddim hawl i ofyn i Gaia fod yn ddilychwin. Os wyt ti isio diweirdeb, a phurdeb, a glendid, waeth i ti fynd yn bedoffeil. Achos mae Gaia wedi byw. Fel ti, fel finna. Ac mae'n brydferthach oherwydd hynny. Os tefli di Gaia i'r naill ochr ar gownt hyn – Iesu mawr, Theo – dwyt ti'n haeddu dim cusan na chysur tra byddi di byw.'

'Mae gen ti ffroth yng nghonglau dy geg.' Gafaelodd Theo ym mreichiau Gwyn a'i symud o'r neilltu.

98

ROEDD YR AWEL oer yn dileu gwres yr haul, er bod hwnnw'n llachar. Roedd ambell gwmwl tywyll yn cysgodi'r Garn. Sugnodd Gwyn a Theo aer Cefn Mathedrig i'w hysgyfaint gan deimlo trymder y wisgi'n diflannu. Roedd y briodas yn fwy poblogaidd na chynhebryngau'r teulu: torf o gant a mwy y tu allan i'r capel yn eu haros. Ysgydwodd Theo'u dwylo, eu hanner cofleidio'n raslon, fel y dylai gŵr y plas.

Daeth Lamborghini du drwy'r coed a pharcio ar y gwellt gwlyb ger y lôn.

Ohono, yn siwtiau siarpa'r dydd, daeth Dean a Gav, a Gareth yn gwasgu allan o'r sedd gefn dynn ar eu hôl.

'Dydd da,' meddai Dean. 'Lle bach braf. Faint ydi ei werth o, deg miliwn?'

'Dwy ar y mwya yn y rhan yma o'r byd. Sut mae'r… broblem, Gav?'

'Ar fin clirio, meddai'r doctor.'

'Tria beidio shagio'r genod lleol. Mi wasgarith fel pla wedyn, ac mi allai haneru'r boblogaeth.'

Er bod y capel yn llawn hyd y fyl, gwasgodd y tri ohonynt i'r cefn.

∽

Agorodd y drws. Goleuwyd y capel gan dalp o haul. O ganol y goleuni ffurfiodd Gaia.

Roedd ei hwyneb y tu ôl i fêl ond roedd ei phrydferthwch yn dal yn ddigon i dynnu dagrau o lygaid y merched yn y capel.

Sylwodd Theo fod Dean yn sychu'i lygaid fel pe bai 'Llety'r Bugail' ar y delyn a thlysni anghyrraedd Gaia wedi trywanu'i galon.

Yn llaw Maredudd siwtiog, dywyll, roedd hi fel llafn o wydr: ei ffrog ddisglair yn dynn am ei morddwydydd, yn cwympo'n lluwch eira o gylch ei thraed. Les am ei hysgwyddau, yn cuddio croen gŵydd. A'i hwyneb yn dal ynghudd. Ei cherddediad yn dalog, araf, hyderus.

Pan gyrhaeddodd hi'r tu blaen gafaelodd Theo yn ei llaw. Roedd hi'n oer. Teimlodd yr hyder yn toddi. Roedd hi'n crynu. Ei hewinedd yn ddwfn yn ei groen.

Cododd Theo'r fêl. Gwirionodd eto ar lesni ei llygaid, a ffoli ar linellau cryf esgyrn ei bochau, a dyheu am gael cusanu ei gwefusau. Ond gwelai, y tu ôl i'r colur, mor welw oedd hi. Gwelai gysgod yn y llygaid disglair; rhywfaint o goch a bagiau duon blinder heb eu cuddio'n llwyr. A methodd hi edrych i'w lygaid. Roedd fel pe bai hi'n dal i wisgo'r fêl.

Roedd Davies, y gweinidog, mor gysurlon ac angladdol ag arfer. Digon peth'ma oedd y canu ond doedd Theo ddim yn talu llawer o sylw. Yn ei hymyl hi roedd ei feddwl a'i gorff wedi rhewi; allai o ddim symud na gwneud synnwyr o ddim. Llwyddodd i ailadrodd ei addunedau gan edrych i gyfeiriad Gaia. Edrychai hithau'n syth ar Davies fel pe bai mewn perlewyg. Er bod mymryn o grugni yn ei llais, cafodd Theo sioc o glywed mor Gymreigaidd oedd ei hacen, fel pe bai wedi'i magu yn Llŷn: '… yn glaf, yn iach, yn gyfoethog, yn dlawd… hyd oni wahenir ni gan angau'.

'Gewch chi roi sws i'r briodferch hardd. Dyn lwcus iawn!'

Roedd ei chusanu fel cusanu corff oer.

Clapiodd pawb.

Trodd y ddau eu gwên at y dorf. Roedd hi'n ffitio cystal ag erioed ar ei fraich.

Pan gyrhaeddon nhw'r tu allan roedd yr haul yn cuddio.

Roedd y bobl yno'n fferru. Doedd dim angen cawod o reis. Roedd hi'n bwrw eira.

'Sbia,' meddai Gaia a'i hwyneb yn goleuo. 'Eira yn mis Mai. Be ydi'r ods?'

'Blydi typical.'

Roedd pen y Garn eisoes yn wyn a'r plu'n glynu at y tarmac o boptu i'r carped coch. Roedd gwyrddni'r meysydd, o'r tŷ hyd at y terfyn, yn gwynnu.

Wrth gofleidio perthnasau, trigolion, a phwysigion, ollyngodd Theo mo law rewllyd Gaia. Roedd o'n dyheu am gael ei chynhesu dan ei gesail. Ond roedd croen ei breichiau bregus yn noeth, heb ddim ond les amdanynt.

Roedd y dydd yn perthyn i'r eira.

99

Roedd Dean, Gavin, a Gareth wedi eu parcio'u hunain ar sil ffenest, yn strategol o agos at un o'r byrddau gwirodydd. Roedd K efo nhw, a phan aeth Theo draw am sgwrs deallodd fod K am gael treulio'i wyliau prifysgol nesaf ar brofiad gwaith yn y banc.

'Ti'n gall?' holodd. 'Paid â gwrando dim ar y bastads.'

'Fydd o'n well bancar na'i lystad, o beth uffar,' mynnodd Dean.

'Ti wedi rhedeg allan o Jägermeister,' cwynodd Gav.

'Dach chi erioed wedi yfed gwerth pum potel o Jägerbombs?'

''Dan ni wedi cyflwyno'r cysyniad i bobl newydd,' esboniodd Gareth.

Edrychodd Theo o gwmpas y stafell ac, yn wir, roedd yn hawdd adnabod y sawl a oedd wedi profi'r ddiod newydd wrth eu symudiadau anwirfoddol, eu brwdfrydedd anarferol, a'u llygaid soser.

'Mae'r parti'n brin iawn o dalent, Theo. Lle dach chi'n cadw merched bochgoch nwydwyllt y wlad?'

Roedd Theo ar fin rhybuddio'r hogiau i gadw'n glir o Glesni, Mared, Iola, a gweddill y morynion. Ond drwy'r ffenest, yn yr hanner tywyllwch, gwelodd bicyp diangen o fawr wedi'i barcio'n flêr yn y cwrt.

Sganiodd y stafell. Doedd Gaia ddim yno.

'Esgusodwch fi,' meddai a gadael ei wydr ar y bwrdd.

Aeth allan i'r lobi fach lle roedd y toiledau. Dim golwg o Gaia. Aeth at ddrws y stafell gotiau. Clywodd symud. Roedd

yn barod i hyrddio'r drws ond pwyllodd. Gwrandawodd.
Lleisiau.

Gaia'n siarad Cymraeg.

'Na. Dwi'n hapus. Dwi yn hapus, Gwilym. Dwi isio i ti fynd.'

'Ti'n gwneud camgymeriad mwya dy fywyd. Ti'n mynd yn ôl
at y bastad achos bod gen ti gwilydd o'n cariad ni.'

'Ti oedd y camgymeriad.'

'Na, Gaia,' meddai Gwilym. 'Fedri di ddim gwadu popeth.'

'Dwi wedi dewis.'

'Plis, Gaia. Dwi'n dy garu di.'

'Gollwng fi. Gwilym, gollwng fi.'

A dyna pryd yr hyrddiodd Theo'r drws yn agored a phlannu'i
ben-glin yng ngheilliau Hendre Arian. Edrychodd Gaia arno.

'*Action man*, ia? Hollol arwrol, Theo. Da iawn chdi. Popeth
yn berffaith iawn rŵan,' meddai gan droi ar ei sawdl a mynd i'r
neuadd.

Doedd Theo ddim cweit yn deall beth oedd hi'n ei feddwl,
felly gafaelodd yng nghoesau Gwilym a'i lusgo allan gan geisio
osgoi cael tail o'r sgidiau ar ei grys. Roedd yr eira bellach yn slwj
tenau. Pan oedden nhw'r tu allan, dadebrodd Gwilym a dechrau
cicio. Ciciodd Theo fo yng ngwaelod ei gefn.

'Mi ga i di am hyn, y posho diawl,' meddai Gwilym yn floesg
o'r llawr.

'Tyrd di'n agos at Gaia neu at fy nhŷ i eto, ac mi golli di dy
ffarm, dy wallt, a dy geillia.'

Ymddangosodd Dean, Gav, Gareth, a K dan olau'r drws.

'Ti'n iawn yn fan'na?' gwaeddodd un ohonynt.

'Tsiampion.'

Rhoddodd Theo gic arall i Gwilym a rhwbio'i ddwylo. Roedd
hi'n oer, er bod yr eira wedi peidio.

Edrychodd ar y tail ar ei grys. Byddai'n anfon y bil sychlanhau
i Hendre Arian.

Ar ôl cael crys glân, minglodd Theo. Pwy a ŵyr na fyddai angen buddsoddwyr arno ryw ddydd? Roedd pobl yn ysu am gael teimlo'n rhan o'r lle. Cadwai ei lygad ar Gaia, a oedd yn minglo'r un modd, a'r bobl o'i chylch fel tasen nhw'n goleuo.

Roedd y pedwarawd llinynnol a oedd ganddyn nhw dros goffi wedi tewi, a'r gwesteion hŷn yn troi tua thre. Roedd band lleol wrthi'n tiwnio'u gitârs – rhyw bethau ifanc a ddarganfu Gaia yn y Steddfod neu ar un o'i hymweliadau â'r siop lyfrau Gymraeg.

Wrth iddynt gloi ym mreichiau'i gilydd ar gyfer eu dawns gyntaf, edrychodd Gaia i'w lygaid am y tro cynta'r diwrnod hwnnw.

'Dwi'n siŵr am hyn, wsti,' meddai Gaia – yn Gymraeg.

Sgubai'r ffrog y llawr fel grym naturiol yn sŵn melys y gitârs: Americana mwyn yn eu tywys ar draws y pren gloyw, yn eu tywys ar lwybrau eraill hefyd – y geiriau'n eu cludo'n ôl i adeg serch syml, pan nad oedd cariad ond taflu cerrig at ffenest a sôn am fynd i ffwrdd i drefi gwyn. Wrth droelli Gaia, edrychodd Theo i fyny at nenfwd y neuadd a gweld prydferthwch o'r newydd yn y cerfiadau cain. Gwenodd Gaia arno; gwenodd yntau arni. Cusan. Y gusan go iawn gyntaf ers wythnosau: egni holl einioes y ddau'n llifo drwyddi.

Ymunodd mwy â nhw wrth i'r miwsig gyflymu a chynddeiriogi. Codwyd Theo ar ysgwyddau llanciau, a Gaia hithau fry; roedd y lle'n bownsio, a phaneli a darluniau'r neuadd yn dychryn o weld y fath fywyd.

Neidio dawnsio roedd o, a'i freichiau am yddfau Gareth a Gav (roedd Dean yn snogio Kaz, ond penderfynodd y gallai'r ddau wneud yn waeth na hynny), pan wrandawodd ar eiriau'r gân: 'Celwydd golau ydi cariad – gair bach gwyn bob hyn a hyn i'n cadw ni yn onast.'

Pwy oedd o i ddadlau? Canodd Theo.

100

ROEDDEN NHW WEDI cytuno i ohirio'u mis mêl tan yr hydref. Prysurdeb y plas oedd y rheswm swyddogol ond mae'n debyg fod y ddau'n amau y byddai pythefnos o segurdod ar eu pennau eu hunain yn y Seychelles yn bownd o arwain at ffraeo astrus ymysg y wystrys a'r gwin.

Ac felly, wythnos waith arferol oedd yr wythnos ar ôl y briodas: cynhyrchu cyson, a nifer teg o bobl yn cyrraedd am ginio neu gacen. Ar ôl yr eira annisgwyl, cynhesodd yr hin. Dechreuodd Theo feddwl am fynd ati o ddifri i ailgynllunio'r ardd – gwneud sioe iawn o'r lle, ei wneud yn atyniad ynddo'i hun, a'u galluogi i weini te pnawn a thynnu lluniau priodas yno pan ddôi'r haf. Penderfynodd, rhwng cwsg ac effro un bore, yn hytrach na stwna ei hun, y byddai'n ymgynghori â Maredudd ac yna'n ffonio Orlando, garddwr mwyaf profiadol yr ardal (nid dyna'i enw bedydd ond doedd neb yn cofio beth oedd hwnnw).

Trodd i sôn wrth Gaia ond roedd hi eisoes wedi mynd i lawr am frecwast. Gwisgodd amdano a mynd i ymuno â hi. Roedd pethau'n sifil rhyngddynt, yn gyfeillgar, yn normal. Tybiai Theo y dylai mwy o angerdd fod rhwng cwpwl a oedd newydd briodi, ond roedd heddwch yn bwysicach na hynny. Cusanodd hi ar ei boch cyn ymestyn am y tost.

Roedd yr haul a sgleiniai drwy ffenestri'r stafell fwyta fach yn cynhesu mân siarad y tri ohonynt y bore hwnnw.

Tynnodd Kaz ei chardigan cyn dechrau bwyta ei thost; roedd argoel mai hwn fyddai'r diwrnod poethaf eto.

Distawodd y sgwrs wrth i Gaia a Theo edrych ar freichiau

noeth Kaz. Doedden nhw ddim wedi ei gweld heb lewys o'r blaen. Roedd ei breichiau'n drybola o greithiau coch cas a marciau llosgi'n frech ar eu hyd.

Doedd Kaz ddim yn deall y distawrwydd. Gollyngodd ei llwy, a'i hwyneb yn gofyn beth wnaeth hi o'i le y tro hwn.

Gafaelodd Gaia'n dyner yn ei garddyrnau ac archwilio'r creithiau coch.

Gwyrodd Theo'i ben a theimlo'i freichiau ei hun yn llosgi wrth iddo ddychmygu'r llanc yn cau Kaz mewn cornel ac estyn ei sigarét yn chwareus o filain i losgi cnawd ei gariad, i roi ei nod arni fel pe bai'n ddafad, a'r cwbl yn gyfiawn yn ei ben bach llawn heroin o.

'Fo wnaeth hyn i ti?' mentrodd Gaia ofyn, a'i llais yn cydio'n ei llwnc.

Edrychodd Kaz yn syn arni. Doedd hi ddim yn deall. Yna, dilynodd lygaid Gaia i fyny ac i lawr ei breichiau.

'Be, y llosgi?' meddai'n garcus.

Nodiodd Gaia a Theo arni.

'Ym. Na. Ro'n i'n arfer gweithio'n y siop jips. Oedd yr oel yn sboncio i fyny ar fy mreichia fi weithia.'

Fel un, gollyngodd Theo a Gaia anadl hir. Wrth weld wyneb Kaz yn gymysg o sioc a gwên, dechreuodd y ddau chwerthin. Roedd hynny'n haws nag ymddiheuro. Chwarddodd y tri.

'Felly rwyt ti'n feistres ar goginio sglodion?' holodd Gaia, ar ôl iddynt chwerthin digon, er mwyn ceisio achub y brecwast.

'Wel... mae gen i stifficet a bob dim. A pan oedd hi'n ddistaw, yn y gaea, a doeddan ni'm yn goro ffrio fel petha gwirion, o'n i'n cael gwneud rhei *triple-cooked*. A rheina oedd y *chips* gora ges i erioed, er ma fi sy'n deud.'

Bron heb feddwl, dywedodd Gaia ei bod hi'n bechod nad oedd ganddyn nhw ffrïwr yn y gegin, er mwyn iddyn nhw gael blasu'r campweithiau. Dywedodd Kaz y byddai'n braf gallu cynnig sglodion gyda'r prydau yn y stafelloedd te. Roedd hynny fel cynnau swits: goleuodd wyneb Gaia a dechreuodd y ddwy baldaruo ar draws ei gilydd am y syniad.

Gwelai Theo fod y cynllun yn magu traed yn barod a meddyliau'r ddwy'n rasio â'i gilydd wrth ddychmygu'r modd y gallai'r busnes ffynnu dim ond iddyn nhw gael ffrïwr sglodion. A doedd o ddim yn anghytuno â'u cynlluniau na'u brwdfrydedd; wedi'r cwbl, pwy yn ei iawn bwyll sy'n gweld pei neu salad neu frechdan yn bryd cyflawn heb bawiad o jips?

Ond roedd o'n teimlo na allai o wneud dim byd ond nodio, cytuno i drefnu bod y dyn ceginau'n dod draw i gynllunio'r addasiadau, a dweud y byddai'n iawn ganddo dalu am y buddsoddiad pe na bai'r amcan bris yn wallgof o ddrud. Roedd yr ysfa i adeiladu, y dychymyg a'r fenter, i gyd yn perthyn i Kaz a Gaia erbyn hyn. Arwyddo'r sieciau oedd ei ddiben o.

Roedd ar fin dweud y gallen nhw biclo wyau a nionod Cefn Mathedrig, a chynnal nosweithiau sgod a sglod gyda gwahanol bysgod wedi'u dal yn afonydd y stad neu mewn cychod o'r harbwr cyfagos, ond caeodd ei geg gan y byddai Gaia'n saff o'i gyhuddo o fod yn sarcastig a dirmygus.

Gafaelodd mewn darn olaf o dost a'i esgusodi ei hun.

101

ROEDDEN NHW WEDI cerdded cyn belled â'r traeth, law yn llaw ond yn dawedog. Roedden nhw'n gafael am ei gilydd yn ddigon serchus ond doedd ar yr un o'r ddau eisiau dweud gair. Gan y byddai eistedd yn golygu gorfod siarad, fe aethon nhw ar hyd y traeth, gan oedi i sgimio cerrig ar y dŵr, cyn dringo eto.

'I ben y Garn?'

'Amdani.'

Rasiodd y ddau i frig y Garn gan wyro o gylch ambell afr, yn nerfus eu chwerthin.

'Mae'r tir yn edrych yn dda,' meddai Gaia.

'Haf ar ei ffordd.'

Eisteddodd y ddau ar gerrig ger y copa, eu dwylo'n cordeddu'n anghysurus.

'Mi gafon ni briodas iawn, on'd do?' meddai Theo. Doedden nhw prin wedi trafod y diwrnod.

'Bydd pobl yn siarad amdani am flynyddoedd.'

'Ac nid am y rhesymau anghywir chwaith. Roeddat ti'n dlws – yn ddychrynllyd o ddel.'

'On'd ydi pob priodferch yn ddel?'

'Ddim fel ti.' Llyncodd ei boer. Chwythodd. 'Biti am y priodfab.'

Gwenodd Gaia gan gellwair y byddai hwnnw'n gwneud y tro.

Mwmialodd Theo nad oedd o ddim yn hollol siŵr am hynny.

'Be ti'n feddwl?' holodd Gaia wedyn.

'Un ohonon ni sy wedi'i eni i redeg Cefn Mathedrig.'

'Fe wyddon ni i gyd hynny, Theo. Dy enedigaeth-fraint di ydi'r lle, dy etifeddiaeth di…'

'Chdi, nid fi.'

Sodrodd Gaia ei hun ar lin Theo a rhoi ei dwylo'n gwpan am ei wyneb.

'Bendith tad iti, Theo, wnei di stopio malu awyr a dweud be sy ar dy feddwl di?'

Ceisiodd Theo esbonio'r hyn a oedd wedi bod yn berwi yn ei ben ers dyddiau.

Ganddo fo roedd y llinach a roddai'r plas iddo. Fo gafodd y fagwraeth a'r addysg i'w baratoi i fyw fel uchelwr yn y lle, a rhedeg y cwbl. Ond roedd holl reddf, holl gynhysgaeth Gaia'n gweddu i Gefn Mathedrig, fel pe bai hi'n perthyn yno.

'Faswn i'n ddim byd heb y lle yma,' meddai hithau, heb wybod am beth roedd Theo'n paldaruo.

'Fasa'r lle yma'n ddim hebddot ti. Ond fi? Dwi fel rhyw ysbryd annymunol yn crwydro'r lle. Poltergeist y plasty: bastad cynhennus sy'n cuddiad yn sbeitlyd a chenfigennus mewn corneli.'

Aeth rhagddo wrth i Gaia ysgwyd ei phen: roedd pawb yn cymryd ei fod yntau'n rhan annatod o'r lle ond doedd o'n gwneud fawr o les. Doedd dim rhaid iddo fod yma – doedd dim un o amodau Cadw'n gorchymyn hynny…

'Ond yn d'enw di mae'r lle,' ceisiodd Gaia resymu.

'Ddim yn union.'

Eglurodd Theo eu bod nhw'n gyd-berchnogion erbyn hyn: roedd enw Gaia ar y gweithredoedd ers iddyn nhw briodi. Roedd Theo wedi trefnu'r cwbl gyda Robaij Twrna.

'Felly be wnei di? Fy ngadael i yma fy hun, i redag y lle heb help yn y byd?'

'Ti sy'n rhedeg y lle beth bynnag, ac mae gen ti help y staff.'

Roedd Gaia'n dal i ysgwyd ei phen ond roedd hi'n nabod

distawrwydd styfnig Theo. Wnaeth hi ddim trafferthu dadlau. Er bod ei benderfyniad yn sioc, doedd Theo ddim wedi'i synnu hi. On'd oedd ei weithred afresymol, blentynnaidd, hunanaberthol yn hollol nodweddiadol ohono?

Roedd y syniad o gael ei gadael yma ar ei phen ei hun yn ei dychryn, ond wrth i Theo ei chusanu ar ei thalcen wnaeth hi ddim ceisio'i gofleidio na'i gael i aros. Hoeliodd ei llygaid ar y plas ac ar y tir roedd hi, bellach, yn gyfrifol amdano. Roedd hi'n crynu, nid am ei bod yn oer ond oherwydd bod yr ofn yn dechrau troi'n gyffro yn ei gwythiennau. Roedd arswyd anferthedd y cyfrifoldeb yn diflannu wrth iddi sylweddoli y gallai posibiliadau ei dychymyg ddod yn wir, heb neb i'w rhwystro.

Wrth wylio Theo'n cerdded i lawr y Garn gan sychu'i lygaid, criodd Gaia hefyd. Criodd am iddi ddisgyn mewn cariad ag o. Criodd am iddi gamu i mewn i Gefn Mathedrig. Criodd am iddi gychwyn gwaith na allai hi mo'i adael.

Er hynny, doedd hi ddim yn dyheu am ei weld yn troi'n ôl.

Wedi iddo gyrraedd y tŷ, ac wedi i'w dagrau hithau stopio, roedd yn hwyr glas ganddi ei weld yn taflu'i fag i'r Lotus coch bachgennaidd, yn rhuthro rownd y corneli, dros y bont, ac allan o'r stad drwy Goed Lleinar. Edrychodd ar ei horiawr.

Roedd yn hen bryd iddo glirio o'r tŷ.

Roedd ganddi hi waith i'w wneud.

102

A R ÔL TAFLU ei gês i'r bŵt a'i sodro'i hun yn sedd y gyrrwr, cymerodd Theo gip terfynol yn y drych ar Gefn Mathedrig.

Oedodd cyn cynnau'r injan, ond wrth edrych yn ôl am y tŷ, doedd o ddim yn teimlo fel pe bai'n edrych ar ei gartref ei hun: waliau o gerrig diarth oedd yno.

Taniodd yr injan. Drwy'r mwg gwyn, ni welai yn y drych ond celwydd: dim ond twyll.

Wyddai o ddim ai ei dwyllo'i hun ynteu cael ei dwyllo gan Gaia a wnaeth o. Roedd hi – a'i styfnigrwydd a'i noethni a'i hud – wedi argyhoeddi Theo mai'r plas hwn oedd ei le a'i bwrpas yn y byd.

Ac roedd yntau wedi bwrw i'r gwaith, wedyn, gyda hi: ceisio adeiladu realiti o'r breuddwydion, gwneud tŷ cadarn o'r ffantasi.

Hwyrach fod gan Gaia'r grym i greu dyfodol yn y fath le. Nid felly Theo.

Ni chofiai yntau ddim am y tŷ ond yr oerni a'r tamprwydd a'r rhwd; wrth geisio cofio'r waliau a'r stafelloedd, ni allai weld dim ond cerrig rhydd yn bygwth syrthio a dŵr yn llifeirio'n sbeitlyd dros baent a phapur wal.

Wrth sbio'n ôl yn y drych wrth groesi'r bont, gallasai Theo daeru bod y plas yn edrych fel pe bai wedi gorwedd yn segur ers degawdau.

Ni welai ond adfail.

Ac wedyn, wrth i Goed Lleinar gau am y car, ni welai Theo ddim byd.